读客®

读客外国小说文库

激发个人成长

斯坦布尔列车

[英] 格雷厄姆·格林 著 黄梅 黄晴 译

Graham Greene

江苏凤凰文艺出版社
JIANGSU PHOENIX LITERATURE AND ART PUBLISHING, LTD

图书在版编目（CIP）数据

斯坦布尔列车 / (英) 格林 (Greene,G.) 著 ; 黄梅，黄晴译 . -- 南京 : 江苏凤凰文艺出版社，2018.4
（读客全球顶级畅销小说文库）
书名原文 : Stamboul train
ISBN 978-7-5399-7973-1

Ⅰ . ①斯… Ⅱ . ①格… ②黄… ③黄… Ⅲ . ①长篇小说—英国—现代 Ⅳ . ① I561.45

中国版本图书馆 CIP 数据核字 (2014) 第 292256 号

图字：10-2014-453 号

书　　名　斯坦布尔列车

著　　者　(英) 格雷厄姆 · 格林
译　　者　黄　梅　黄　晴
责任编辑　丁小卉　姚　丽
特邀编辑　姚红成　王　品
责任监制　刘　巍　江伟明
策　　划　读客文化
版　　权　读客文化
封面设计　读客文化　021-33608311
出版发行　江苏凤凰文艺出版社
出版社地址　南京市中央路 165 号，邮编：210009
出版社网址　http://www.jswenyi.com
印　　刷　北京中科印刷有限公司
开　　本　880 × 1230mm　1/32
印　　张　8.75
字　　数　182 千
版　　次　2018 年 4 月第 1 版　2018 年 4 月第 1 次印刷
标准书号　ISBN 978-7-5399-7973-1
定　　价　59.90 元

如有印刷、装订质量问题，请致电 010-87681002（免费更换，邮寄到付）

至爱献给维薇安[1]

1　即维薇安·格林（Vivien Greene，1904—2003），原名维薇安·戴雷尔·布朗宁，她与格林相识于1925年，1927年两人结婚。——编者注（本书中注释如无特别说明，均为译注）

世间万物万事，其理想本质富于诗意；

其命运必为悲剧，其存在荒唐滑稽。

——乔治·桑塔亚纳[1]

1　乔治·桑塔亚纳（George Santayana，1863—1952），西班牙裔美国哲学家、美学家，著有《美感》《理性生活》《存在领域》等。

目录

第一部

奥斯坦德[1]

1 奥斯坦德（Ostend），比利时西北部的港口城市。

1

轮船事务长手里拿着最后一张登陆卡，望着乘客们穿过灰蒙蒙的潮湿的码头，跨过横七竖八的铁轨和道岔，绕过废弃不用的货运敞车。他们缩着肩膀，大衣领子朝上翻着；在长长一列火车里，桌上的灯亮着，透过雨雾看去像一串蓝色的珠子闪闪发光。一台巨大的起重机旋动着、下降着，一时间，绞盘咔啦咔啦的响声甚至淹没了无处不在的水声——雨水从阴沉的云天上倾盆而下，海水冲击着渡轮和码头。这时正是下午四点半。

“春天，我的上帝。”事务长大声说，想驱除最后这几个小时造成的印象：湿漉漉的甲板，蒸汽、燃油以及酒吧里的陈年巴斯啤酒发出的气味，女招待端着锡盆到处走，黑绸裙子在地上拖来拖去，等等。他顺着起重机的铁臂看去，望见工作台里身穿蓝色工作服的小小人影正在转动轮盘，心里升起一股不常有的嫉妒感。那起重机司机高高在上，三十英尺高的雨和雾将他与事务长、旅客以及灯火通明的长长的快车分隔开来。可我就没法儿躲开那些讨厌的嘴脸，事务长心想，他记起了那个穿厚皮大衣的年轻犹太人，这个人因为上渡轮时被分到一间双人船舱而怨声不绝，其实一共才不过该死的两个小时。

事务长对从二等船舱出来的最后一名旅客说："别往那儿走，小姐。海关检查站在这边。"看到这张年轻的陌生面孔，他心里轻松了些，这人至少没发牢骚，"你不需要人帮你搬行李吗，小姐？"

"不了，"她说，"我听不懂他们的话。行李也不重。"她从那身廉价的白雨衣里伸出头来，朝他咧嘴笑笑，"除非是您愿意帮忙，船长。"女孩子的冒昧使事务长高兴起来。"哎，要是我年轻，你可真用不着脚夫。我真不知道这些人是干什么的。"事务长摇摇头说道，只见那犹太人离开了海关，穿着灰色羊皮鞋在铁轨之间找下脚的地方，身后跟着两名搬运工。"路远吗？"

"全程。"她一边说，一边悒悒不乐地越过铁轨、行李堆和餐车的灯火，凝视着停在那里的黑黢黢的车厢。

"有卧铺吗？"

"没有。"

"你该去弄个铺位，"他说，"像你这样坐全程的人，要在火车上过三夜，可不是闹着玩的。你去君士坦丁堡做什么呀，结婚？"

"据我所知可不是。"她怀着离别的忧郁和对陌生环境的恐惧，勉强笑了一下，"这事儿谁也说不准，是吧？"

"去工作？"

“去跳舞、打杂什么的。”

她说了声“再见”便转身走了。雨衣显露出她瘦削的身子，即使当她跌跌绊绊地走在铁轨和枕木之间的时候，她的身躯仍然保持着那种忸怩不安的姿态。一只信号灯由红转绿，蒸汽长啸着从排气管中喷出。她寻常而又活泼的面孔、大胆而又沮丧的举止，在事务长的脑海中停留了片刻。“记住我，”他向她喊道，“过一两个月我们还会见面的。”可是他心里明白自己根本不会记得这姑娘。今后几个星期，会有许许多多的人从窗口向他的办公室里张望，要一间舱房啦，要换钱啦，要一个铺位啦，等等。他根本无暇去记住某一个人，何况这姑娘没有任何引人注意的地方。

当事务长回到船上时，甲板已冲洗好准备返航了。看到船上不再有那些陌生人，他感到愉快多了。他喜欢船上永远是这个样子：有几名可以用意大利话差来遣去的肤色浅黑的意大利人；有个女招待可以陪自己喝杯啤酒。他用法语朝水手们咕哝了一句，水手们冲他笑笑，唱着一首关于某个“戴绿帽子的丈夫”的下流歌曲，这使他不禁妒火上升，一腔思家之情也减了几分。“这一趟横渡真不顺当。”他用英语对总管事说。那人曾在伦敦当过跑堂的，而事务长除非是迫不得已，决不愿多说一句法语。“那个犹太人，”他说，“给了你不少小费吧？”

“你觉得是多少？六法郎。”

“他病了吗？”

“没有。倒是那个留小胡子的老头儿一直不舒服。给了我十法郎吧，我赌赢了。他是英国人。”

“算了吧。他的口音生硬得能用刀切。”

"可我看了护照。理查德·约翰。中学教师。"

"这可是够怪的。"事务长说。这真有点儿古怪，他暗自想，不情愿地掏出十法郎来，脑海里又浮现出跳板升起、汽笛响彻云霄时，那个身穿雨衣、须发灰白的疲倦的男人大步从轮船栏杆边走开的情景。那人曾向他要报纸，要晚报看，于是事务长对他说，这么早伦敦的晚报还没出呢。听到这话，那人呆呆地站着，用手指捻着长长的灰白胡子。事务长给女招待倒了杯巴斯啤酒，他在结账前又想起了那位学校教师。一时间，他几乎有点儿怀疑与自己擦身而过的是否是个戏剧性的人物，一个正被追捕、疲倦不堪、适合充当故事素材的人。不过这教师没发过牢骚，因此，他比年轻的犹太人，比厨师旅游团，比那个丢了戒指、穿淡紫色衣服的病怏怏的女人，以及付了双份卧铺钱的老头儿更容易被遗忘。那姑娘在半小时前就已经被忘却了。这是她与理查德·约翰共命运的头一桩事——头顶甲板上沉重的脚步声，燃油味，闪烁的信号灯，忧虑重重的面孔，叮当作响的玻璃杯瓶，账面上一行行的数字——这些都在事务长的脑海中化为乌有。

风停了有十秒钟，那一瞬间里，原来在码头和甲板之间来回扫掠的浓烟，静静停在了半空中。迈亚特正小心择路走过泥淖，他觉得这烟尘就像游牧人的灰色帐篷。他忘了自己的羊皮鞋已经被弄脏了，忘了海关人员在翻到他的两件丝绸睡衣时的无礼态度。他在这些人的粗暴和轻蔑，以及"犹太人，犹太人"之类的字眼底下，悄悄溜进这些巨大如帐篷般的阴影中。有那么一刻，他好像到了家，不再需要用他的皮大衣、他在萨维尔街定做的服装、他的钱财以及他在公司中的位置来鼓励自己。但当他来到火车跟前时，风又刮了起来，烟尘的帐篷被击得粉碎，于是，他又落入了充满敌意的世界之中。

不过，他感激地看到了金钱的威力。钱并不总能买到殷勤礼貌，但可以使事情办得迅速。其他乘客还没到，他就头一个通过了海关。他可以和列车员商量自己独占一个隔间——他最讨厌当着别人的面脱衣裳了。当然他知道，由于自己是个犹太人，和列车员打交道就得多破费点儿，光是提个要求、给点儿小费可不顶事。他从餐车灯火辉煌的窗口走过，餐桌上已铺好了桌布准备开饭，罩着紫红灯罩的台灯在桌上闪耀着。“奥斯坦德——科隆——维也纳——贝尔格莱德[1]——伊斯坦布尔”。他走过这一溜地名牌，看都不看一眼；这条线他很熟，这些地名就像这些城市中的清真寺的尖塔、圆顶楼阁以及穹形房顶一样，在他眼前只是一晃而过，都不是他这个民族的人能够长期居留的地方。

如他所料，列车员态度很恶劣。他说列车很挤，虽然迈亚特明知他是撒谎。四月还不到车挤的时候，过海峡时他在渡轮上没见到几个头等车厢的乘客。正当他跟列车员争辩时，一群游客拥进车厢，中年妇女抓着披巾、毯子和写生本，一位老牧师则抱怨他的《宽广世界》杂志丢了——“我旅行时总是读一本《宽广世界》”——后边是他们佩着旅行社徽章的导游，汗水涔涔，在乱糟糟的情况下仍然和和气气。“瞧瞧。”列车员说，比画了一下，似乎要说明他的列车承担着异乎寻常、不堪忍受的重负。可

1　贝尔格莱德（Belgrade），塞尔维亚首都。

是迈亚特太清楚这条路线的底细了，不可能上当。从这帮人忙乱不安的精神状况看，他断定他们是属于到雅典就断开的车厢的。他又把小费加了一倍，于是列车员让步了，在他的隔间门上贴了张铺位已预订的纸条。只剩下他一个人了，迈亚特轻松地吐了一口气。

隔着玻璃这道安全的墙壁，迈亚特望着外边游离过去的面孔。潮湿的寒气透过皮大衣袭来。他在拧暖气管时，呼出的水汽蒙到了玻璃窗上，于是他便看不清来往的旅客了，只瞥见一点半点互不相关的特征：一只四处张望的恼怒的眼睛，一件紫红丝绸衣，一个教士服领子，等等。只有一次他耐不住不断增长的孤独感，用手指擦了擦玻璃，正巧看到一个穿白色雨衣的苗条姑娘在通往二等车厢的过道尽头消失了。有一次门被推开了，一个半老的男人向里面瞧了瞧。他蓄着小胡子，戴着眼镜和破旧的软帽。迈亚特用法语告诉他，这隔间已经有人了。

“一个座位。”那人说。

“是要二等车厢的吗？”迈亚特问，可那人摇摇头走了。

奥佩先生舒舒服服地缩在他的角落里，既好奇又失望地打量着对面那个矮小苍白的男人。那人的样子普普通通，由于健康不佳，肤色很难看。神经兮兮，奥佩先生一边想，一边观察着他那动来动去的手指，可这些手指丝毫没有显示出其他什么敏锐感。它们又短又粗，指尖平平的。

“我一向认为，”奥佩说，暗自怀疑碰上这么个旅伴是不是有点儿背，“只要能搞到卧铺，就没有必要坐一等车厢。二等车厢也相当舒服嘛。”

“是的——是这样，”那人欣然答道，“可你怎么知道我是英国人？”

“我总是，”奥佩先生微笑着答道，“把人往最好处想。”

“当然了，”那苍白的男人说，“你是牧师——”

报童在窗外吆喝着卖报，奥佩先生探出身去说：“《伦敦时报》。这是什么？什么都不是？《晨报》和《每日邮报》。好。谢谢。[1]”在旁人听来，他的法国话里尽是些习字帖里的短词，讲得津津有味却又错误百出。“多少钱？三法郎。天啊。[2]”

他对那白脸人说：“要不要我给你翻译？你想要什么报纸吗？你就是想要《生活周刊》也用不着避讳我。”

“不，我不要什么。谢谢你。我有本书。”

奥佩看了看表。“还有三分钟我们就要开车了。”

有几分钟她很害怕，担心那男人或他的老婆——那个瘦高的女人会讲起话来。此时此刻她最希望的就是安静。她想，要是我能买得起卧铺，是不是就可以独自一人不受打扰呢？昏暗的车厢里灯光闪闪烁烁。那个胖男人说：“快开车了。”潮湿的空气里满是灰尘，外边闪动的灯光使她想起了她所熟悉的事物：诺丁汉高街的剧院上方熠熠闪光、不停变化的霓虹灯。生活的骚动，来来往往的搬运工和报童，这一切都使她想起了鹅市[3]。她抓住这个回忆不放，极

1、2　原文均为法语。

3　为诺丁汉每年10月第1周举行的嘉年华盛会。因早期节日期间会有大量的鹅交易，而被命名。——编者注

力在头脑中重温旧日的鹅市，如何砌砖头、摆摊子，等等，这些都显得栩栩如生，几乎就像被冷雨冲刷的码头和时时变换的信号灯一样真实。这时，那男人对她说话了，她不得不走出自己匿身其中的梦幻世界，做出兴致勃勃、勇气十足的样子来。

“小姐，我们将在一起长途旅行。让我们互相认识一下吧。我叫彼得斯，这是我妻子，艾米。”

“我叫科洛尔·马斯克。”

“给我买块三明治，”那瘦削的女人恳求道，“我饿得肚子咕咕叫。”

“帮个忙好吗，小姐？我不懂外国话。”

干吗叫我去？科洛尔恨不得冲他嚷起来。你以为我就懂外国话吗？我压根儿没离开过英格兰。但是，她已习惯了约束自己，不论何时何地都承担落到肩上的一切责任，所以她没有表示反对，打开车门准备跳到铁路线之间滑溜溜的灰暗的路上去找三明治。不过，这时她看见了一个钟。“没时间了，”她说，“还有一分钟就要开车了。”科洛尔转身时看见过道尽头有个面孔和身影，不由得满怀期望地屏住了呼吸：在伦敦时，只要最后往鼻子上扑点儿粉，向看门人道声“晚安”，就可以去会朋友了，在外面驱散黑暗的华灯下，有年轻的犹太人在等她，等待她的还有巧克力糖，街拐角处的汽车，一趟风驰电掣的兜风，以及偷偷摸摸的危险的拥抱。可是，眼前这个犹太人她不认识，她得再一次不情愿地而且是战战兢兢地在陌生的土地上探险；这一次，只靠个把巧妙的暗示不再能阻止危险，只靠有节度的爱抚也不足以打发徐徐来临的黑夜。

迈亚特走进过道，心想，列车误点了。他摸了摸背心兜里那盒他总是随身携带的葡萄干。小盒分成四格，他信手拈了一颗葡萄干，放进嘴里品尝着。质量下降了。是斯坦因公司的。葡萄干又小又干。过道那头穿白色雨衣的姑娘转过身来盯着他。好身材，迈亚特想，我认识她吗？他另外选了一颗葡萄干，看都没看就放进嘴里。这是我们自己的，迈亚特的，“迈亚特及佩奇联合公司”的。有葡萄干放在舌头上，一瞬间他得意得几乎像是个操纵着生杀予夺的世界主宰。这是我们的，而且质量最好，他想。一扇扇车门砰砰地关上了，火车拉响了汽笛。

理查德·约翰的雨衣领子竖着，遮住了耳朵。他倚着过道的窗门朝外眺望，棚屋小舍开始纷纷朝缓缓拍击堤岸的海水退去。这是结束，他想，也是开端。车外一张张面孔闪过去了。一个扛着铁镐的男人摇着红灯，火车头喷出的烟气环绕着他，灯光显得模糊暗淡了。制动闸松开了。云层也绽开了裂口，落日的光辉照耀在铁路线、车窗以及理查德的眼睛上。要是我能入睡，他渴望地想，我一定能更清楚地回忆起所有应当记住的一切。

炉门打开了，火焰和热气顿时从炉中涌出来。司机把调节器拧到最大，脚踏板由于车厢的重量晃动着。火车头很快就进入了正常运行，司机关上了排气阀。列车通过了布鲁日区，调节器已经关上，火车靠少量蒸汽下坡滑行着，一点儿残阳从云层中钻了出来，辉映着湿淋淋的高墙，满是积水的小巷也闪耀着莹莹的水光。在这邋里邋遢的外壳里，坐落着那个古老的城市，就像一件曾被人过多地观看、议论和交易的闻名遐迩的珠宝。随后，透过蒸汽出现了空旷的原野，间或有郊区别墅打破了单调的景色。它们又高又丑，朝哪个方向的都有，装饰着五颜六色的瓷砖，披着茫茫的暮色。从快速列车喷出的火星清晰可见，像一群群鲜红的甲虫由于夜的诱惑飞向天空。火星坠落在铁轨旁闪烁着，触碰着树叶、树枝或卷心菜的根茎，随后化为灰烬。一个赶马车的姑娘仰脸笑着；一男一女搂抱着躺在铁路路基旁。车外，夜幕降临了；此后，旅客们在车窗里看到的便只是自己透明的身影。

2

“第一次用餐，第一次用餐。”喊声在过道里回荡着。迈亚特早已端坐在餐车里。他不愿冒险去和别人共用一张餐桌，不愿被迫去跟别人客客气气地寒暄或遭受可能碰到的冷遇。君士坦丁堡，对多数人来说是一次几乎无休无止的旅行的终点，可是在迈亚特看来，它却像迎面飞腾而过的电线杆子一样，急速地向自己逼近。一俟旅程结束，就不再有思考的时间了：等候的汽车，眼前晃过的清真寺尖塔，昏暗的楼梯，从写字台后面站起身来的埃克曼先生就会接踵而来；算计、数字、合同将把他包围起来。在这里，在餐车里、卧铺上或过道中，他必须事先想好每一处措辞，练习每一个声调变化。他倒希望和英国人或土耳其人打交道，但埃克曼及其背后谜一般的斯坦因，却都是跟他同族的犹太人，对于如何根据声调以及拿雪茄烟的姿势发现对方的意思，全都是驾轻就熟。

侍者在通道中往来送汤。迈亚特摸摸胸前的口袋，又吃了一个葡萄干，是斯坦因的，又小又干，可是得承认它价钱便宜。在迈亚特心中，质与量进行着永恒的不可避免的争斗，却从来也没有结果。被拴在伦敦的办公桌边时，他总是只和斯坦因的代表，而不是和他本人打交道，至多只能从长途电话中听听斯坦因的声音，而那只不过是声音的影子罢了，从它的语调变化中你什么都发现不了。因此，他能大致搞清的仅仅是：斯坦因的情况不大妙。但究竟如何呢？是濒临破产还是仅仅受了点儿损失？是已经到了穷途末路还是只不过向不大景气的经济状况屈服了？如果迈亚特不曾怀疑“迈亚特及佩奇联合公司”在君士坦丁堡的代理人、能干无比的埃克曼先生绕开了法律约束，私下与斯坦因勾结，事情本来会明朗一些。

他用勺子蘸了蘸淡而无味的菜丝汤，而他喜欢的是丰盛的、有滋有味的、富有营养的大鱼大肉。窗外一片黑暗，什么都看不见，只偶尔有小站上一闪而过的灯光，过隧道时火车喷出的一股火星，此外，就是一直映在玻璃上的自己半透明的面孔。在玻璃上，他的手像鱼一样飘浮着，透过它，水和水草在闪闪发光。这个时刻追随他的影像有点儿使他不快，他正要放下窗帘，却看见在自己的影子后边，还有曾向他的房间里探头探脑的那个穿旧雨衣的男人。他的衣服已经褪色，磨得发亮，面目全非，就像是穿着古代服装的幽灵，但仍勉强地维持着体面：敞开的雨衣里露出高高的硬领，以及扣得整整齐齐的夹克衫。这人正在耐着性子等候吃饭——迈亚特最初这样想，使自己的脑子暂时摆脱斯坦因与埃克曼等微妙的问题而休息片刻——但是，不等侍者到那人跟前，他就已经睡着了。一处车站的灯光射过来，车厢壁又从镜子还原为玻璃窗，那个陌生人的面孔消失了，透过窗子可以看见一群乡村旅客带着孩子、包裹和网袋在等候国内慢车。待到外边重新暗下来，那面孔就又出现了，他头一点一点地进入沉睡。

迈亚特心里明白，在火车上喝好酒纯粹是浪费，这么抖个不停，什么酒香也品不出来。可他还是点了一种度数适中的勃艮第葡萄酒，一九二三年出的香贝丹酒，就着牛肉喝了起来，并且很快就把那人忘掉了。列车开足马力奔向科隆，整个车厢的玻璃都在颤抖中呜咽。他喝着第一杯酒，又想起了斯坦因，此刻他正在君士坦丁堡狡诈或者绝望地等候自己到达。迈亚特相信，只要价钱合适斯坦因就会卖；可是听说另外还有个买主。埃克曼先生的可疑之处就在这里，也许他为了从斯坦因那里捞15%的佣金便吃里爬外，帮对方抬高价钱，和自己的公司作对。埃克曼来信说，莫尔特公司给斯坦因的存货和信誉出了个大价钱；迈亚特不相信这话。有一天，他曾和小莫尔特一道吃午饭，席间偶然提及斯坦因。莫尔特不是犹太人，他不那么敏感，不懂得推诿回避的学问。如果他想说谎，他就说谎，但只用语言欺骗，他不知道毫无经验的手会戳穿嘴里的谎言。迈亚特发现，和英国人打交道时，有一招就足够了；如果谈及重大事项或提出了关键的问题，他就递上一支雪茄，假如对方撒谎，不论他答话有多快，接烟时手至少要迟疑四分之一秒。迈亚特知道那些异教徒怎么说他：“我不喜欢这个人。他从来不正眼看你的脸。”傻瓜，他暗自得意洋洋地想，我还有比这强得多的法子呢。比如说，他知道小莫尔特没撒谎。是斯坦因，或者是埃克曼在撒谎。

他又给自己斟了一杯酒。真有趣，他想，安宁平静地以每小时六十英里的速度旅行的人是他，而不是埃克曼。埃克曼此刻也许正锁上办公桌，从书信架上拿起帽子，用尖利的龅牙咬着公司的电报，细细地琢磨着："卡尔顿·迈亚特先生于十四日抵达伊斯坦布尔。请安排会见斯坦因。"在火车里，不管它运行得多快，乘客都不得不安静地休息。在两面的玻璃窗之间根本唤不起什么激情；除去想想事以外也根本没法从事其他什么活动；而且，你尽可以独自冥思，不必担心有人打扰。可是埃克曼和斯坦因却不断地被外界打扰，电报纷纷来到，人们的谈话打断了他们的思绪，女人们在举行宴会。在这摇摆急驰的快车上，响声如此有规律，几乎就等于是寂静，运动如此平稳地延续，过了一段时间以后人们简直把它视为静止了。只有在外头才会发生侵害他的事，在火车上，他和他的种种计划可以安安稳稳地待上三天，三天之后他就会一清二楚地想好如何对付斯坦因和埃克曼。

吃完冰激凌和甜点，付过账，迈亚特在餐桌边停了一会儿，点了支雪茄。他正对着那个陌生人，看见他在上菜的空当里，即撤下塔列兰小牛肉以后，端上冰布丁之前的片刻时间里睡着了，他一定是太累了。

在迈亚特的凝视下，那人突然醒了过来。"嗯？"他问。迈亚特道歉说："我并没想惊动您。"那人怀疑地打量着迈亚特；他从睡眠中惊醒，重又回到他习以为常的焦虑不安的状态中，那件寒碜的雨衣破坏了他在穿着上花费的一番苦心。看到这些，不知是什么使迈亚特有点儿动了恻隐之心。他接着上次相遇时的话题说道："您已经找到隔间了吧？"

“找到了。”

迈亚特不由自主地说：“我想您可能会觉得在火车上难以休息。我的包里有阿司匹林。您要几片吗？”那人猝然答道：“我什么都不需要。我自己是医生。”迈亚特出于习惯瞧了瞧他那瘦骨嶙峋的手。他带着几分处于荒漠中的点头哈腰的犹太人所特有的过分谦卑说道：“打扰您我真过意不去。不过您气色不好。如果我能为您效劳——”

“不，用不着，用不着。”可是，当迈亚特走开时，那人却转过身来朝他喊道，“时间。现在几点了？”迈亚特说：“八点四十分。不，八点四十二分。”他看见那人小心翼翼地校准了自己的表。

迈亚特回到自己的房间时，车速渐渐慢了下来。铁路旁列日市的巨大高炉就像在边境袭击中着了火的古代城堡。列车晃了一下，通过了一处道岔。路两边架着一道道钢梁，下边远处，一条空荡荡的街道斜插着伸向黑暗，一家咖啡馆门口亮着灯。眼前出现了许许多多的铁轨，一些没挂车厢的火车头呼啸着，喷着汽，蒸汽朝东方快车涌来。卧铺车厢那边，绿灯亮了，列车上方露出了车站的穹顶。报童在叫卖，一长溜庄重古板的穿黑衣的男人和戴黑纱的女人在站台上等候，态度漠然，像葬礼上的一群有教养的陌生人。他们望着一等车厢从眼前经过，奥斯坦德——科隆——维也纳——贝尔格莱德——伊斯坦布尔——雅典（脱卸车厢）。随后，他们提着网袋，拉着孩子，爬上了后边的车厢，可能要去十五英里外的珀潘斯特尔或韦尔维耶。

迈亚特累了。昨天晚上他和父亲雅各布·迈亚特讨论斯坦因的事，一直谈到夜里一点钟。看着父亲抖动的白胡子，他恍然明白了事务已经一点儿一点儿地从父亲那抓着热牛奶杯、戴着戒指的衰老的手指间溜掉了。“他们从来不撇奶皮。”雅各布抱怨说，他让儿子用勺子把牛奶表面撇清。如今好多事他都让儿子做；佩奇根本不算数，他的董事职位不过是个虚职，是他作为办事员总管忠诚服务二十年得到的酬答。我即迈亚特，迈亚特及佩奇联合公司，想到这一责任，他毫不激动；他是长子，而且，按照自然法则，父亲总得把家业交给儿子。

昨天晚上父子俩对埃克曼看法不一。雅各布·迈亚特认为斯坦因欺骗了埃克曼，而他儿子则认为他们是狼狈为奸。“你等着瞧吧。”他说，对自己的机警深信不疑。但雅各布只是说：“埃克曼是个聪明人。我们在那儿需要个聪明人。”

迈亚特明白，在赫比索尔过境之前是没法安顿下来睡觉的。他拿出埃克曼提出的作为与斯坦因谈判基础的那些数字，斯坦因手头存货的价值，其公司信誉的价值，以及他估计其他买主给斯坦因出的价钱。不错，埃克曼没有明文提到莫尔特，他不过是作了暗示，而且他可以否认这一暗示。莫尔特公司以前从来没对葡萄干生意表示过兴趣，至多只不过曾在海枣市场上有过短暂的念头。迈亚特想：我不信这些数字。对于我们来说，斯坦因的公司倒是值这么多钱，哪怕我们把他的存货全都倒进博斯普鲁斯海峡，因为这样我们就赢得了垄断地位。但对其他公司来说，买它不过是买一家在竞争中被我们挤得风雨飘摇的企业而已。

数字开始在他睡意蒙眬的眼前浮动起来。1呀、7呀、9呀，变成了埃克曼先生的小尖牙；6呀、5呀、3呀，就像在变戏法电影中那样转化成了埃克曼闪闪发亮的黑眼睛。他弄到的佣金像五彩缤纷的气球在车厢里飘来飘去，越胀越大，他找了根针把它们一个一个全扎破了。过道里来来往往的脚步声使他又完全清醒了过来。他看见一件棕色雨衣从窗前闪过，还有一双紧握着的手，于是想道，可怜的家伙。

但他对埃克曼先生却没有一丝怜悯，他想象着埃克曼如何从办公室回到他那非常摩登的公寓中，走进那闪闪发亮的厕所、镶银镀金的洗澡间以及配有鲜艳椅垫的客厅，他妻子就坐在那儿缝呀缝呀，为英国圣公会慈善机构缝背心、裤子、帽子和袜子：埃克曼先生是个基督徒。一路上两边的高炉火光冲天。

但热气穿不透玻璃的隔墙，天气寒冷彻骨，四月的夜就像带着亮闪闪霜凌的老式圣诞卡。迈亚特从衣钩上取下皮大衣，走进过道。列车在科隆要停四十五分钟，来得及去喝杯热咖啡或白兰地。到科隆之前他可以来回走走，像那个穿雨衣的人一样。

外边没什么东西值得一顾，迈亚特知道，当他在过道里走过或出入厕所时，在精神上伴随他的仍是埃克曼和斯坦因。他想，企图哄人往漏盆里倒热水的埃克曼先生，却在马桶座旁边放一部用链子系住的《圣经》。至少他听说是这样。《圣经》在银光闪亮的水龙头、塞子之中显得又大又破，很有“家庭味儿”，向所有到埃克曼家吃饭的男男女女宣扬着他的基督教徒的品德。有了它就不需再遮遮掩掩地暗示他们如何常去教堂、常去找使馆的牧师。只需由他妻子说一声“亲爱的，您不洗洗吗？”，或者他本人在茶余酒后向男人们诚心诚意地提出这类问题就行了。不过，对于斯坦因，迈亚特却一无所知。

“你对板球感兴趣，不在布达佩斯下车可真是憾事。我正试着在使馆组织两支板球队——哦，真不容易呀。”一名面孔像教士服领子那样苍白的男人对另一个小老鼠般的人说道，那人在他对面蜷缩着，不住地点着头。迈亚特走过时，声音透过关闭的玻璃窗飘进过道，已经失去了原来的音调特征。就像是声音的影子，使迈亚特又想起了在两千英里电缆线另一端说话的斯坦因，声音客气殷勤，毫无特点，表示他希望不久能有幸在君士坦丁堡招待卡尔顿·迈亚特先生。

他走过二等硬座车厢。男人们，背心已经脱去，下巴上胡茬儿青青的，摊手摊脚地横在座椅上；女人们头上罩着像行李架上的网袋那样灰尘仆仆的发网，裙子紧紧地裹着身子，横七竖八地靠在座位上，大乳房和小瘦腿，小乳房和大肥腿，乱糟糟地混在一起。一个瘦高女人醒来片刻，叫苦说：“你弄来的鬼啤酒，糟透了。我胃里真不好受。”她丈夫坐在对面，冲着她闭着的平静的眼睛微微一笑，一只手搓了搓自己的方下巴，又转眼斜睨着身旁穿白雨衣的姑娘。那姑娘躺在座位上，脚抵着那男人的一只手。迈亚特停下来，点燃一支香烟。他喜欢这个姑娘苗条的身材和面孔，口红涂得恰到好处，使她的平庸相貌顿生魅力。而且，她也不完全平庸；她那小巧的五官和头骨，她的鼻子和耳朵，使她具有一种虚假的文雅风度，一种惹人注目的俊俏，像圣诞节时摆满小灯、金箔和五颜六色的寻常礼品的乡村店铺的橱窗。迈亚特记起她曾在车厢过道尽头打量自己，便暗自忖度，不知他使那姑娘想到了什么人。他很高兴她没流露出厌恶之情，没显出她已觉察到，尽管他穿着金钱所能买到的最华贵的衣服，心里却困窘不安。

姑娘身边的男人小心翼翼地把手放到她的脚踝上，并缓缓地朝膝盖摸去。同时，他一直瞧着自己的妻子。姑娘醒过来睁开眼睛。“多冷啊。”迈亚特听见她这么说，从她那煞费苦心的自卫式的友好态度中可以看出，她对那只业已缩回的手并非没有觉察。她很委婉，很耐心，但迈亚特觉得她还不大善于掩饰。他知道姑娘正在他和身旁那位旅伴之间权衡，掂量他的品质以及他招惹烦恼的可能性。她可不想惹麻烦，她会这么说。当他看到她勇敢果断地下了决心，不由得感到敬佩。“我想到外边吸口烟。”姑娘一边说，一边在提袋中摸寻烟盒。片刻之后，她来到迈亚特身边。

“要火柴吗？”

“谢谢。”他们走到她那个隔间里的人看不见的地方，一起凝视着车外喃喃低语的黑夜。

“我不喜欢你那位旅伴。”迈亚特说。

“我可没法挑三拣四。他还不算太坏。他叫彼得斯。”

迈亚特迟疑了一下：“我叫迈亚特。”

“这个名字挺有趣。我叫科洛尔——科洛尔·马斯克。”

“跳舞的？”

“没错。”

“美国人？”

“不是。你为什么这样想？”

“听你说话。你有点儿美国腔。去过美国吗？”

“去过美国？当然了。一星期里六个晚上外加两个下午。在长岛的乡村俱乐部花园、棕榈海岸、河滨路的单身公寓等处演出。哎，要是不会来点儿美国腔，就别想在英语音乐喜剧中谋个差事。”

“你很聪明。”迈亚特严肃郑重地说，抛开了有关埃克曼和斯坦因的种种思绪。

“咱们走动走动吧，”姑娘说，“我冷。”

“你不睡觉吗？”

“渡过了海峡就没睡成。太冷了，那家伙又一直在摸我的腿。”

“你干吗不给他一个耳光？”

“在到科隆之前？我可不想惹是生非。我们得一起坐到布达佩斯呢。”

“你的目的地？”

“不，是他的。我坐全程。”

“我也是，”迈亚特说，“去出差。”

“哦，咱们俩都不是去消遣游乐，是吗？”她有点儿忧郁地说，“火车刚开时，我就瞧见你了。我还以为你是我认识的什么人呢。”

“谁？”

“我怎么知道？我才不费心去记那些男孩子给自己安的姓氏呢。邮局找他们用的可不是那些名字。”迈亚特觉得，是耐心和勇气使她能如此平静地接受欺骗。她把冻得发青的脸贴在玻璃窗上，像个小男孩眼巴巴地细看着商店里的一切，折刀呀，恶作剧的玩具呀，起罐器呀，气味炸弹呀，会吱吱叫的小兔子呀，等等。可是，摆在她面前的只有黑暗，以及他们自己的影子。

“你看我们朝南走，”她问，“天气会不会变得暖和些？”她似乎认为自己正在驰往暖和的热带。“咱们到不了真正的南方，所以天气不会有太大变化。”他说，“我在君士坦丁堡见过四月里下雪。风从黑海刮来，经过博斯普鲁斯海峡，风硬得能把棱角锉圆。那城市到处是棱棱角角的。”

“我希望更衣室里能暖和点儿，”她说，“在舞台上不能多穿衣服御寒。我真想喝点儿什么热东西。”她屈着腿，发青的脸和膝盖抵着玻璃。“快到科隆了吧？德语的咖啡怎么说？”她的表情吓坏了迈亚特。他沿着过道跑过去，把唯一敞开的一扇窗子关上了。“你觉得好点儿了吗？”

她半闭着眼缓缓说道：“好点了。你弄得车里都不透气了。这会儿我觉得暖和了。你摸摸。”她抬起手来，迈亚特把她的手贴在自己的面颊上，那滚烫的手让他吃了一惊。“听着，”他说，“回你车厢里去，我想法儿给你弄点儿白兰地来。你病了。”“我只不过是时不时发冷，”她解释说，“刚才我挺暖和，现在又冷了。我不想回去。我就待在这儿。”

“你一定得披上我的大衣。”他不大情愿地开口说，不过没等他说出“披一会儿”或“等你暖和了再还我”之类的话来限制一下自己言不由衷的提议，她就已经倒在地上了。他抓住她的手，摩擦着，焦急而又束手无策地望着她的脸。对他来说，帮助科洛尔突然成了压倒一切的需要。看她在台上跳舞，或站在剧院外灯光照耀的街头，他只会把她当成满足感官刺激的玩物。可现在，她在列车过道里昏暗摇曳的灯光下，孤立无援，疾病缠身，身子随着列车的行驶抖动着，于是唤起了痛苦的同情。她没抱怨天冷，她只是像议论一种不可避免的坏事那样谈起它。他豁然明白了，对于她来讲，生活就是由无数这样不可避免的坏事组成的。他听到了单调的脚步声，正是他曾看到在自己隔间外来回踱步的那个男人的，于是迎了上去。“您是医生？有位姑娘昏倒了。”那人停下来，不太乐意地问：“她在哪儿？”随后他越过迈亚特的肩头看见了她。他的迟疑把犹太人惹恼了。“她看来病得很厉害。”他催促道。医生叹了口气。“好吧，我就来。”他像是在鼓起勇气准备接受磨难似的。

然而，等他在姑娘身边跪下，恐惧似乎就消失了。他以医生那种不带个人色彩、老于世故的温存态度对待她。他摸摸她的心脏，又掀开她的眼皮。姑娘醒了过来，但仍糊里糊涂，她以为是自己在俯身看着一个留着不成样子的长胡髭的陌生人。她同情他，一定有什么痛苦的经历使他如此焦虑不安，同时，她觉得在那人眼中看到了友善，于是以关切回报了友情。她把手放到他脸上。他病了，她想，暂时把那些困惑从脑子里排除出去——灯泡在地上闪着光，影子的方向也不对头。“你是谁？”她问，竭力回想自己怎么会跑来帮助这个陌生人。她想，她从没见过比他更需要帮助的人。

“医生。”

她吃惊地睁开眼，世界明晰起来。是她自己躺在列车过道里，那陌生人俯身跪在旁边。“我晕过去了？”她问，“天气冷极了。”她感觉得出列车在沉重、缓慢地运行。外边的灯光透过玻璃，映照着医生的面孔和他背后那个年轻的犹太人。迈亚特，迈——亚特。她突然满意地暗自笑了，仿佛此时此刻她把一切责任都移交给别人了。火车晃了一下后停了下来，犹太人撞到墙上。医生一动没动。如果说他晃了晃，那也是顺着列车的运动，而不是逆着它。他的目光落在她脸上，他的手指摸着她的脉搏；他怀着几乎就要化为语言的颤抖的激情望着她，可她心里明白，这激情不是对她产生的，甚至与她毫不相干。她这样对自己说：即使我有密斯丹格苔[1]那样的腿，他也不会注意。她问道："是什么使你激动呢？"但是，除了"我的本职工作"几个字以外，医生的回答完全被穿蓝制服的人在站台上以及入口处呼喊的声音淹没了。

"准备好行李和护照。"一个人操着外国口音冲他们喊道。于是迈亚特向她要提包，说："我给你照看东西。"她把提包递给他，在医生的帮助下靠着车厢壁坐了起来。

"您的护照？"

医生缓缓回答说："我的行李在一等车厢。现在我不能离开这位小姐。我是医生。"科洛尔头一次注意到了他的口音。

"英国护照？"

"是的。"

"好吧。"另一个人来到他们跟前。"行李呢？"

"没有什么要上税的东西。"那人走了。

科洛尔·马斯克笑了。"这真是边境吗？真的，人们想走私什么都行。他们根本没往包里看一眼。"

"什么都行，"医生说，"只要有英国护照。"他目送检查人员离去，直到迈亚特返回来，他一直没开口。"现在我能走回

1 密斯丹格苔（Mistinguett，1875—1956），法国著名女演员。

我的车厢去了。”她说。

“你有卧铺吗？”

“没有。”

“你在科隆下车？”

“我坐全程。”

他提的建议跟轮船事务长一模一样：“你该弄个卧铺。”这毫无用处的建议使她恼火，一时忘却了自己对这个年老而又忧心忡忡的医生的同情。“我怎么弄得到卧铺？我不过是在合唱队唱唱歌而已。”他用极为痛苦的目光扫了她一眼。“当然，你没有钱。”

“我该怎么办？”她问，“我病了吗？”

“该怎么对你说呢？”他说，“如果你有钱，我会说：休息六个月。到北非去吧。你昏倒是由于横渡海峡的劳顿，由于寒冷。是的，我可以对你说这些话，可又有什么用呢？你的心脏不好。你多年来太劳累了。”

她有点儿吓坏了，恳求地说：“可我怎么办才好呢？”他摊开双手：“没法子。这么过下去吧。该休息时尽量休息，穿暖和些，你穿得太少了。”

汽笛响了，火车摇晃着开动了。车站上的灯纷纷从他们面前掠过，隐入黑暗之中。医生转过身来向她道别：“如果你还需要我，再往前走三个车厢就是。我叫约翰，约翰医生。”她胆怯而有礼貌地说：“我叫科洛尔·马斯克。”医生朝她微微鞠了一躬，一本正经，外国派头十足。她从他的眼睛看出，其他种种思绪已如雨水倾落在他的脑子里。过去她从来没有察觉出自己会这么快就被人遗忘。“一个被男人们忘却的姑娘。”她哼起歌来，给自己打气。

然而医生没走多远就停了下来。一名矮小苍白的男子抓着过道里的扶手，轻手轻脚、小心翼翼地朝这边走来。她听见那人对医生说：“出了什么事吗？要不要我帮忙？”他比医生要矮一英尺，看见他热切地仰着面孔，科洛尔不禁笑了。“您别以为我好多管闲事，”他边说边把手放到医生的衣袖上，“我那隔间里的一位教士认为有人生病了。”他又赶紧补充说，“于是我说我来看看。”

科洛尔曾看见这位医生在过道里来回踱步，宁愿在这空寂无人的走道里，也不愿和别人共坐在一个隔间中。现在，尽管并非自己之过，他却将自己陷到人群中了，询问和请求像刺果一样黏着他的思想不放。她以为他会发火，说几句不客气的刻薄话，赶那家伙哆哆嗦嗦地逃走。

可他那温柔的答话使她吃了一惊。“你说是位神父？”

“哦，不。”那人抱歉地说，“我还不清楚他属于哪个教派，信奉哪种教条。怎么，有人要死了吗？”

约翰医生似乎感觉到了科洛尔的恐惧，他朝着走廊这头喊了声叫她放心的话，便拨开那只抓着他的手走了。那小个子仿佛搞清了什么事，在喜悦中沉浸了片刻，等他玩味够了，就走了过来。“究竟是怎么回事？”

科洛尔没理会他，朝着身边剩下的唯一友善的人迈亚特恳求地问道：“我没病得那么重，对吧？”

陌生人说：“他的口音让我很兴趣。你会说他是外国人，可他有个英国名字。我想跟上去和他谈谈。”

昏倒一场之后她的脑子十分清楚；在她一度看到的那个颠倒的世界里，医生躺在她脚下，需要同情和照料，这使得她心目中原来那幅旧的世界图景变得陌生而刺眼；然而，语言来得没有直觉那么快，待她请求说“别去打扰他”时，那人已经走远了。

“你怎么看？”迈亚特说，“他讲得对吗？这里头真有点儿秘密吗？”

“人人都有点儿不可告人的事。”她说。

“他可能在逃避警察。”

她确信不疑地说：“他是好人。”迈亚特接受了这一断语，于是不再想医生的事了。“你得躺下，”他说，“睡上一会儿。”不用她躲躲闪闪地回答“有那么个女人在旁边老是抱怨胃不舒服，我怎么能入睡呢”，他也不由得记起了那位彼得斯先生，他正躲在隔间的一角等科洛尔回去，好继续从她身上得到那种随手可得而又无伤大雅的廉价的满足。“你得去我的卧铺睡。”

“什么？在头等车厢？”她的惊诧和渴望，使他拿定了主意。他决心像个东方王公似的赐给她贵重的礼品，而并不要求或指望任何报答。人们历来指责他这个民族的人吝啬，现在他要向一个基督徒表明这责难是何等不公正。在荒漠中流浪四十年，远离埃及奢侈的生活，造成了犹太人严苛的生活习惯，算计日子，囤积用水。在基督徒世界的荒野中度过的一千年也不鼓励人们炫耀财富，在那里只有秘藏的财宝才是安全的。不过，世界在变化，沙漠上有了盛开的鲜花，在欧洲西部，在一些星星点点的角落里，犹太人开始显示他们与阿拉伯人共有的另一面特色，即王公般的主人的慷慨大度，他可以为乞丐濯足，让他们分享自己的餐饭；有时他可以不再做富人的敌手，而成为任何以上帝名义寻求庇护的穷人的朋友。迈亚特不再听见火车的轰鸣，不再看到眼前的灯火，他因自己的骄傲感在绿洲中支起帐篷，在沙漠中开掘甘泉。他朝她摊开双手。“是的，你得睡在这儿。我会去和列车员办好交涉。还有我的大衣，你得穿上它。那样会暖和些。到科隆我给你弄点儿咖啡，但你最好还是睡会儿觉。”

“可我不能。那你上哪儿去睡呢？”

“我总能找到地方。车上又不挤。”科洛尔心里又涌起一股没有针对性的柔情，这是一股暖流，她任它把自己浸没，但不要陷得太深——要防备脚下触到不坚实的流沙，但又足以让自己被那暖流自然而然地带向她渴望的地方——床铺、枕头、被子和睡眠。她留意到，当迈亚特不再道歉解释或表现自己而是变成一个关怀照顾他人的幽灵时，高贵的风度便伴随着自信一道回到了他身上。

迈亚特并没有去找列车员，他挤在过道车厢壁与隔间之间，抱着胳膊，打算眯一会儿。可是，没有了大衣，实在冷得太厉害。虽说过道里的窗子全都关上了，但一股冷风穿过弹簧门或连接车厢的踏板刮了进来。列车的轰响也不像原来那样有规律得几乎与寂静毫无区别。在赫比索尔到科隆的一路上有许多隧道，一进隧道，火车的声声长啸就变得分外震耳欲聋。迈亚特睡得很不安稳。火车头阵阵喷放的蒸汽和扑面而来的穿堂风都影响了他的梦境。火车的过道变成了两旁长满石楠的长长的西班牙大街。艾萨克驾驶着他的宾利汽车，载着他在街上缓缓驰过。姑娘们成双结对地沿着灯火通明的街东侧走着，他们俩打量着她们的面孔。

那是些为了在酒馆喝杯酒、乘快车兜趟风或寻欢作乐一番就危险地出卖自己的女店员。在大街另一侧，黑暗中有几名妓女坐在椅子上，衣衫褴褛，年老色衰，不成样子，背朝着沙土斜坡和荆棘丛生的灌木，等待着又老又聋又瞎的家伙赏给她们十个先令。艾萨克把车开到灯下，他们看着那些不知名的年轻漂亮的面孔纷纷晃过。艾萨克想要个胖胖的金发姑娘，而迈亚特想找个肤色较深的苗条姑娘，但是挑三拣四可不容易，因为整个马路东侧都排满了竞争的汽车。姑娘们倚门而立，笑着，抽着烟；路对面有辆双排座汽车正在耐心地等着。艾萨克毫不通融，把迈亚特惹恼了；汽车里很冷，风扑面刮来。他看见科洛尔·马斯克从旁边走过，便立刻跳下车来，递给她一支烟，邀她去喝杯酒，然后去兜兜风。迈亚特想，这就是和这类姑娘打交道的一个好处，她们全明白兜风意味着什么，要是她们看不上你的长相，她们就会说自己该回家了。可科洛尔乐意去兜兜风，她愿意让他在黑黢黢的汽车里跟自己做伴享受这一切：灯火、酒馆、房屋都被远远地甩在身后，在汽车绿色前灯的照耀下，树木像纸剪影一般耸向天空；灌木丛沐浴着朝露的湿叶散发出清香，还有在庄稼地里的粗野的片刻销魂。至于艾萨克，虽然他的同伴又黑又壮，穿得很薄，长着大鼻子和尖尖的大龅牙，他也只好将就了。不过，等她在车前边艾萨克身旁坐下之后，她掉转脸冲迈亚特长时间地笑，说道："我出门没带名片，不过我叫斯坦因。"后来，他迎着刺骨的风沿着一个有镶银镀金扶手的大楼梯向上攀去。那女人在楼梯顶上，蓄着小胡子，指着一名坐在那儿不停地缝呀缝呀的女人，对他喊："来见见埃克曼太太！"

科洛尔·马斯克把手从毯子底下抽出来，抗议般地一甩。她在聚光灯的照耀下跳呀、跳呀、跳呀，而舞台监督却用手杖打她赤裸的双腿，说她跳得不好，说她迟到了一个月，破坏了合同。与此同时，她一直在跳啊、跳啊、跳啊，他用手杖打她的腿，她也不理会。

彼得斯太太转过脸来，对她丈夫说："那杯鬼啤酒！我胃里老翻腾。咕咕直响。我没法儿睡觉。"

奥佩先生梦见自己身穿法衣，胳膊下夹着板球拍，腰里掖着板球手套，沿着一座高大宽敞的大理石阶朝上帝的祭台走去。

最后，约翰医生舌头上含的苦药片慢慢消融了，他终于睡着了，还用德语讲了一句梦话。他没有卧铺，只好直挺挺地坐在那个角落里，外边响起了缓慢的叫声："科隆。科隆。科隆。"

第二部

科隆

1

“当然，亲爱的，我不在乎你醉不醉。”珍妮特·帕多说。科隆火车站的大钟敲响了，一点整，一名侍者开始关闭“精益”酒吧阶前的电灯。“来，亲爱的，让我给你正正领带。”她探身越过桌子给梅布尔·沃伦整了整领带。

“咱们一起生活三年了，”沃伦小姐操着低沉阴郁的腔调开口道，“我可从来没对你说过厉害的话。”

珍妮特往耳朵后边洒了点儿香水：“老天爷，亲爱的，瞧瞧钟点吧，还有半个小时火车就要开了。我还得取提包，你还得采访。快喝掉那杯酒，走吧。”

梅布尔·沃伦端起杯子喝起来。随后她站起来，宽宽的身躯有点儿摇晃。她穿着花呢运动装，结着领带，衬着硬领。她眉毛很浓，眼睛乌黑，透着一股果断劲儿，可是却哭得红红的。

“你知道我为什么喝酒。”她说道。

“别胡说了，亲爱的。”珍妮特说，一边朝粉盒镜子里望望，看看自己的仪容是否确实完美无瑕，“你遇见我之前早就喝上酒了。多少有点儿时间长短的观念吧。我只不过要离开一星期。”

“那些男人。”沃伦小姐阴沉地说，珍妮特站起身来要穿过广场时，她以异乎寻常的力气抓住珍妮特的胳膊，“答应我，你一定要小心。要是我能和你一道去就好了。”快走到车站门口时，她在一个水坑处打了个趔趄。“哟，瞧我干了些什么！我真是笨手笨脚，把水都溅到你的漂亮新衣服上了。”她开始用粗大的手去擦珍妮特的裙子，她的小拇指上戴着一只印章戒指。

“啊，看在上帝分上，走吧，梅布尔。”珍妮特说。

沃伦小姐的情绪一下子变了，她直起身来挡住去路。“你说我醉了。我是醉了。可我还要喝，喝个烂醉。”

“噢，走吧。”

“你再陪我去喝上一杯，要不，我就不让你上站台。”

珍妮特让步了。“一杯，你记好，只喝一杯。”她引着梅布尔穿过一处灯光幽暗的宽敞的大厅，来到一间房里，几名疲惫不堪的男男女女在那里匆忙地喝咖啡。“再来一杯杜松子酒。”沃伦小姐说。珍妮特也要了一杯。

沃伦小姐在对面墙上的镜子里看到了自己的形象：蓬头散发，满脸通红，真糟透了；她身边坐着的是一个她更熟悉的形象：苗条、黝黑、俏丽。对于她我算个什么呢？她酒入愁肠，心里思忖着。我造就了她，我照料她，而且，心中不无恼恨，我给她付账交钱。她身上的衣服件件都是我出的钱，是我汗流浃背地挣来的，她想，此刻餐馆中寒意逼人，暖气全无效力。每天说不定什么时候就得起床，报道这、报道那，忽而去妓院会见老鸨，忽而去采访被害孩子的母亲。她知道人家在伦敦报馆里怎么说她，她对此也有点儿洋洋自得："想要感伤故事吗，那就派'晃花眼'梅布尔去吧。"沿莱茵河顺流而下，一路都是她的地盘。从科隆到美因茨[1]之间所有城镇，不论大小，她都能找到有趣的材料，给阴沉的男人强安上戏剧性的妙语，往那些过于伤心、不愿开口的妇女嘴里塞进悲哀的言词。自杀、被害的女人，被强奸的孩子，这一切从来都不曾引起她一丝一毫的感情波动。她是个艺术家，她批判地审查，她观看，她听取；而眼泪是留给报纸用的。但是现在她却坐在这儿哭泣，难听地哼哼着，只因为珍妮特·帕多要离开她一个星期。

"你要采访谁呀？"珍妮特问道。她对此其实毫无兴趣，但她想把梅布尔·沃伦从离别的念头上引开，她哭得也太招眼了。"你该梳梳头发。"她补充说。沃伦小姐没戴帽子，一头黑发像男人似的剪得很短，乱得不成样子。

"萨沃里。"沃伦小姐说。

"他是什么人？"

"他的书已经卖了十万册。《寻欢作乐》。五十万字。两百个人物。伦敦才子。只要没忘，他总是省去h音不发。"

"他上火车站来干吗？"

"到东方去收集材料。这本来不关我的事，只因为要给你送行，我就把这事揽下来了。他们让我写四分之一栏文章，但到了

1　美因茨（Mainz），德国西部港口城市。

伦敦他们就会把它砍得只剩大约两盘[1]字那么长。他算是挑错时候了，要是在八九月份的新闻淡季里，他就能和人鱼海马之类平分秋色，占上半栏版面。”她再看看珍妮特，职业兴趣的火焰又暗淡下去了。今后，早晨她将看不见穿睡衣的珍妮特倒咖啡，晚上回到公寓也不会看见穿睡衣的珍妮特兑鸡尾酒了。她嘶哑地说：“亲爱的，你今晚穿哪套啊？”这个女性的问题由沃伦小姐那低沉的男人般嗓音说出，显得有点儿古怪。

“你指什么？”

“睡衣，亲爱的。今晚我想按照你实际的样子来想你。”

“我想我根本不会脱衣服睡。瞧，现在已经一点一刻了。咱们该走了。你要耽误采访了。”

这话触动了沃伦小姐的职业自豪感。她哼了一声。“你以为我还得向他提问吗？”她说，“只需瞧他一眼，我就会把该说的话安到他的嘴巴上，他也不会抱怨的。那是在给他扬名。”

“可我得找个脚夫来拿提包。”人们正纷纷离开饭馆，随着门一开一合，搬运工的喊声、汽笛的鸣叫声隐隐约约地传到她们坐的地方。珍妮特·帕多再次催促沃伦小姐：“咱们该走了，你要是还喝酒，我可不能陪你了。”但沃伦小姐一言不发，根本不理她。珍妮特发现自己正在注视着梅布尔·沃伦处理她记者生涯中的一桩例行公事，即一点儿一点儿地消除她的醉态。她先用手理理头发，然后用沾满香粉的手帕——她对女性习惯的一个妥协——抹抹通红的脸颊和眼皮。与此同时，她开始调节眼睛的焦

1 指排字的字盘。

距，把眼前的一切，杯子、侍者、玻璃器皿、远处的镜子乃至她本人的映像，都当成眼镜商的字母表。眼下这会儿，字母表中的第一个字，黑色的大写A，是一个穿雨衣的中年人，他正站在桌边掸掉身上的面包屑，准备去赶火车。

"我的上帝，"沃伦小姐用手捂住眼睛说，"我醉了，我看不清楚。那是谁呀？"

"留小胡子的那个？"

"是的。"

"我从来没见过他。"

"我见过。"沃伦小姐说，"我见过。可是在哪儿呢？"某种东西已经完全使她从离愁中摆脱出来了；她嗅出了一股气味，于是把玻璃杯里余下半指深的杜松子酒也弃之不顾，追着那男人大步向门口走去。他走出门，没等沃伦小姐从旋转门中脱出身来，他已经迅速穿过灯光幽暗的大厅，来到一处楼梯跟前。沃伦小姐撞到一名搬运工身上，跌跪在地上。她摇着脑袋，极力驱除喝酒造成的慈悲心肠、忧郁情绪以及晕晕乎乎的感觉。搬运工停下来扶她，她便抓着他的胳膊不撒手，直到恢复了操纵自己舌头的能力。"从第五站台发出的是哪一班列车？""去维也纳。"那人答道。

"贝尔格莱德？"

"是的。"

她说了贝尔格莱德而没说君士坦丁堡，这纯粹是碰巧。但话一出口，便让她恍然大悟。她向珍妮特·帕多打招呼说："多占个座位，我要和你一道去维也纳。"

“可你的票呢？”

“我有记者通行证。”现在她倒着急起来了，“快点儿，第五站台。现在是一点二十八分，只剩下五分钟了。”她仍使劲地抓着那个搬运工，“听着，我要你给我带个口信。威廉大帝大街三十三号。”

“我不能离开车站。”他一边说一边从她手里往外挣脱。

“你几点钟下班？”

“六点。”

“那太晚了。你得溜出去一趟。你干得了，对吗？没人会注意的。”“我会被解雇的。”

“冒冒险吧。”沃伦小姐说，“二十马克。”

那人摇摇头：“工头会发现的。”

“我再给你二十马克送他。”

工头不会干的，他说，风险实在太大了，总工头会发现的。沃伦小姐打开提包开始数钱。在她头顶上，一只钟敲响了。一点半，还有三分钟火车就要开了，但她没有流露出一点儿焦急之意。情绪激动会吓坏这个搬运工。“八十马克。”她说，“你爱给工头多少就给多少。只需离开十分钟。”“这可是够悬的。”那人说。可当她把钞票塞到他手里时，他并没拒绝。“仔细听着，去威廉大帝大街三十三号，你会找到伦敦《号角报》的办公室，那里肯定有人。告诉他，沃伦小姐已乘东方快车去维也纳了。今晚她不能交那篇采访报道了。她明天早上将从维也纳打电话来。跟他说，她正在搞一个头条新闻。你重复一下吧。”当他结结巴巴地慢慢复述这个口信时，她一直在注意时间：一点三十一分，一点三十一分半。“好，去送信吧！要是一点五十分你还没把口信带给他们，我就告发你受贿！”她露出大方牙来，恶作剧地朝他笑笑，然后朝楼梯跑去。一点三十二分。她觉得听到了汽笛嘶鸣，赶紧一步跨过最后三级台阶。火车正在启动。一名检票员想拦住她的去路，但她把他撞到一边，回过头来喊了声：“有通行证！”列车末尾的三等车厢正在驶过，速度越来越快。上帝啊，她想，以后我真得戒酒了。她伸手抓住最后一节车厢的把手。一名搬运工高喊着朝她跑来。有那么漫长的十来秒钟，疼痛骤然传过臂膀，她觉得自己仿佛要被甩到站台底下，甩到火车的车轮底下了。那高高的阶梯使她胆怯起来，她够不着，再有一刹那，她就得撒手了。最好还是跌在站台上吧，宁可脑震荡也别摔断腿。但是，那会丢掉一条多棒的消息啊，她痛苦地想着，于是奋力一跃，恰在站台尽头的边沿消失的一瞬间，她双膝着地落到车门的阶梯上面。最后一盏灯也消失不见了，车门在她的身体压力下朝里打开了，她跌倒在过道里。她小心护着疼痛的肩膀，倚着墙站起来，带着哭笑不得的胜利感想道：“‘晃花眼’梅布尔飞身上车。”

晨曦透过百叶窗缝隙钻进来，映到对面的座位上。当科洛尔·马斯克醒来时，她第一眼看见的就是那个座位和一只皮箱。她觉得浑身无力，惴惴不安，想着要在维多利亚车站赶那趟火车，想着楼下为她准备的干巴巴的鸡蛋和放了两天的陈面包上切下来的面包片。我真希望当初没接受这份工作，她想。动身的时刻来临时，她反倒宁愿去沙夫兹伯利街那儿，在楼梯上排长队，宁愿强打精神在代理人门口久久地等待。她拉起窗叶，一时感到惊讶不已：一根电线杆飞闪而过，一条绿色的河在近旁流淌，朝阳把河水染成橘红色，山丘上林木葱茏。于是她想起了一切。

时间还早，太阳低低的，刚从山后露出头来。对岸的一个村庄灯光闪烁，在一幢幢小木房上方，几缕青烟悬浮在宁静的空气中，屋里点燃了晨炊，正为干活儿的人做早饭呢。村子离铁路那么远，当你凝视时，它一动不动，河岸这边的树木房舍以及停泊的小船却向后飞掠而去。她拉起另一扇窗子，看见迈亚特在过道里靠着墙睡着了。她的第一个念头就是要叫醒他，但转念又想，还是让他睡吧。于是，她又在那个靠别人受苦而得来的舒适环境中躺了下来。她觉得自己对他产生了一股柔情，他似乎给了她一种新的希望，也许生活还不至于全是为了个人私利而没完没了地争斗，也许，她想，这个世界还不是那么冷酷无情。她回想起轮船事务长跟她讲话十分和气，还告诉她："记住我。"现在看来，既然这个年轻的犹太人肯睡在门外，愿意为素不相识的人受好几个钟头的罪，那么，那个事务长就更可能还记得她了。她第一次怀着幸福的感觉想：也许，当我不在眼前，见不到我，没法儿跟我讲话时，别人还会惦记着我呢。她再一次朝窗外看去，这时小村子已经不见了。她曾凝神眺望的那个分外青翠的小山也不见了，只有河流依旧。渐渐地她又睡着了。

沃伦小姐跌跌绊绊地从车厢里走过来。她已经在三等车厢的过道那儿坐了将近两小时，但肩膀依然疼得厉害，甚至不能伸出右手去抓扶手。她觉得自己简直散了架，头昏眼花，醉意未消，思想像一团乱麻，可是她的鼻子依然在准确地追踪猎物的气味。

在以往十年记者生涯中，在报道女权运动、强奸案和谋杀事件的十年中，她还从来不曾这样接近过一条独家的头版新闻。这不是那种几便士一份的小报才肯登的琐事，而是《泰晤士报》记者不惜花一年时间搞到手的新闻。她颇为自得地想，别人谁能像她这样，喝醉了也不误时机呢？当她沿着头等车厢蹒跚地走过来时，胜利的喜悦溢于眉梢，像在头上斜扣了一顶王冠似的显得怪模怪样。

她的运气真不错。有一个男人从隔间中出来了，朝厕所走去。她紧贴着玻璃窗让他通过，忽然，她看到那个穿雨衣的男人正在这个隔间的角落里打盹，独自一人。他抬起头来，瞧见沃伦小姐正在门口微微地前后摇着。“可以进来吗？”她问，“我在科隆上的车。我找不着座位了。”她的声音很低，几乎很温柔，简直像是在怂恿一只爱犬进毒气室去。

“这座位有人。”

“只待一会儿，”沃伦小姐说，“我只歇歇脚。听到你讲英语我真高兴，我就怕跟一大帮外国人一道坐火车。夜里说不定会需要点儿什么呢，对吧？”她戏谑地朝他咧嘴笑着，“我猜你是一个医生。”

“我曾经当过医生。”那人承认道。

“你是去贝尔格莱德？”那人有点儿不安，目光锐利地打量了她一眼，没等她觉察便看清了她那微微前倾的穿花格呢的宽身子，闪闪发光的印章戒指，以及充满欲求的涨红的脸。“不，”他说，“没有那么远。”

“我就到维也纳。”

他缓缓地说："你凭什么认为——"他不知自己该不该问她。他对以这种形式出现的危险还不大适应：一个英国老处女，喝得有点儿醉了，就是隔着整节车厢也能闻到她的酒味。以前碰到危险时，他只需善于躲闪，手脚麻利，信口瞎编，就能应付过去。沃伦小姐也有点儿犹豫，但她的犹豫就像囚徒的一丝激动之情那样转瞬即逝了。她说："我觉得我在贝尔格莱德见过你。"

"我没到过贝尔格莱德。"

她不再耍花枪了，直截了当地亮了底。"我到过贝尔格莱德，"她说，"为我们的报纸采访坎姆内茨审判案。"但她已经给了他足够的警告，此时他无动于衷地瞧着她。

"坎姆内茨审判案？"

"坎姆内茨将军被控犯有强奸罪时，津纳是起诉的主要证人。当然，将军被无罪开释了，陪审团是经过专门挑选的一帮人。政府是绝不会允许给将军定罪的。津纳出庭作证纯粹是愚蠢。"

"愚蠢？"他那彬彬有礼的关切态度使她勃然大怒。"你一定听说过津纳。在那之前一星期，当他坐在一家咖啡馆里的时候，他们曾企图开枪打死他。他是社会民主党的头头。他作证控告坎姆内茨反倒使自己倒了霉。审判结束前十二小时他们就已发出了拘票，准备以伪证罪逮捕他。他们只不过等候一开释便采取行动。"

"这是多久以前的事？"

"五年前。"他仔细地瞧瞧她，寻思怎样答复才更使她恼怒。"这么说是个旧闻了。津纳出狱了吗？"

“他从他们手中跑掉了。我愿意出大价钱搞清他是怎样逃脱的。这可以写出一篇呱呱叫的新闻故事。他消失得无影无踪。人们都认为他被杀害了。”

“是被杀了吗？”

“没有，”梅布尔·沃伦说，“他逃掉了。”

“这人挺机灵。”

“我可不这样认为，”她气冲冲地说，“机灵人根本不会去作那个证。坎姆内茨或那个小孩关他屁事？他是个堂吉诃德式的傻瓜。”一股冷气从敞开的门口冲进来，医生打起寒噤来。“今晚可真够冷的。”他说。沃伦小姐挥了一下又短又粗、疲乏无力的手，毫不理会这句话。“想想看，”她不无敬畏地说，“他根本没死。当陪审团退庭时，他就从警察眼皮底下走出了法庭。警察只能干坐在那儿，在陪审团回来之前，他们不能采取行动。我敢发誓，我亲眼看见逮捕证从哈提普的衣服上兜里露了出来。可是津纳却失踪了，仿佛这个人从来不曾存在过。事情一切又都恢复了老样子，连坎姆内茨也不例外。”

他再也掩饰不住自己那种痛苦的关心。“是吗？连坎姆内茨也不例外？”她抓住这个有利时机，哑着嗓子说开了，想象力丰富得出人意料。“是的。如果他此刻重归故里，就会发现万事如旧，有如时钟发生了倒转。哈提普照样收受贿赂，坎姆内茨依旧在打小姑娘的主意，贫民窟依然如故，那些咖啡馆也依然如故，还是在六点钟和十一点钟演奏老一套的乐曲。卡尔离开了莫斯科咖啡馆，新来的跑堂的是个法国人，仅此而已。还有，靠近公园的地方新开了一家电影院。嗯，是的，还有一个变化。他们在克鲁格的啤酒园那儿盖了房子作为政府职员公寓。”他沉默着，几乎完全无力应付对方采取的新进攻。这么说，克鲁格啤酒园已不复存在，它那美丽动人的灯火、五彩缤纷的阳伞以及黄昏时分沿着一张张桌子轻歌曼舞的吉卜赛人也随之消失了。卡尔也走了。他真想拿自己以及朋友们的安全来和这个女人做一笔交易，换取有关卡尔的消息。卡尔是不是打点起全部的小费，退休去了公园那边的新公寓里，过上了为自己的桌子叠餐巾、为自己的酒瓶起瓶盖的生活？他知道自己应该打断这危险的醉女人的话头，可是当她讲起贝尔格莱德的消息，他的朋友们每周寄来的密码信中从来没有的那些消息时，他却一个字也说不出来。

还有好多别的事儿，他也想问问这个女人。她说贫民区还是老样子。这使他觉得脚下仿佛就是通向那些低洼狭窄的小巷的陡峭的台阶，他仿佛正屈身穿过当路横挂的花花绿绿的破衣服，用手绢捂住嘴，抵挡狗、孩子、臭肉、粪便等发出的气味。他想知道那里的人们是否还记得津纳医生。他熟悉那儿的每一位居民，如果他们不是这样地绝对信任他，如果他并非生来就是他们中的一员，他们就会把这种亲密关系看成一种危险。事实上，他曾遭到过抢劫，也听过推心置腹的知心话，他受人欢迎，受人攻击，也受人爱戴。五年可不算短，也许他已经被人遗忘了。

梅布尔·沃伦猛地抽了一口气。“言归正传吧。我想为我们的报纸进行一次独家采访。‘我是怎样逃脱的？’或者‘我为何重返家园？’”

“采访？”他的重复使她不快。她头痛得要命，“邪火”又上来了。“邪火”是她自己的专用词，指对男人的仇恨，她恨他们的躲闪和欺瞒，他们使这些变成了世上必不可少的事物，恨他们糟践了漂亮的姑娘，还横行海外，张扬他们的丑恶。他们吹嘘他们玩过的女人，就连眼前这张憔悴的中年面孔也肯定见过裸体的美女，他那抱着膝盖的双手也肯定曾在女人身上抠抠摸摸过。到了维也纳，她就将失去珍妮特·帕多了，珍妮特就要独自进入男人统治的世界。他们会吹捧她，送她一点儿不值钱的花哨东西，好像她是一个可以让伍尔沃斯[1]的镜子和玻璃珠子哄住的土著人。但是，她最怕的不是男人寻欢作乐，而是珍妮特也会那样。男人们根本不爱她，或者只爱她一个小时、一天、一年，可他们却能用享乐使她软弱，使她快活得失声叫喊。而她，梅布尔·沃伦，她把珍妮特从家庭教师的灰暗生活中解救出来，供她吃，供她穿，带着至死不渝、永不厌倦的深情爱她，可是除了一张嘴以外却没有其他办法表达她的爱；而且，她总得面对这样的事实，即她不能给她以快乐，她所能博得的至多也就是某种不痛快的不满足之感。现在，她头痛难忍，酒气冲鼻，深知自己满面通红，样子难看，于是带着更强烈的恶意仇视男人，恨他们那假里假气的翩翩风度。

“你就是津纳医生。”她更恼火地看到，他甚至不屑于否认这个身份，只是不在意地声明他旅行时所用的名字。“我叫约翰。”

“津纳医生。”她冲他吼起来，用大板牙紧紧咬住下唇，试图控制自己。

1　弗兰克·伍尔沃斯（Frank·Woolworth，1852—1919），美国商人，他在世界各地创办了一系列百货零售商店。

“理查德·约翰。学校教师。正在放假。”

“上贝尔格莱德去。”

“不，”他略微迟疑了一下，“我在维也纳下车。”她不信这个男人，不过她尽力恢复了温和的口吻。“我也在维也纳下车。也许你不反对我领你参观参观吧。”一个男人来到门口，她站起身来。“对不起，这是你的座位。”她在隔间里冲着那人咧嘴笑笑，火车哐当一声通过一个道岔，她一下子歪倒到一边，不由自主地打了个嗝，隔间里顿时充满了杜松子酒的气味和纷纷扬扬的廉价香粉。“到维也纳之前我再来找你。”她说着，沿过道走开了，一时间因自己又醉又邋遢的丑态感到痛苦万分，她把通红的脸颊贴在熏黑的冰冷的玻璃上。“我还要抓住他。”她想，像个参加宴会的年轻姑娘一样为打了个嗝而羞红了脸。“我要想方设法把他抓到手。让他的灵魂见鬼去吧！”

隔间里流溢着柔和的光。在这一瞬间，人们真可能相信，太阳代表着某种热爱人并为人而受难的事物。人们像鱼儿在金色的水里浮游着，飞翔着，在玻璃鱼缸里，不受重力的拖累，没有翅膀，澄净透明。如果说丑陋的面孔和畸形的躯体还未能化为美貌，那起码也变成了只能唤起嘲弄的怜爱之情的奇形怪状。他们在金色的浪潮中时起时伏，喃喃低语，如梦如痴。他们无拘无束，因为这是在清晨，人们尚未意识到自己被囚禁的处境。

科洛尔·马斯克第二次醒过来了。她立即起身走到门口，那犹太人还在困乏地打着盹儿，眼睛随着列车的节奏猛地睁开。她的头脑清醒得出奇，仿佛金色的阳光有一种穿透力，使得她能够洞察隐匿在通常她认为无关紧要、毫无意义的举动背后的动机。当她望着他时，他似乎感觉到了。她看见他伸出手来，但半途又停了下来。她明白他是在有意识地矫正一种犹太人的习惯。她柔声说道："我真不像话。让你在外头待了一整夜。"他不以为意地耸耸肩，活像个当铺老板在压低一块手表或一只花瓶的价格。"这算什么？我不想让你受打扰。我得在这儿应付列车员。我可以进来吗？"

"当然，这是你的包房。"

他笑了，忍不住伸出手来，上身微微一倾。"请原谅我。这包房是你的了。"他从袖筒里取出一条手绢，卷起袖口，在空中挥挥手。"瞧，头等车厢的票。"一张车票从手绢里落下来，滚到他们之间的地板上。

"你的票。"

"不，是你的。"瞧见她惊愕的样子，他开心地笑起来。

"你这是什么意思？我不能收下这张车票，这得花好几镑呢。"

"十镑，"他夸耀地说，"十镑。"他正了正领带，满不在乎地说，"在我算不了什么。"

但他那股自信劲儿，他那得意的眼神，使科洛尔·马斯克起了戒心。她满腹狐疑地说："你想干什么？你把我当成什么人了？"票就在他们之间，可她不肯把它捡起来。金色的光线退去了，只在玻璃和靠垫上留下一个黄色的斑点。科洛尔跺着脚说："我要回我的座位去了。"

他不屑地说："我并没在打你的主意。我还有别的事要操心呢。你不想要这张票，可以把它扔掉。”她看见，他瞧着自己，同时又炫耀地耸了耸肩。她无声地哭了，扭过脸对着窗户，对着飞掠而过的河流和桥梁，还有那棵初露芽苞的光秃秃的山毛榉树。我安安稳稳睡了一夜好觉就这么答谢人家；人家给我礼物，我就这么接受；她想起了关于高级妓女们接受王公贵族礼物的旧梦，又羞愧，又失望。这会儿，我就像个疲惫不堪的女招待那样说难听话。

她听到身后有响动，知道他在弯腰捡车票，她想转过身去向他表示谢意，说："能一路坐在这么软的垫子上，睡在卧铺上，忘掉自己是去出门谋生，想象着自己挺有钱，真像是在天堂似的。从来没有人像你待我这么好。”可是，她先前讲过的话，她那粗俗的怀疑，却像阶级藩篱似的横在两人之间。“请把你的包给我。”他说。她没有转身就递过去了提包，她觉得他打开了钩扣。“喏，”他说，“我把票放进去了。你当然可以不用它。什么时候想来，就再来坐一会儿。累了也可以在这儿睡一觉。”我真是累了，她想。我会在这儿睡好多个钟头。她极力压住哭腔，说："我怎么好这么做呢？”

“哦，”他说，“我会另外找个隔间的。昨天夜里我睡在外边是因为我有点儿为你担心。怕你需要什么。”她又哭了，头斜倚在窗户上，半闭着眼，于是眼睫毛就如同一层帘幕，把她和那些经验丰富的老婆子的苦口良言隔开了，例如，“男人只要一样东西”呀，“别收陌生人的礼物”呀，等等。按照人们一向告诫她的话，这份礼物的分量已经达到了危险的程度。吃巧克力糖或兜一趟风，哪怕是剧院散场后的黑夜里，也至多不过是亲亲嘴、吻吻脖子、撕破点儿衣裳。所有那些金玉良言的意思就是：姑娘们绝不会平白无故地得到什么。鲁比·M.艾尔斯之类的小说家可能会说贞洁比红宝石更可贵，但实际上它的价值只和一件皮大衣差不多。一个姑娘不和男人睡觉就不能收下他给的皮大衣。如果你那么干了，所有年长的女人都会说你待那男人不公平。而且这个犹太人付了十镑钱。

他把手放在她的胳膊上。“怎么啦？告诉我。你不舒服吗？”她记起他曾用这双手拍打枕头，记起他悄悄离去的脚步。她重复说：“我怎么能这样呢？”但这次她却是在恳求他说话，恳求他把那些贫困生活积累起来的经验否定掉。“瞧，”他说，“坐下来，我指给你看看风景。这是莱茵河。”她笑了：“我猜着了。”“看到刚才经过的那块伸入河中的礁石了吗？那是罗蕾莱[1]礁石。海涅写过的。”

“海涅？你说的什么呀？”他高兴地答道：“一个犹太人。”她忘了自己不得已下定的决心，饶有兴趣地观察起这个人来，极力想从这过分熟识的面容后面发现一个陌生人：小眼睛、大鼻子，油光闪亮的黑发。她曾无数次见到过这样的人，像身着晚礼服的侍者，在地方剧院的前排座位上，在演员代理人办公室的桌子后面，排演时在舞台两侧，午夜时在剧院门外；整个剧院都回荡着他那又温和又谦卑的命令声；他通常平庸无奇，小里小气，也有时突然大方一下子，但从来不会让人信赖。排演时和和气气地夸奖两句简直就不算回事，事后他会在办公室里捧着一杯威士忌说：“头排的那个小姑娘，她不配在这儿待下去了。”他从来

1　罗蕾莱（Lorelei），德国传说中出没在莱茵河岩石上的女妖，她凭美貌和歌声诱惑船夫，使船触礁沉没。海涅曾作《罗蕾莱》一诗。

不发火、不骂人，对人的评论最坏只不过是“那个小姑娘”，解雇人总是通过留在信架中的打印的通知单。她温和地开了口，一方面由于这些品格并不妨碍她喜欢犹太人的安静平和，另一方面由于温顺是姑娘们的本分。“犹太人很有艺术感，不是吗？‘好姑娘’剧院的乐队里尽是些犹太小伙子。”

“是的。”他不快地说，对此她不大理解。

“你喜欢音乐吗？”

“我能拉小提琴，”他说，“拉得不好。”一时间，那双熟悉的眼睛后面似乎活跃着一种奇特的活力。

“听到《小小子》[1]我总忍不住想哭。”她说。她知道自己的理解力和表达力之间有着一段距离，有很多东西她能感受到，却说不出，而且一开口就往往说错。这时她看出那股奇特的活力消失了。

“瞧，”他厉声说，“河不见了，我们离开了莱茵。快要吃早饭了。”她觉得委屈，有点儿难过，可她不想吵架。“我得去拿我的提包，”她说，“我的包里有三明治。”

他盯着她：“你是说你带了三天的干粮？”

“没有。只是昨天的晚饭和今天的早点。这样可以省八先令。”

“莫非你是苏格兰人[2]？听我说，跟我一道去吃早饭。”

1　Sonny Boy，美国演员、歌手艾尔·乔逊（Al Jolson，1886—1950）演唱的歌曲，出自1928年电影《唱歌的傻瓜》（*The Singing Fool*），曾连续12周占据排行榜第1名，销量超过100万张。——编者注

2　苏格兰人以节俭闻名。

“你还想让我跟你干什么？”

他咧嘴一笑：“我来告诉你。午饭，茶点，晚饭。然后明天……”她叹了口气，打断了他的话：“我看你有点儿固执。你不是从什么地方逃出来的，对吧？”他的脸耷拉下来，突然谦卑起来：“你不愿和我在一起？你讨厌我了？”

“不，”她说，“我不会讨厌你。可你干吗要为我做这些事呢？我不漂亮，也不算聪明。”她停下来，渴望一个否定的回答：“你真可爱，机灵，才貌过人。”这一类难以置信的字眼能解救她，使她既不用报答对方，也不必回绝赠礼。聪明、漂亮比这男人的所有礼物都更值钱，如果一个姑娘被人爱上了，连那些老于世故的老太婆也承认她有权利只取不予。然而他却没有否定她的话。他的回答那么简单，简直近乎一种侮辱：“我跟你谈话一点儿都不别扭。我觉得好像认识你似的。”她明白这话的意思。“是的，”她感到失望，带着淡淡的痛苦冷漠地说，“我也似乎认识你。”而她指的是那长长的楼梯，那代理人的房门，那友善的年轻犹太人，他和蔼而漠然地对她解释说，没有她可做的工作，根本就没有。

是的，她想，他们俩彼此了解，他们都承认了这一点，这使得两个人变得无话可说了。车窗外的世界转换着，变化着，从他们身边掠过。树木房舍在淡蓝色云天的背景上起落沉浮，山毛榉变成了榆树，榆树变成了枞树，枞树变成了石头，世界像烈火上的熔铅，沸腾着化为各种形状，一会儿像一团火焰，一会儿像三叶草的叶子。他们的思想却依然没变，没有什么话可说的，也没有什么真情要发现。

“你其实并不真想让我和你一道吃饭。”她说，极力想显得通情达理，打破这尴尬的沉默。但他不接受她的解决方法。“我是真心。”他说。他的声音并不太坚决，她看出只要她果断些，站起来离开他回到自己的车厢去，他就不会再坚持了。然而，装在她提包里的是三明治和盛在酒瓶里的隔夜牛奶，而走廊里却飘来了煮咖啡和新鲜白面包的香味。

梅布尔·沃伦给自己倒了杯咖啡，又黑又浓，没加糖。“我搞到的消息中，这条最棒。”她说，“五年前我眼看着他走出法庭，而哈提普兜里揣着逮捕证干瞪眼。《新闻报》的坎贝尔立刻跟上他，可一到大街上他就不见了。他没回家，从那以后就无影无踪了。人们都以为他被杀了，可我一直没弄懂，既然他们要谋杀他，又何必办了逮捕证来抓他呢？”

“说不定，”珍妮特·帕多兴趣不大地说，“他不乐意谈呢。”

沃伦小姐撕开一个面包卷。“我从来没失败过。”

“你想编点儿什么东西？”

“不，对付萨沃里随便编造点儿什么也就够好了，但对他可不行。”她恶毒地说，“无论如何，我要逼他开口。就在从这里到维也纳的路上。我还有近十二个小时。我要想个办法。”她又沉思着补充道，“他说他是个学校教师。没准儿这是真的。这就是条好新闻。他上哪儿去呢？他说他在维也纳下车。果真如此，我就要跟住他，哪怕一直跟到君士坦丁堡。可我不信他的话，他是要回国去。”

“去监狱？”

“去接受审判。也许他相信人民。他过去在贫民区是很得人心的，但如果他以为人们仍然记得他，他就是个大傻瓜。五年了，没有人隔了这么久时间还能被人记得。”

“亲爱的，你把人想得多坏呀。”

梅布尔·沃伦好不容易才收神回到她所处的现实环境中，咖啡在杯子里晃荡，桌子轻轻摇着，还有珍妮特·帕多。珍妮特·帕多刚才还噘起嘴，表示不满，感到委屈，这会儿却斜睨着和一个姑娘一道坐在桌旁的犹太人。照沃伦小姐看来，那个姑娘相貌虽平庸，却自有醒目、动人之处。至于那个犹太人，他唯一的长处就是年轻、有钱。然而，梅布尔·沃伦酸溜溜地想，仅此两点就足以吸引珍妮特的注意力了。“可你知道，”她恼怒而又无奈地说，用又短又宽、疲乏无力的手撕开另一个面包，虽说情绪越来越激动，心里却明白极了，“过一个星期你就会把我忘个一干二净。”

“我当然不会，亲爱的。我的一切都是你给的呀。”梅布尔·沃伦对这句话并不满意。要是我爱一个人，她想，我想的不是我欠他多少人情。对她来说，世上有两种人：思考的人和感受的人。头一种人会计算人家为他们买的衣服或付的账单，但衣服式样很快就会过时，账单会被风从桌上刮掉，不管怎样，一个吻或者别的什么亲密行为就能把欠的情偿还了，那些思考的人就把这些忘却了。然而感受的人却永远记着，他们既不欠债也不出借，他们只是恨或爱。我就是一个感受的人，沃伦小姐想，泪水涌上眼眶，面包噎在嗓子里，我属于那种永远爱、永远铭记不忘的人，这种人身着丧服或佩戴黑条带，对过去忠贞不渝。我不会忘记，她想，但同时她的目光却在那个犹太人的女伴身上停留了片刻，就像一个疲惫的驾驶员在驱车前往音乐悠扬、棕榈青青的高级旅馆途中，也会渴望地瞧着普通的小旅舍、紫红的窗帘和掺水的淡啤酒一样。“我要跟她谈谈。她身材不错。”梅布尔想道。说到底，一个人不可能永远和有着音乐般的低嗓音、棕榈般的高挑个子的伴侣一起过日子。忠实和记忆并不是一回事，人们可以忘却但依然忠实，也可以虽然记得却并不忠实。

她爱珍妮特·帕多，她永远爱珍妮特·帕多，她暗自说道。自从有一天晚上，她们在威廉大帝大街一家电影院初次见面以来，珍妮特就像一个启示，告诉她爱意味着什么，然而，然而……她们是由于都讨厌一个主演而结识的。至少梅布尔·沃伦曾在漆黑的影院里那一派紧张的静默中大声用英语发泄她的感情：“这些油头粉面的男人可真叫人受不了！”她听到了一声低沉的音乐般的赞同。但即使那时珍妮特也想把电影看完，看到最后一次拥抱，最后那些遮遮掩掩的淫荡行为。梅布尔·沃伦催她离开去喝点儿什么。但珍妮特·帕多说她想看看后面的新闻，于是她们俩都没走。现在看来，那头一个晚上就已经把珍妮特的全部特点都表现出来了，她对你的意见毫无例外地表示赞同，但做起来却仍然我行我素。过去从没有刺耳话语和反对意见扰乱她平和的情绪，直到昨天晚上，她自认为已经摆脱了梅布尔·沃伦时。沃伦小姐不怀好意地说：“我不喜欢犹太人。”她甚至懒得把声音压低点儿。珍妮特·帕多转过她那闪闪发光的大眼睛盯着梅布尔，赞同地说：“我也不喜欢，亲爱的。”

梅布尔·沃伦突然不顾一切地恳求珍妮特："珍妮特，我走了以后，你还会记得你我之间的情分吧？你不会让男人们碰你吧？"她希望能听到不同的意见，以便有机会争辩和陈述利害，在那水性杨花的思想上打上某种印记，但她只是又一次得到了漫不经心的赞同："当然不会，亲爱的。那怎么可能呢？"如果她对面是一面镜子，她会从镜中的映像那儿更多地感受到一个异己的头脑中的思想意识，沃伦小姐想，但不会得到欣赏美好事物的快感。何苦去想自己呢，糙头发，红眼皮，顽固不变的不和谐的男性嗓音，在这方面，简直任何人，甚至一个平庸的犹太人，都足以跟她竞争。她离开后，珍妮特在一小段时间内会维持一种美妙的精神空虚，除了要睡觉、要吃饭、要人赞美以外，简直就像不存在一样。但过不了多久她就会朝后仰身坐着，一边揉着面包一边对人说："当然我完全同意。我一向是这么想的。"梅布尔·沃伦手中的杯子抖了起来，咖啡从杯边洒出，滴在她早已被油污和啤酒弄脏的裙子上。她恶狠狠地想，只要我不知道，珍妮特干什么又有什么关系？只要她还回来，就算她和男人睡了觉又有什么关系？可后边这个"只要"使她痛苦万分，不胜畏惧，因为她想，珍妮特真的会回到一个痴心爱她的日渐衰老的女人身边来吗？她会跟他谈论我，梅布尔想，谈起她和我一道度过的两年时光，谈起那些快活的日子，谈起我大吵大闹的情景，甚至谈到我给她写的诗，他会笑起来，她也会跟着笑，于是两人笑着上床去。我该拿定主意了，是收场的时候了，她度假之后不会再回来了。我甚至不知道她是不是真去看望她叔叔。沃伦小姐揉着面包，绝望地意识到自己的手保养得糟透了，但又转念一想，咳，海里的鱼还多着呢，比如说吧，陪着犹太人的那个姑娘就是一个。她没钱，像那天晚上在电影院里的珍妮特一样，可是她不如珍妮特漂亮。坐上整整一个钟头观看珍妮特身体的每一个动作，真是一种享受：珍妮特整头发，珍妮特换衣服，珍妮特穿袜子，珍妮特调酒。可她也许比珍妮特有头脑得多，尽管没准儿只是又庸俗又机灵。

“亲爱的，”珍妮特·帕多打趣地问，“你看上那个小丫头了吗？”火车晃动了一下，吼叫着驶进了隧道，接着又钻了出来，淹没了梅布尔·沃伦的回答，有如一只愤怒的手抓住一封信，将它撕碎后又一把撒开，只有一片碎纸面朝上地飘落下来，看得见上面写着“永远”。因此，除了梅布尔本人以外，没人知道她究竟说了什么，是起誓说她对旧情永志不忘呢，还是宣布世上没有人能永远忠实于另一个人。火车出了隧道后再次驶进阳光中，眼前咖啡壶闪闪发亮，餐巾台布雪白耀眼，两边窗外是开阔的草场，几头奶牛正在吃草，还有一片繁茂的枞树林。沃伦小姐忘了自己想说的话，因为她认出刚刚走进餐车的男人是与津纳同房间的旅客。就在这时，那姑娘也起身了。她和那犹太人不大说话，沃伦小姐简直不敢断定他们是否相识。她希望他们素昧平生，因为她正在打主意跟那个姑娘搭上话，并使她帮助自己将津纳永远地钉到报纸的头版位置上，让他在那高不可攀的十字架上受难。

“再见。”那姑娘说。梅布尔·沃伦凭她那训练有素的观察家的眼睛看出犹太人耸了耸肩膀，就像是感到羞愧的惯偷从被告席上探出身子温和地表示抗议，他这么做与其说是觉得审判不公道，倒不如说是出于习惯。一个不经心的旁观者看见他们的表情，也许会以为他们是情人吵了嘴，但梅布尔·沃伦知道得更清楚。“可以去看你吗？”那犹太人问。姑娘答道：“要是你想见，你知道上哪儿去找我。”

梅布尔·沃伦对珍妮特说：“一会儿见。我有点儿事要办。”她尾随那姑娘走出车厢，跌跌撞撞、抓抓扶扶地来到两节车厢接头处摇摇晃晃的过道里，由于自己的妙计唤起的梦想和热情，头痛几乎完全消失了。她刚说有事的时候，指的不是什么含糊的东西，而是一个绝妙的点子，它洋洋得意地雄踞于宝座之上，而她的头脑就像是灯火辉煌的大厅和一群叽叽哝哝表示赞同的民众。诸事都顺当，她觉得自己挺得心应手，她开始盘算伦敦的人会给她多大版面，这以前她还没抢到过头条呢。倒是还有什么裁军会议啦，什么贵族挪用公款锒铛入狱啦，什么男爵娶了齐格菲女郎[1]啦，但那些都不是独家新闻；她没到火车站就在新闻通讯社的电讯稿上读到这些消息了。他们会把裁军会议以及齐格菲女郎往后挪挪的，她想。只要没有全欧战争或国王驾崩，我的消息无疑准能上头版头条，她一边盯着前边的那位姑娘，一边回想津纳医生的形象：疲倦、寒碜，穿着老式的高领衣服，戴着紧巴巴的小领带，坐在隔间的角落里，双手紧扣着膝头，倾听着她那些关于贝尔格莱德的瞎话。“津纳医生仍在人间”，她琢磨起新闻标题来。不过这不成，五年过去了，不会有多少人记得他的名字了。“神秘者归来。津纳医生死里逃生。独家报道。”

“天啊。”她喘着气，拉紧扶手，看起来像是被这两节车厢

1　指美国齐格菲歌舞团的女演员。齐格菲（Florenz Ziegfeld，1867—1932），齐格菲歌舞团的拥有者，是美国百老汇的歌舞大王。

接头处、摇动的铁板以及车厢与车厢拉扭的声音吓坏了。她的叫声没传出多远，于是她只得扯着嗓子又重复了一下她的哀叹，这可与她所扮演的那个上气不接下气的半老女人不大相称。那个姑娘转过身，朝她走来，她那稚气未脱的面孔显得苍白可怜，任何一个陌生人都能一眼看透她的心。“怎么啦？你病了？”

沃伦小姐没动，在车厢接头处交叠的铁板的另一边紧张地思索着。“哦，亲爱的，你是个英国人，我太高兴了。我很不舒服，走不过去了。我知道，我真是老不中用了。”她不得不用年龄来打动人，尽管心里很不是滋味，“不过，也许你愿意帮我一下吧。”她想，演这场戏我应该有长头发才对，那样女人气更足些。真希望我的手指不是发黄的。幸好这会儿我没有酒气了。那姑娘走过来。“当然，我愿意。别担心。抓住我胳膊。”沃伦小姐有力的手指一把抓住姑娘的手臂，有如掐住一只打架的狗的脖子。

待她们走进下一节车厢，她又开口了。列车的噪声已经减弱，她又能把声音压成沙哑的低语了。“亲爱的，我实在不舒服，车上要是有一位医生就好了。”

“车上是有一位医生，叫约翰医生。昨天晚上我晕倒过，他帮助了我。我去找他吧。”

“我真怕那些医生，亲爱的。”沃伦小姐带着一丝胜利的喜悦说，真是太走运了，这姑娘竟认识津纳。“先跟我说会儿话吧，让我安静安静再说。你叫什么名字呀，亲爱的？”

“科洛尔·马斯克。”

“你就叫我梅布尔吧，梅布尔·沃伦。我有个侄女和你一模一样。我在科隆给一家报纸做事。你一定得来看看我。我那套小公寓可爱极了。你是在度假吗？”

“我是跳舞的。我到君士坦丁堡去。有个英国剧团在那儿演出，其中一个姑娘病倒了。”梅布尔·沃伦拉着那姑娘的手，一时冲动起来，简直想以某种荒唐、显眼的方式表示慷慨。干吗不干脆放弃留住珍妮特的希望，劝这个姑娘取消合同，请她代替珍妮特充当由自己赡养的伴侣呢？“你真漂亮。”她大声说。

“漂亮？”科洛尔·马斯克说。没有一丝笑意缓和她的怀疑态度。“你是在耍弄我吧。”

“亲爱的，你多善良，心多好呀。”

“那当然了。”她的口气带着点俗劲儿，一瞬间几乎毁了梅布尔·沃伦心中的幻象。可科洛尔·马斯克又期望地说：“别提什么心好。再说一遍，我真的漂亮？”梅布尔·沃伦把握十足地满足了她的要求：“亲爱的，你确实很可爱。”姑娘惊诧而又热切地瞪眼望着梅布尔，那样子真叫人动心，梅布尔脑海中那些都市化的阴暗角落里闪过了“处女”这个字眼儿。“没人说过你漂亮吗？”急切而又疑虑重重的梅布尔恳切地问，“连餐车上你那位年轻的朋友也没说过吗？”

“我跟他谈不上相识。”

“我想你很聪明，亲爱的，犹太人是不能信任的。”

科洛尔·马斯克慢吞吞地说：“你觉得他也会这么想吗？他会以为我不喜欢他是因为他是个犹太人吗？”

“亲爱的，他们对此早习以为常了。”

“那我要去告诉他，我喜欢他，我也一向喜欢犹太人。”梅布尔恶狠狠地嘟囔起来，不出声地骂着脏话。

“你说什么？”

“在找来医生之前，你总不至于就这样把我扔下不管吧？我的隔间就在过道尽头，和我侄女在一起。要是你能找来医生，我这就回去。”她瞅着，等科洛尔一消失，就溜进了一间厕所。火车猛地停了，随后开始向后倒行。沃伦小姐透过窗子，望见了维尔茨堡[1]建筑物的尖顶和美因河上的大桥。列车正甩下三等车厢，在信号箱和铁路侧线之间来回地行驶转轨。沃伦小姐留了点儿门缝，以便观察过道上的动静。当科洛尔·马斯克和津纳医生出现时，她关紧门等候脚步声过去。要走到过道尽头还有很长一段路，只要她麻利点儿，时间就来得及。她溜出厕所。她还没来得及关上门，火车就启动了，车身一晃，门哐地关上了。但科洛尔·马斯克和津纳医生都没有回头。

梅布尔笨拙地跑起来，由于火车的运动而在过道里撞来撞去，手腕和膝盖都碰肿了。吃罢早饭回来的旅客都紧贴在窗户上让她通过，其中几个人用德语抱怨着，知道她是英国人，以为她听不懂。她露出大门牙，恶意地朝他们笑笑，又接着跑起来。她要去的房间并不难找，因为她认得挂在墙角的雨衣和那顶肮脏的软帽。座位上还放着一张晨报，一定是津纳一两分钟前在维尔茨堡车站买的。就在她沿着过道追赶科洛尔·马斯克的那几步路里，她已经谋划好了每个步骤：和津纳同在一个隔间的人正在吃早餐，津纳医生正在列车的另一头找她，起码三分钟之内不会回来。在这段时间里，她必须搞到足够的事实来迫使他开口。

1　维尔茨堡（Würzburg），德国中南部城市，位于美因河的中游。

首先是那件雨衣。口袋里只有一盒火柴和一包“金叶”牌香烟。她拾起帽子，摸了摸帽箍和衬里；过去她曾经在帽子里发现过非常宝贵的资料，但医生的帽子里却空无一物。现在她的搜查工作已到了一个危险的关口，因为摸摸帽子乃至翻翻雨衣口袋，总还是可以掩饰过去的，可要是从行李架上拉出衣箱，用小刀撬开锁，再打开箱盖，那就会很容易使她被人指控为盗窃。而且，在她摆弄那把锁的时候，折刀的一面刀刃偏偏断了。任何从这儿经过的人都会明显看出她在撬箱子。她前额上渗出了汗珠，急得有点儿发狂。如果我让人发现了，那就意味着解雇，她想，英国最不入流的廉价报纸也不会容忍这种事的；我要是被解雇了，我就会失掉珍妮特，也没希望把科洛尔搞到手了。她一面撬着，推着，刮着，一面又想：如果我成功了，单凭这样一篇报道，他们就会对我百依百顺，每周再加四镑薪水也算不上什么奢求。我就能租一套宽敞点儿的公寓，珍妮特听到这消息就会回来，再也不离开我。为了今天的冒险，我将得到幸福和安全，她想。这时，锁打开了，箱盖被掀起，她的手指触到了津纳医生的秘密物件。最先摸到的是一条羊毛束腰带。

她小心地拿起束腰带，发现了他的护照。护照上的名字是理查德·约翰，职业是教师。年龄五十六岁。这说明不了什么，她想，那些来历不明的外国政治家都知道上哪儿去买护照。她把护照放回原处，开始伸手在衣箱正中的衣服里摸来摸去，海关官员在检查提袋底下和边上的物品时，总是忽略这个地方。她希望发现传单或信件，但只有一本一九一四年德国出版的旧旅行指南：《君士坦丁堡及小亚细亚、巴尔干、爱琴海、塞浦路斯》。这本书夹在一条裤子里。梅布尔·沃伦办事可毫不含糊。她估计还有一分钟的安全时间，既然没有什么别的东西可查，她索性翻起这本旅行指南来，因为这本书被那么小心翼翼地收藏起来，确实有几分奇怪。她瞧了瞧书的扉页，失望地看到上面写着理查德·约翰的名字，是用拉纸的笔尖写的小巧的、花里胡哨的字体。不过，名字下面有一个值得记下来的地址："大滨海伯青顿，学校公寓。"《号角报》可以派人去采访那儿的校长。说不定可以发掘出一篇好报道呢。

这本导游书似乎是从旧书店买的，封皮很破旧，扉页上贴着查令十字街一家书店的标签。她翻到贝尔格莱德。那儿有一页地图，已经用得松脱了，但上面没有什么记号。她检查了和贝尔格莱德有关的每页纸，随后又检查了和塞尔维亚有关的每页纸以及有关现属南斯拉夫的那些国家的每页纸。连一个墨水斑点都没有。若不是因为她在衣箱正中找到了这本书，她就会放弃检查了。尽管明摆着什么都没有发现，她还是顽固地认为，这本书是特意藏在那儿的，因此其中必有奥妙。她用拇指迅速地翻动着书页，因为有许多折叠的地方，翻起来时易时难。在书前面的一页上，她在文字说明中发现了用墨水画的一些横线、圆圈和三角。然而这一页谈的只是小亚细亚某个不知名的城市，而且，这些笔道很可能是个孩子用直尺和圆规胡乱画的。显然，如果它们是一种密码，那只有专家才能破译出来。他把我难倒了，她一边把衣箱的表面弄平整，一边恨恨地想，这里什么都没有。但她不想把旅行指南放回去。津纳藏起这本书，其中必有奥秘。她已经冒了这么大的风险，不妨再多冒一点儿。她合上衣箱，把它放回到行李架上，却把那本旅行指南轻轻地塞入衣衫，放在腋下。她只消把胳膊贴紧身子就能夹住它。

但是现在不能回自己的座位去，那样就会碰上往回走的津纳医生。这时她想起自己原本要在火车站采访的奎因·萨沃里先生。通过《闲话者》杂志上的照片，《纽约客》杂志上的漫画，《信使报》上的铅笔素描，她对他的相貌已相当熟悉。她小心翼翼地朝过道望了望，像个近视眼似的眨眨眼睛，随后快步走开了。她在头等车厢中没有找到奎因·萨沃里先生，但最后还是在二等车厢的卧铺中找到了他。他把下巴埋在大衣里，一只手攥着烟斗，亮晶晶的小眼睛正打量着过道里来来往往的人们。在他对面的角落里，一个牧师正在打盹儿。

沃伦小姐打开门走了进去。她摆出一副专横跋扈的派头，不待邀请便坐了下来。她觉得是她给这个男人带来了他所希求的东西——名气，而自己却得不到什么报酬。因此她无须对他柔声细气地说话，不必像先前劝诱津纳医生那样引导他开口。报刊有替他推销书籍的力量，所以她可以无所顾忌地冒犯他。“你是奎因·萨沃里先生吗？”她问道。眼角余光一瞥，她看见那个牧师神色一变，摆出一副恭恭敬敬的样子来。可怜的傻瓜蛋，她想，让十万册的销量唬住了，我们的销量是二百万呢，明天将有二十倍于十万的人听说津纳医生。“我想代表《号角报》，对你进行一次采访。”

“我觉得有点儿突然。”萨沃里先生说，他扬起下巴，拉了拉他的大衣。

“不必紧张。”沃伦小姐机械地说。她从提包中取出笔记本，啪的一声打开。“随便对英国公众讲几句吧。是匿名旅行吗？”

“啊，不是，不，”萨沃里先生说，“我又不是王室成员。”

沃伦小姐开始记录。“你要去什么地方？”

“嗯，首先，”萨沃里先生愉快地说，似乎沃伦小姐的关心使他很高兴，其实沃伦小姐的心思已经回到那本旅行指南和那些胡涂乱画的几何图形上去了，“去君士坦丁堡，然后可能去安卡拉、远东、巴格达、中国。”

“写一本游记？”

“啊，不，不。我的读者要的是小说。这本书将取名为《出国记》。写一个伦敦人的奇遇。那些国家，那些不同的社会文明。”他用手在空中画了一个圈，“德国呀，土耳其呀，阿拉伯呀，对于主角——一个伦敦烟草商来说，这一切都是第二位的东西。你明白吗？”

“完全明白。”沃伦小姐一面说一面迅速写道，“战后几年中最杰出的革命家之一，理查德·津纳医生正在赴贝尔格莱德的归国途中。五年来世人普遍认为他已经死去，其实他一直以教师的身份住在英国，等待时机。”但他为什么要回国呢？沃伦小姐思忖着。“你对现代文学有何高见？”她问，“乔伊斯、劳伦斯以及诸如此类？”

“现代文学是过眼烟云。”萨沃里先生立即做了一个很有警句意味的答复。

“你信奉莎士比亚、乔叟和查尔斯·里德[1]这样的作家吗？”

1　查尔斯·里德（Charles Reade，1814—1884）英国小说家，以写历史小说著称。

“他们将万古永存。”萨沃里先生颇为庄重地宣布道。

“波希米亚主义，你不主张吗？对‘菲兹罗伊’酒馆作何感想？”（“曾经签发了对他的逮捕证，”她同时写道，“然而须待审判结束才能使用它。可是当审判结束时，津纳医生却杳无踪迹了。警察对所有的火车站进行了监视，拦截了每一辆汽车。无怪乎关于他被政府特务谋害的流言不胫而走。”）“你是否认为不必穿奇装异服，戴大黑帽，穿天鹅绒外套，等等？”

“我认为那简直会要我的命。”萨沃里先生说。他现在一点儿也不局促了；他一面偷偷观察着牧师，一面说：“我不是诗人，诗人是个人主义者。他可以随心所欲地穿着打扮，他只靠自己。而小说家却要依靠别人，他不过是个有表达能力的普通人。他是个间谍。”萨沃里先生戏剧性地补充说，很有点儿让人迷惑不解，而且把前前后后的h音都吞掉不发。

“他必须观察一切而又不为人所注意。人们一旦认出他来，就不肯多谈了，就会在他面前装模作样，他也就发现不了什么东西了。”沃伦小姐的笔飞快地写着。既然她已经让他开了口，她就要赶快思考思考，无须再向他提问题了。她用铅笔涂出一些毫无意义的符号，看起来倒很像速记体，足以使萨沃里先生相信他的话都被原原本本地记录下来了；在这些曲线、直线、圆圈和方块的掩护下，沃伦小姐思索着。她把可能同那本旅行指南有关的各种事都想到了。那本书是一九一四年出版的，但保存得相当好；没有怎么使用过，但有关贝尔格莱德的那部分却是例外，那幅城市地图由于经常被人翻弄，书页已经松脱了。

“你听懂这些观点了吗？”萨沃里先生急切地问，“它们很重要。对我来说，它们是文学道德的试金石。你知道，一个作家具备这种文学道德并不妨碍他的书卖出十万册。”沃伦小姐的思路被他打断了，很恼火，差点脱口回嘴道：“你以为我们如果讲真话，还能卖出二百万份吗？”

“非常有趣，”她说，“读者一定会感兴趣的。那么，你认为你对英国文学有何贡献？”她拿起笔来，鼓励地朝他笑了笑。

“这当然应该由别人来评说，但是就个人愿望而言嘛，我希望能在现代小说中恢复欢快和健康的风格。那种内心反省，那种阴郁情调，等等，如今实在太多了，无论如何，这个世界总还是个充满奇遇的好地方。”他那瘦骨嶙峋的手抓着烟斗，漫无目的地敲打着自己的膝盖。“恢复乔叟精神。”他说。一个女人沿着过道走了过去，顿时，萨沃里先生的全部注意力显然都去尾随那女人的背影了，他的眼神和他的手同样一起一落地抖动着。“乔叟，”他说，“乔叟。”突然，当着沃伦小姐的面，他放弃了这种努力，他的烟斗落到地上，他一边弯腰去找，一边恼怒地大声咒骂：“活见鬼，真该死。”这个人劳累过度了，一种并非他本性的人格折磨着他，好奇心和欲望折磨着他，他处在精神崩溃的边缘上。沃伦小姐幸灾乐祸地看着他。她倒不是恨这个人，她恨一切显赫的成功，无论是卖出十万册书还是达到时速三百英里；这种成功使她成了采访者，而那个男人则成了屈尊俯就的被采访者。但那同样也会风云一时的失败却是另一回事，那时她将代表报复的一方，钻入牢房，钻入旅馆前厅，钻入简陋的内室。在盆栽棕榈和钢琴之间，一个男人被她捏在手心上，他被挤到结婚照片和大理石钟跟前再无退路了。这时，她简直有点儿可怜自己手中的牺牲品，很少问他涉及隐私的问题，也不大留心他的回答了。她满意地想，《寻欢作乐》的作者萨沃里先生离这样的失败也相距不远了。

她重复着他的用语。“健康，”她说，“这就是你的使命吗？不搞‘儿童不宜’的东西。他们在学校里拿你的书当奖品呢。”

她的讽刺有点儿太露骨了。“我为此而自豪，”他说，“让年轻的一代在健康传统中成长起来。”她注意到他的嘴唇焦干，眼睛直往过道里瞟。我要把这些有关健康传统的话也写进去，她想，读者们会喜欢的，詹姆斯·道格拉斯也会喜欢的。这个人不出几年一定会成为海德公园里议论的话题，那时，他们就会更欣赏我的做法，那时我还会活着，还能提醒人们记起我的先知先觉。她对自己的预言本领很得意，虽然她还不曾看到她的任何一个预言实现。就拿眼前这个人的表情来说吧，一丝病容，一种腔调，一个姿态，对于一般缺少观察力的人来说，这些并不比那本旅行指南上的圈圈杠杠更能说明问题，但是把它们与你所了解的这个人的生活环境、朋友、家具、住房等，联系起来，你就能预见未来，预见到等待着他的可悲的命运。“上帝啊！”沃伦小姐说，“我明白了。”

萨沃里先生跳了起来。“你怎么了？”他问，“牙痛吗？”

“没有，没有。”沃伦小姐说。她不由得感激起这个给她带来灵感的萨沃里先生来，这灵感使她的头脑朗如白日，使津纳医生的一切都清楚地展现在她面前。“我是说，这次采访十分成功。我刚才想出了如何介绍你的方法。”

“让我看校样吗？”

"哦，我们又不是周报。读者可不肯恭候。你知道，他们对大块的奇闻如饥似渴。没有时间看校样。伦敦人明天吃早餐时就将读到这篇采访。"她这样说，使他相信读者一定会感兴趣，随后就离开了他。其实，她倒更愿意提醒一下这位殚精竭虑、一心要再写五十万字畅销书的先生：人们都是健忘的，他们今天买你的书，明天就会嘲笑你。可她却没有这种闲空，她有大事要干，她确信自己已经猜出了那本旅行指南的奥秘。她在琢磨自己的预言时发现了一个新思路。那张地图已经散脱了，而且她记得那本旅行指南的纸挺薄，还有点透明，如果把地图和前面画满道道的那页纸重叠起来，笔道就会透过纸显现出来。

我的上帝，她想，这可不是随便什么人都能想到的。为这个发现值得喝一杯。我要找个没人的房间，把茶房叫来。她甚至不想和珍妮特·帕多一起分享这一胜利，她宁愿独自喝上一杯，不受干扰地好好思考一下，谋划谋划下一个步骤。她找到了一个空的隔间，但并没有贸然行事，直到茶房端来了白兰地之后，她才从衬衫里抽出那本旅行指南来。而且，即使那时她也不是立刻就拿出书来。她端起杯子，放在鼻子前，让酒味冲进鼻腔深处，冲到鼻子和脑部相连的地方。昨天夜里她喝的酒还没有完全消尽，这点儿宿醉就像地里的潮气遇上湿热天气似的蒸腾起来。晕乎乎的，她想，我觉得天旋地转。她透过玻璃杯和白兰地酒看着外面的世界，干净的原野，树木和小村庄，一切都那样单调和齐整，仿佛万古不变。她的眼睛有点儿近视，而且已让那点儿白兰地酒气熏得发红了，因此看不出那些细微的变化，不过，她注意到了没有云朵的灰色天空和昏暗的太阳。这会儿就是下雪我也不会吃惊，她想着，看了看暖气是否全都打开了。随后她从衬衫里取出旅行指南。火车过不了多久就要到达纽伦堡，她希望在新乘客上车之前把一切都安排停当。

她的猜测是正确的，起码这一点毫无疑问。她拿着那幅地图和那张画有符号的纸页对着光线一照，画的线条正好和街道重合，圆圈正好圈着一些公共建筑物：邮局、火车站、法院和监狱。但这一切又是什么意思呢？她曾断定津纳医生回国是要进行一次个人示威，没准还会参加指控他伪证罪的审判。如果是这样，这张地图就毫无意义了。她又查看了一遍地图，街道并不是胡乱标上记号的，这里面有某种格局，有一组大小相套的方框正好与另一个方框相对称，而这个作为对称的方框就是贫民区。头一个方框的形状是这样的：一条边是火车站，另一条边是邮局，第三条边贴着法院，在这个方框中套着几个急剧缩小的方框，最小的仅仅围住监狱。

火车两侧陡然升起高高的堤堰，阳光被挡住了；衬着灰暗的天穹，红色的火星像雹点似的落在窗户上，长长的列车吼叫着冲进一处隧道，车厢里顿时一片漆黑。革命，沃伦小姐想，这起码意味着一次革命，她仍然举着地图，等待着第一抹重新出现的光亮。

汽笛声渐渐低了下来，光线突然又照了进来。津纳医生站在门口，胳膊下夹着一张报纸。他又穿上了那件雨衣，沃伦小姐鄙夷地看着他的眼镜，灰白头发，寒碜的小胡子，系得紧紧的小领带。她放下地图，朝他咧嘴一笑：“怎么？”

津纳医生走了进来，把门关上。他一点儿不带敌意地坐到她对面的座位上。他知道我摸清他的底细了，沃伦小姐想，他是打算通情达理地谈谈吗？他突然问：“你的报纸同意你的做法吗？”

“当然不，”她说，“明天我就会被解雇，但是他们如果看到我的报道，情况就不同了。”她又故意傲慢无礼地加了一句，“我认为你对我来说挺值钱，相当于一周四英镑。”

津纳医生一点儿没生气，沉思地说：“我不打算告诉你任何事情。”沃伦小姐朝他摆摆手：“你已经告诉我不少事情了。有这个呢。”她拍了拍那本旅行指南，“你是大滨海伯青顿的外国教师。我们将从你的校长那儿摸到情况。”他的头低垂着。“而且，”她说，“还有这幅地图。还有这些圈圈道道，我已经进行过一番推理了。”她原以为会有恐惧的或愤怒的争辩，但是他仍在那儿琢磨她最初的猜测。他的态度使她感到迷惑，一时间她挺恼火，心想，莫非我没抓住最重要的事？莫非最重要的东西根本不在这儿，而在南方海边的那所学校里，在红砖房、油松木课桌、墨水瓶、破铃铛以及男孩子衣服的气味里？这种怀疑使她不那么自信了，她委婉地开了口，口气远比她打算用的语调温柔，因为调节她那哑嗓子不大容易。“我们合作吧，”她用说服人的语气大声说，“我并不想坏你的事。我不想干涉你。嗯，如果你成功了，我的报道只会更有价值。我答应你，若没有得到你的允诺，我一个字也不往外发。”她似乎满腹委屈地说着，仿佛她是一个被指控为反对绘画的艺术家。“我不会破坏你的革命。我怎么会呢，那是头等的重大新闻呀！”

津纳医生骤然间变得苍老了；仿佛他曾成功地抵挡住了他与松脂气味和书写黑板时的吱吱粉笔声打交道的五年岁月的袭击，只是如今坐上火车，才让那被挡住的五年光阴一股脑儿压到自己身上。此刻，他变成了打瞌睡的老头儿，脸色像纽伦堡上空的雪天一样青白灰暗。“现在提第一个问题，”沃伦小姐说，“你的计划是什么？我能看出你很倚重那些贫民区。”

他摇摇头。“我不靠任何人。”

“你操纵全盘吗？”

“最难把握的就是我自己。”

沃伦小姐使劲敲了敲自己的膝盖。“我希望得到明确的答复。”但她听到的还是老一套。“我什么也不会对你说的。”他看上去更像七十岁的人，而不是五十六岁。她十分有耐心，感到自己面前的人肯定不是成功者，倒很像一个失败者，一个能够为她所喜爱的失败者；她对失败者是能够和声细语、温文尔雅的，只要那人最后能开口，她就一直娓娓动听地劝个不休。有时，一个弱者在分手时会觉得沃伦小姐是自己最好的朋友。她探着身子，轻轻拍着津纳的膝盖，尽力堆出温和可亲的笑容。“在这方面我们是利害一致的，医生。你还不明白吗？说真的，我们还能帮你的忙呢。《号角报》实际上代表着公众舆论。我知道你怕我们冒冒失失，明天就发表关于你的报道，以致引起政府的警觉。但我告诉你，在你起事之前，我们绝不会在报刊上露一点儿风。等到你起事时，我希望能在报上来个通栏大字标题：‘津纳医生自述。《号角报》独家新闻’。怎么样，这总是合情合理的吧！”

“我没有什么想说的。”

沃伦小姐把手抽了回来。她真不明白，难道这个可怜的傻瓜以为自己能阻挡她搞到每周四镑的加薪，阻挡她保住珍妮特吗？这个坐在对面的男人变得又老又蠢又固执；所有危害她幸福的男人都是这副模样，他们团团围住珍妮特，给她钱，给她小玩意儿，嘲笑一个女人对另一个女人的赤诚爱情。但眼前这个男人是操纵在她手中的，她可以毁掉他。克伦威尔摧毁偶像[1]的举动并不是毫无意义的胡作非为。圣母的力量有些就存在于她的雕像中，如果雕像的头掉了，手脚没了，七把宝剑也断了，那么她的香火就会不旺，在她的祭台前祈祷的人也就为数不多了。如果一个女人能毁灭像津纳医生这样的男人，那么，像科洛尔·马斯克那样相信男人的智慧和力量的傻姑娘就会大大减少。但是，她看在他年龄的分上，再加上从他身上已经闻到了一股倒霉味儿，就又给了他一次机会。"真没什么可说吗？"

"没有。"

她恼怒地朝他笑起来。"你已经说了不少啦。"他无动于衷，于是她像面对智能低下者一样，慢慢解释说，"今晚八点四十分，我们将到达维也纳。九点，我将给科隆分社打电话。十点，他们将把我的报道转给伦敦。十一点以前，首批伦敦版报纸是不会开印的。就算消息被耽搁了，在清晨三点末批报纸付印时，还来得及改排头版消息。明天吃早饭时，人们就会读到我的报道。早晨九点钟，伦敦各报都会派记者围住南斯拉夫外交使团。明天午饭以前，贝尔格莱德就会掌握全部消息，而火车要晚上六点钟才到达那里，其后的事情就不难想象了。想想我会说些什么吧！理查德·津纳医生，著名的社会主义鼓动家，五年前坎姆内茨案审判时在贝尔格莱德失踪，目前正在归国途中。星期一他从奥斯坦德乘上东方快车，

1　指克伦威尔在宗教改革中迫害英国天主教教徒的行为，破坏天主教徒用作宗教崇拜的雕像、圣像、遗物和肖像。奥利弗·克伦威尔（Oliver Cromwell，1599—1658），英国政治家，废除君主制，曾任英格兰-苏格兰-爱尔兰联邦护国公。——编者注

该列车应于今晚抵达贝尔格莱德。据悉，他此行与一次社会主义者的暴动有关，该暴动以津纳医生享有名望的贫民区为基地，可能要夺取火车站、邮局和监狱。”沃伦小姐停顿了一下，“这就是我打算发送的报道。但如果你能多提供点儿情况，我将通知他们压住稿件不发，直到你发话同意为止。这可是同你公平交易。”

“我对你说过了，我在维也纳下车。”

“我不信。”

津纳医生倒吸了一口气，透过窗户凝视着灰蒙蒙的天空，凝视着一些工厂的烟囱和一座巨大的金属圆罐。隔间里充满了煤气味。一块块小片土地上的卷心菜在污浊的空气中生长着，大片的花叶上挂满了白霜。他开口了，声音很轻，以致沃伦小姐必须掉过身去才听得见。“我没有理由惧怕你。”他音调不高，但很肯定，他的冷静激怒了沃伦小姐，就像被告席上的犯人，或者像在羊齿草花盆旁啜泣的男子，居然获得了一种神秘的力量来和她作对。她又恼怒又不安地回答道：“我能让你倒大霉。”

津纳医生慢吞吞地说：“就要下雪了。”列车正缓缓驶入纽伦堡站，车身两旁的一些大型火车头映着天空灰暗阴冷的光泽。“不，”他说，“你伤害不了我。”沃伦小姐拍了拍那本旅行指南，他却带着一丝幽默说：“留着作为咱们见面的纪念吧！”这时她才确信自己害怕的事真的发生了，这个人从她手里逃掉了，她怒不可遏地瞧着他。我要是能给他点儿颜色看看就好了，她心想，在他身后的那面镜子里，她似乎看见了珍妮特·帕多的形象，它代表着“成功”，可爱而又空虚，并无价值，它溜走了，穿过长长的街道，经过豪华旅馆的前厅溜走了，我要是能给他点儿颜色看看就好了。

更令人恼火的是，她已无话可说，而津纳医生却掌握了主动权。他递给她一张报纸，问道："你懂德语吧？读读这张报吧。"火车在纽伦堡车站停留的时间长达二十分钟，她一直在呆呆地望着这张报纸。报上的消息使得她火冒三丈，她原期望看到有关"成功"的重大消息，什么国王逊位啦，政府被推翻啦，公众希望津纳医生归国啦，后面这类消息自然会把医生抬到一种高高在上接受采访的地位上。但她读到的消息更不寻常，是有关失败的，这失败使他完全摆脱了她的掌握。她以前曾多次受过成功者的欺凌，可还从来没让失败者耍弄过呢。

"贝尔格莱德的共产党暴动，"她读道，"昨天深夜，一小股武装的共产党煽动分子企图攻占贝尔格莱德的车站和监狱。警方措手不及，革命者占据了邮电总局和货场近三个小时之久。通往贝尔格莱德的全部电信联系中断，直至今晨才恢复。我报驻维也纳记者今晨两点同警长哈提普上校通了电话，得知秩序已经恢复。革命者人数甚少，亦无适当的领导人；他们对监狱的进攻为卫兵所击退，此后数小时中，他们困守在邮局里无所作为，显然在期待首都贫民区居民前来支援。政府遂得以调集警察援兵，在一排士兵和两门野战炮的支援下，警察包围邮局三刻钟有余，随即重新占领了邮局。"这一段概述是用大号铅字印刷的，下面小号铅字的文章记述了有关暴动的详情。沃伦小姐坐在那儿，呆望着报纸；她微微皱着眉头，觉得嘴里又干又涩。她感到自己脑子很清醒，但空荡荡的。津纳医生解释说："他们动手早了三天。"

沃伦小姐刺了他一句："你又能有什么更大的作为呢？"

“人民会跟随我的。”

“他们早就忘掉你了。五年时间可是够长的。现在的年轻人在你出走时还是些孩子。”

五年时间啊，她想着，仿佛看见在未来的日子里，五年时间有如潮湿冬天的绵绵寒雨那样不可阻止地打在自己身上。她想象着珍妮特·帕多的脸孔，仿佛看见她为第一条皱纹，第一缕白发，或者美容手术后那紧绷、光滑的皮肤和每过三周后根部就发白的染色头发而愁云满面。

“现在你打算干什么？”她问。“我已经同你说过了。我在维也纳下车。”他的回答迅速又明确，她不禁对此满腹狐疑。“那很好，”她说，“咱们同路。咱们可以聊聊。现在你不会拒绝采访了吧。你要是缺钱的话，我们的维也纳分社可以预付你一些钱。”她注意到医生认真地看着她，他以前可从不这样。“是的，”他慢吞吞地说，“也许咱们能谈谈。”这一次她敢肯定他在说谎。他想要两面三刀的把戏，她想，但很难看出他的动机所在。他别无选择，只有在维也纳或布达佩斯下车了，再继续向前走是不安全的。但这时她回想起在审判坎姆内茨时，虽然他已清楚看出陪审团不会判处被告有罪，但他还是冒着危险去作那个毫无用处的证，听任哈提普带着逮捕证恭候他。他是个什么事都干得出来的大傻瓜，她想。她暗自揣测，这家伙看上去挺平静的，说不定他已经打定主意和同伴们一起站到被告席上，为自己陈词辩护，以图多少影响旁听席上熙熙攘攘的听众了。如果他继续往前走，她想，我也往前走，我绝不撒手，我要把他的事情搞清楚。但是由于已无法要挟医生，她不由得感到十分软弱无力，犹豫不决。他败了，衰老、绝望，靠在那个角落里，报纸扔在两人中间的地板上，任凭上面积落灰尘；然而他又是胜利者，他看着沃伦小姐离开了这节车厢，连那本旅行指南也丢在座位上。他以无言的沉默回答了她的声明。“到维也纳我再来看你。”

沃伦小姐走掉以后，津纳医生俯身去拾报纸。他的袖子挂住了一只空杯子，杯子落到地上打碎了。他把手放在报纸上，茫然看着玻璃杯，他无法凝神思考，不能决定究竟怎么办，是捡起报纸还是收拾那些危险的玻璃碴儿。随后，他把报纸小心折好，放在膝盖上，闭上了眼睛。他独处于一片黑暗之中，沃伦小姐读过的那篇报道的细节仍不断骚扰着他；他知道邮局楼梯的每一个拐角，对建起街垒的准确地点了如指掌。这些胡闹的傻瓜，他心里想，真想让自己痛恨这些毁了他希望的人。他们毁了他们自己，也毁了他。他们把他留在一栋因为幽灵作祟而找不到房客的空荡荡的住所里，而他本人，津纳医生，又还没有加入幽灵之列。

如果有一张面孔在窗口窥望，如果楼上有人说话，或者地毯窸窣作响，那也许就是津纳医生在入土五年之后又拼命想回到有血有肉的生活中来。他在课桌堆里绕来绕去，在黑板和不听话的学生前面露出透明的躯体，他伏在教堂里做礼拜——活人是根本不信这玩意儿的——和一群七嘴八舌的芸芸大众一道恳求上帝开恩饶了自己。

有时幽灵似乎也能起死回生，因为他体验到自己作为鬼魂也能感受到痛苦。鬼魂还会回忆，它还记得津纳医生曾多么受人爱戴，以致有人想雇个杀手用手枪朝他的脑袋开火。这是他最令人自豪的回忆，他记得津纳医生如何坐在公园荒僻角落的一家啤酒店里，听见一声枪响，身后的镜子被打得粉碎，他知道这是穷人多么热爱他的最终证明。但是津纳的幽灵却蜷缩在他藏身的海滨学校里，东风吹拂着他的脸孔，灰色的海水搬弄着鹅卵石。他学会了为往事而神伤泣下，此后，他又得回到红砖房中，去吃茶点，去和惯于巧妙地捉弄人的孩子们打交道。但在那次最后的礼拜之后，在照例的赞美诗和握手之后，幽灵觉得自己又重新触到了津纳的躯体，但它所能得到的满足也就是这么短暂的一触了，现在别无办法，他只能在维也纳下车，然后返回。十天之内，那唱诗声又会响起来："吾侪重聚于此，上帝降恩收容。"

津纳医生翻开一页报纸，又读了一会儿。对于这伙败事有余的同伴，他所产生的最接近仇恨的情感是嫉妒；当他想到报社记者认为不值得一提的那些细节时，他无论如何也恨不起来：那个打光了最后一颗子弹，在邮局分拣室外让人用刺刀挑死的汉子是个左撇子，他喜欢戴留斯[1]的音乐，一个除了死亡别无信仰的人谱出的阴郁的理想主义音乐。而另一个人，那个从电话交换台三楼窗口跳下去的人，他的妻子由于一次工厂事故而双目失明，周身伤疤，他爱自己的妻子，但又伤心和违心地对她不忠。

但是，还剩下什么我可以做的事呢？津纳医生放下报纸，在隔间里走起来，向前三步走到门口，向后三步走到窗口，来回踱步。稀疏的雪花开始飘落，但风把车头的烟气向后吹过车窗，雪花即使落在玻璃上，也脏得像碎纸片似的。不过，在诺伊马克特[2]车站旁耸起的六百英尺高的小山上，雪花已开始在山顶上堆出洁白的花床。

1 弗雷德里克·戴留斯（Frederick Delius，1862—1934），英国作曲家。
2 诺伊马克特（Neumarkt），德国巴伐利亚州中北部城市。

他们要是等等我就好了，他们要是等一等就好了，津纳医生想，他的思想从死者转到就要受审的生者身上，这时，他感到自己万万不能溜之大吉，这股情绪是如此强烈，使他不禁低声喊了出来：“我必须和他们站在一起！”但这样做又有什么用处呢？他重新坐了下来，开始向自己陈述理由，证明这一举动有实际价值。如果我去投案并和我的同伴们一起受审，人们就会注意到我的辩护；我要是安安全全地待在英国，那么谁也不会把我的话当一回事。他的决心增强了，心情也振奋起来，不那么绝望了；他想，人民会起来救我的，虽说他们不会为别的人这么干。津纳的幽灵再一次感到自己快要复生了，它那冰冷透明的躯体感到了一股暖意。

但是还有很多事情有待考虑。首先，他要躲开那个记者。他必须在维也纳甩掉她，这不会太困难，火车到达维也纳的时间是将近九点，到晚上那个钟点，他想，她肯定已喝得酩酊大醉了。天气很冷，他想到自己可能还要同那个声音嘶哑的危险的女记者打交道，不禁打起冷战来。他把报纸随手丢在地上，又捡起了那本旅行指南，他想，她的毒刺总算是拔掉了。她好像恨我，不知为什么，他想，也许是出于某种古怪的职业骄傲吧！我也该回我的隔间去了。可是当他走到自己的隔间时，他却背着手，夹着那本旅行指南继续向前走去，满脑子只有一个念头：幽灵的岁月结束了。我又活过来了，他想，这是因为我自觉地把死亡当作一种未来的可能，甚至当作自己的定数，因为即使我用天使的声音替自己和其他人辩护，他们也不会容我再次逃脱的。当他走过时，认识他的人都仰起脸看着他，但他们没能打断他的沉思。我害怕了，他心满意足地对自己说，我感到害怕了。

2

“你不是那个奎因·萨沃里吧？”珍妮特·帕多问。

“嗯，”萨沃里先生说，“我不知道还有别的萨沃里。”

“《寻欢取乐》？”

“‘作乐’，”萨沃里厉声纠正她，“《寻欢作乐》。”他伸手按住她的臂肘，把她推到过道上。“该喝杯雪利酒了，我猜你同刚才采访我的女人有点儿关系，是女儿还是侄女？”

“嗯，说不上是什么关系。”珍妮特·帕多说，“我是她的女伴。”

“最好别干那个。”萨沃里先生的手抓得更紧了，“另找个工作吧。你太年轻了。那样可不大健康。”

“你说得对。”珍妮特·帕多说，她在过道中停了片刻，转过脸用闪闪发亮的眼睛钦佩地望着他。

沃伦小姐正在写信，但她仍看见了他们俩走过去。她把书写板放在膝上，挥笔疾书，她的笔在这儿漏点儿墨水，在那儿戳个窟窿。

亲爱的康表姐（她写道），因为没别的事好做，我就给你写信。我在东方快车上，但我不打算去君士坦丁堡。我将在维也纳下车。但我要谈的不是这个。你能帮我买五码[1]天鹅绒窗帘布吗？要粉红色的。我想在珍妮特外出时把寓所重新装饰一下。她也在车上，但我在维也纳就要和她分手了。我有件正经差事要干，跟踪一个可恶的老家伙横越半个欧洲。那位“寻欢作乐”者也在车上，不过你一向不读书，还有个相当迷人的小舞蹈演员，叫科洛尔，我想留她做我的女伴。我现在还没拿定主意是否重新布置寓所。珍妮特说她只走一个星期。无论如何你出的价钱不要超过每码八先令十一便士。我想蓝色就挺合适，但绝不要海军蓝。（沃伦小姐目送着珍妮特·帕多的背影，钢笔一下子戳进纸里）我先前对你讲过的那个男人自以为比我聪明，但你和我一样清楚，我能狠狠收拾那些这么想的人，不是吗，康？珍妮特是个婊子。我正考虑另找个新女伴。这趟车上有个很合我意的小演员。你会见到她的，身材棒极了，康。你会和我一样喜欢她。她不算太漂亮，但那双腿真可爱。我想

1 英制长度单位，1码等于0.914米。

还是得把寓所装饰一遍。说到这儿，我想起来了，你买绒布的价钱可提高到十先令十一便士。我也许要去贝尔格莱德，你等我下封信再说吧。珍妮特似乎和那个萨沃里搞上了。但只要我乐意，也能收拾他一顿。再见。多保重。代我向埃尔西致意，愿她对你的照料胜过珍妮特对我。你一向运气比我好，不过等你见到科洛尔时再论高低吧！千万别忘了天鹅绒窗帘布。致以爱忱。梅布尔。

又及：你听说那天约翰叔叔暴死在我们门前台阶边上了吗？

沃伦小姐结束此信时钢笔漏出了一大摊墨水。她用粗笔道把墨迹圈住，再写上“对不起”。随后，她在裙子上擦了擦钢笔，按铃叫茶房。她口干得快要冒火了。

科洛尔·马斯克在过道上站了一会儿，她观察着迈亚特，很想弄清梅布尔·沃伦含沙射影说的那些话是不是真的。他坐在那儿，头伏在一堆纸上，拿着铅笔沿着一行数字画来画去，但总是又回到原来的数字上。随后，他丢开铅笔，双手捧住脑袋。她心中顿时生出了怜悯与感激之情。要不是看见他那老于世故的眼神，他真像个学生在绞尽脑汁地做家庭作业，却怎么也做不对。她看到他为了更好地握笔，脱掉了手套，手指都冻青了；她甚至觉得连那件华而不实的皮衣也显得挺可悲，因为它一点儿也不实用。它既不能为他算数，也不能温暖他的手指。

科洛尔推开门走了进去。他抬起脸微微一笑，但仍满脑子想着工作。她愿意把工作从他手中接过来，告诉他答案，叮嘱他别让老师知道有人帮了他。是谁帮了他？那可说不准了。母亲？姐妹？反正不是像表亲那么疏远的关系，她想着，毫不局促地默默坐了下来，这种沉默是他们关系亲密的标记。

她透过窗户，凝视着越下越大的雪，渐渐感到厌倦了，于是对他开口说："你说过，只要我想来就可以来。"

"当然。"

"我觉得很惭愧，"她说，"就那么突然地跑掉了，也没好好谢谢你，你昨晚待我那么好。"

"你生着病，还得和那样一个男人待在同一个隔间里，我实在看不过去。"他敲着铅笔不耐烦地说，"你需要好好睡一觉。"

"但你干吗这么关心我呢？"她得到的仍是那个命中注定逃不脱的回答："我觉得似乎跟你很熟。"如果不是因为她的沉默含有某种不快，他就会继续搞他的计算去了。她能看出他有点儿不安、吃惊，甚至有点儿烦恼。他以为我希望他向我求欢，她想着并暗暗自问，我真有这个念头吗？如果他揉乱她的头发，撩开衣襟去亲她的乳房，那他就和别的犹太人一模一样了。可我欠了他一笔债，她想，其他女人积累的经验再一次告诉她，她欠下的东西比这还多得多。但是如果他并不催着还，我又该怎么样还他呢？她自问道。她猜想有些女人那样干是因为喝醉了，或是一时动情，而她并非如此，她只是出于感激之情就要去干那种事，这想法比纷飞的大雪还厉害，使她冷得钻心。她甚至不大清楚该怎么办，是否一定要陪他过一整夜，在冰冷的车厢里脱光衣服。但她又开始安慰自己，他和她所认识的其他犹太人是一样的，很容易知足，唯一的区别就是他更大方一点儿。

“昨天夜里，”他一边说，一边目不转睛地看着她，他那专注的神态以及对她沉默的误解，使她领悟到他们彼此毕竟并不完全了解，“昨天夜里我梦见了你。”他神经质地笑了笑，“我梦见我让你搭乘我的汽车，带你去兜风，然后你就要……”他停住嘴，回避了下文，“你使我激动起来。”

她害怕了，仿佛放债人正从桌子那边探过身来，轻柔而又毫不留情地靠近了欠债者。“在你的梦里。”她说。但他根本没理会她。“后来列车员走过来，把我吵醒了。这个梦真是活灵活现。我太激动了，就给你买了那张车票。”

“你是说你认为——你想要——”

放债人耸起肩膀，放债人回到书桌后坐下，放债人按铃叫仆人来送她回到大街上去，回到陌生人中去，回到作为陌路人的自由中去。“我告诉你这些，”他说，“是让你不必觉得欠我什么情。这只是一场梦的影响罢了。不过，我既然已经买了票，我想你还是用它为好。”他拾起铅笔，又重新搞起他的账目来。他不假思索又一本正经地加了一句：“要是我为了十镑钱就想那个，那也太没分寸了——”

开始她并没有听懂这些话。她感到解脱，也因为别人只是在梦中想要她而感到羞愧，所有这些情感，尤其是她的感激之情，把她搅得昏头昏脑。在此后的沉默中，她一直回味着最后那句意含谦卑的话，这种语调是她所不熟悉的。她终于鼓起勇气来直面那可怕的交易，她只是心怀感激，却拿出自己没体验到的爱情姿态伸出手去摸迈亚特的脸。“你要那么说，”她说，“我就会觉得你讨厌我了。我今晚来好吗？”她的手小巧玲珑，指节窝里扑着厚厚的一层粉，指甲染得红红的，搭在迈亚特的膝上，盖住了纸上的一行行数字，盖住了埃克曼先生的计算、托词以及他的狡狯的隐瞒手段，她就这样迷人而又可怜地犹犹豫豫地把自己奉献出来了。迈亚特缓缓地开了口，有一半心思仍在追踪着躲躲藏藏的埃克曼先生。“我觉得你不喜欢我。”他把她的手从纸上抬起来，心不在焉地说，“也许因为我是犹太人。”

“你太累了。”

“我还有些账目总弄不对。”

“丢开它吧，”她说，“明天再搞。”

“我没时间了，我必须完成这些事。咱们又不是待着不动。”但事实上，大雪已使他们丧失了一切运动之感。雪纷纷扬扬地下着，连电线杆都看不见了。她抽开手，恼恨地问：“那么，你不想让我来了？”他对她的提议的态度是那么冷静、随便，使她的满腔感激顿时凉了下来。

“好的，”他说，“来吧，今晚来吧。”他先是轻轻碰了碰她的手，随后又用力握住。“别认为我是冷冰冰的。这是因为你我似乎彼此久已熟悉。”他请求谅解地说，“虽然这有点儿奇怪。”

但她不等自己用心琢磨出应对之词，就随口应道：“是的，我也这样觉得。”于是，他们再也无话可说了，像老朋友似的默默坐着，毫无激情地想着即将来临的这个夜晚。她那一时热烈的感激之情也消退了，因为她现在似乎既不需要也不希望产生这种感情。你无须感激一个多年的老朋友，你只管去受惠施恩，再多少谈谈天气，你受到抚爱无须气恼，遭到冷遇也不必伤心；如果你跳舞时在前排观众中看见了他，可以向他递一两个微笑，因为你那貌不出众的面孔上总得挂点儿表情，而男人都喜欢台上的演员能认出自己。

“雪下得更大了。”

“是的，今晚会很冷。”你怕这是一句玩笑话，就微微一笑，尽量妩媚地向这样一位老朋友说。“我们不会冷的。”你总也忘不掉即将来临的夜晚，脑子中回响着朋友们说过的一切话语、劝诫和警告，想到一个男人竟能同时充满欲念而又冷漠无情，你感到惶恐和厌恶。整个上午和吃午饭的时间里，雪一直下着，帕绍[1]海关的屋顶上堆着厚厚的雪，铁路线上的积雪被车头喷出的蒸气融化，变成一条结了冰的灰色小河，奥地利的海关人员穿着胶鞋吃力地走来，嘴里咒骂着，敷衍了事地检查着行李。

1 帕绍（Passau），德国巴伐利亚州东部城市，与奥地利交界。

第三部

维也纳

1

房顶上，雪开始在他四周堆积起来，于是约瑟夫·格伦利希就挪到烟囱背风的一面。下面，中央车站灯火通明，像黑暗中的一堆篝火。一声汽笛长鸣，一长串光点缓缓地移入视野；一只大钟响了九下，他看了看手表。这是伊斯坦布尔快车，他想，再迟来二十分钟，也许就会被雪阻住了。他校准了自己那块扁平的银表，把它放进背心口袋里，又把腹部的衣皱扯平。真的，他想，碰上这种寒冷的夜晚，长得胖就算是福气了。扣上外衣之前，他把手伸进裤衩和外裤之间，摆正了挂在两腿之间、由缠在扣子上的一根线绳系住的手枪。约瑟夫有三件事是没得说的，他满意地提醒自己，会搞女人，会吃会喝，还会偷大钱。他从烟囱后面的挡风处走了出来。

屋顶上很滑，多少有些危险。雪花打着他的眼睛，积雪黏在鞋底上结成了冰块。他滑了一跤，在那一瞬间，他看见一家咖啡馆灯光闪耀的遮篷像条鱼一样从黑暗的水中朝他飞升过来。他喃喃道："万福，圣母马利亚，大慈大悲。"脚跟直往雪里踹，手指拼命乱抓，一条排水管的檐沟救了他的命。他站了起来，轻声笑了笑，犯不上跟老天爷怄气。又过了一会儿，他找到了太平梯的铁栏。

太平梯是沿着公寓楼里侧通向地面的，大街上看不见它，但它却面向一个货场，而货场是警察巡逻路线的终点，因此，他认为爬太平梯是这整个买卖中最危险的事。警察每三分钟出现一次，一座小屋拐角处的微弱灯光映照着他光亮的长筒黑胶靴、皮带和手枪挂钩。厚厚的积雪减弱了他的脚步声，约瑟夫不可能预知危险临近，但手表的嘀嗒声却可以提醒他时时警惕危险。他在梯子顶端等着，身子低低地蜷伏着，不安地意识到身后是白茫茫的背景，直到警察来过又走了。随后，他开始爬梯子。他只需爬过一层没住人的楼，但当他刚爬到气窗时，一束灯光落到他身上，还响起了哨声。我不会让人抓住，他不大相信地想，我还从来没被抓住过呢，这种事轮不到我头上。他背朝着货场，等着一声喊叫或一颗子弹，同时他的头脑像手表里那些上好油的小齿轮一样转动起来，一个念头咬合着另一个念头，再带动起第三个念头。但什么事都没有发生，他扭过对着梯子和光秃秃墙壁的脸，只见院子里空荡荡的，有人把一盏灯带进了货棚的顶楼里，光就是从那里射出来的，而哨声只是火车站种种嘈杂声中的一种。他的判断失误耽搁了宝贵的几秒钟，于是，他顾不上理会结了冰的鞋底溜滑，一步两阶地继续向下爬去。

他爬到下一个窗口，敲了一下。没有回答，他嘟哝着骂了几句不太难听的话，仍然扭着头盯住货场的一角，警察很快就会在那里出现。他又敲了一下，这次他听见了一双松松垮垮的拖鞋声。窗户的插销打开了，一个女人问：“安东，是你吗？”“是我，”约瑟夫回答，“是安东，快让我进去。”窗帘被拉开了，一只瘦手在气窗上拉呀拉。“开底下的，”约瑟夫小声说，“不在上头，你当我是个耍杂技的呀。”当窗子被打开时，他相当灵活地从太平梯跃上窗台，对于他这么个胖子来说，这可真不算容易，但他发现自己很难从窗口挤进去。“你不能把窗框再抬高一点儿吗？”一辆火车头鸣笛三声，他立刻下意识地想到这个信号的意义：一列载重货车到下行线了。随后，他进了屋子，那女人关上窗户。车站的嘈杂声随之消失了。

约瑟夫把外衣和小胡子上的雪掸掉，看了看表：九点零五分；去帕绍的列车在四十分钟内还不会发车，而他的车票已到手了。他背对着窗户和那个女人，朝房间里随便扫了两眼，一切便都有条不紊地印在了他的脑海里：水罐和脸盆放在一个暗紫色的洗脸盆架上，破裂的镀金镜子，铁床，便壶，圣像。他说：“最好让窗户敞开着。万一你的主人回来呢。”

一个惊恐细弱的声音说：“我不能，噢，我不能。”他带着和蔼的嘲讽神气朝她转过头去：“好个胆小的安娜。”他用自己见多识广的锐利目光瞅着她。她同他年纪差不多，但阅历上却差得远了，她站在那儿，身体单薄，让这个窗户弄得慌乱不堪、情绪激动；她的黑裙子扔在床上，但她还穿着黑上衣，戴着白色的女仆领，拿一条毛巾被遮盖着大腿。

他挖苦地望着她。“漂亮的安娜。”她的嘴张开了，无言地痴迷地呆看着他。约瑟夫注意到她一嘴参差不齐的黑牙，心里有点儿恶心。我还该干什么？他想，我可不想吻她，但她显然一心期望着拥抱，她的羞怯已经转变成中年女人可怕的卖弄风骚，而他又必须应付她。他在床边坐下，两人之间隔着床铺，他开始用一种逗小孩的语调对她说起来。“漂亮的安娜搞到什么了？一个大汉子？嗨，瞧他会怎么揉搓你吧！”他用一根手指戏弄地朝她晃了晃，“我和你，安娜，咱们过一会儿再好好快活一下，行吗？”他斜眼瞅了瞅门，见门没有锁上，便松了一口气；她可别像个老婊子似的把他锁在屋里，再把钥匙藏起来，但他那红润的胖脸上没有露出一丝焦虑或厌恶的表情。“行吗？”

她微笑起来，呜呜地长长吐了一口气。“嗯，安东。”他站起身，而她却朝他走来，毛巾被落在地上，她穿着黑棉袜，迈着小鸟般柔弱的步子。“等等，”他说，“等等。”他防范似的举起手来，被自己挑逗起的那种古老的情欲吓坏了。我们两人都是丑八怪，他想，那边墙上还挂着一张粉白两色的圣母像，这情势岂不成了有意亵渎神圣？他急忙低声拦阻她：“你敢肯定屋里没人吗？”她羞红了脸，仿佛他很不礼貌地动手动脚了似的。“没有，安东，只有我们俩。”他的头脑又开始有条不紊地运转了，只要一碰上人与人的关系，他就变得稀里糊涂，但一旦面临危险或需要行动时，他的头脑就像一部经过检验的、上了油的机器一样靠得住。“我给你的提包在吗？”

“在，安东，就在床下。”她拖出一个医用的小黑提包，他拍了拍她的下巴，对她说她的眼睛长得很好看。“脱掉衣服，”他说，“上床去吧。我马上就来。”不等她提出异议或要求他作出解释，他就已经蹑手蹑脚地快步溜出门口，随手把门关上了。他当下找来一把椅子，把它顶在门把手下边，这样从里面就打不开这扇门了。

上次来时，他就摸清了他所在的这间屋子的情况。它位于办公室和一间老式客厅之间。里面有一张书桌，一个红天鹅绒罩面的沙发，一把转椅，几张随意摆放的桌子，还有几幅十九世纪的大幅版画，上面画着孩子们同狗嬉戏或太太们从花园的墙头探身出来的图景。有一面墙几乎完全被一幅中央车站的大型地图覆盖了，地图上用红黄蓝色标出站台、货仓、道岔和信号箱。街灯映射着天花板，书桌上的台灯发着光，在背光处，阴影像防尘布似的垂落在椅子上，半明半暗之中，家具的形状依稀可见。约瑟夫的胫骨撞在一张乱放的桌子上，接着又差点儿碰翻了一盆棕榈。他低声骂了起来，只听见安娜的声音从卧室中传了出来："怎么回事，安东？你在干什么？"

"没事，"他说，"没事。我马上就到你那儿去。你主人灯也没关就走了。你敢肯定他不会回来吗？"

她开始咳嗽，但在咳嗽间歇之时，她对他说："他值班要值到半夜呢。安东，你不会待太久吧？"他做了个鬼脸。"我不过脱脱衣服罢了，安娜，亲爱的。"街上的声音通过打开的窗户闯入屋子里，汽笛响个不停，约瑟夫探身向外察看了一下街道。出租车载着旅客和行李来来回回地飞驰而过，他却毫不注意出租车、辉煌的空中广告和正下方那喧闹的咖啡馆。他仔细察看着人行道，现在正是吃晚饭、看戏或看电影的好时候，来往行人很少。也看不见有警察。

"安东。"

他吼了一声："安静点儿。"又拉下了百叶窗，以防对面楼中有人看见他。他知道那个嵌在墙里的保险柜的准确位置，他只用一顿饭、一场电影和几杯酒就从安娜嘴里套出了这一情况。但他没敢问她开锁的密码，怕她会因此意识到他大黑天爬过结冰的房顶来到她的卧室，并不单是由于她的魅力。书桌后面有个小书架，他从上面抽出厚厚的六本《铁路工作和铁路管理》，这几本书后面是一扇小铁门。约瑟夫·格伦利希的头脑开始清晰、专注起来，行动不带一丝慌乱和犹豫，在动手之前，他看了看表，九点十分，他算计他可以在这儿待半个小时。时间蛮富裕，他想着，把湿漉漉的大拇指压在保险柜门上，铁门不足半英寸厚。他把黑提包放在桌上，拿出工具来。他的凿子保养得好极了，闪光锃亮，刃尖锋利，他对自己整洁的工具和高效率的工作感到十分自豪。他本可以用铁棍撬开这层薄钢板，但那样安娜会听见声音，他可说不准安娜是否会保持沉默。因此他先戴上一副眼镜保护眼睛，然后点燃了最小的一根吹火筒。在猛烈的火焰喷出的一瞬间，屋子里的大小物件顿时都从阴影中跃出，热浪灼烤着他的面孔，铁门像融化了的奶油一般嗞嗞作响。

"安东，"那女人摇着卧室的门把手，"安东，你在干什么？你干吗把我关在里面？"在低沉的火焰声中，他朝她喊道："别作声。"他听见她在摸弄门锁，在扭门把手。随后，她又急切地开了口："安东，让我出去。"每次他把嘴从吹火筒上挪开回答她，火焰就低落下来。由于对她的怯懦和愚笨心中有数，他恶狠狠地说："住嘴，不然我就拧断你的脖子。"一时她不吭气了，火焰渐渐烧旺了，铁门由通红变成白炽状态，这时安娜相当大声地喊起来："我知道你在干什么，安东。"约瑟夫把嘴紧紧凑在吹火筒上，没有理她，但安娜的下一句叫喊却使他大吃一惊："你在弄保险柜，安东。"她又开始把门把手弄得咔嗒咔嗒乱响，最后约瑟夫不得不让火焰低下去，朝她喊一声："老实点儿。我说话可是算数的。我非把你那臭脖子拧下来不可，你这老母狗。"她压低了声音，但他仍能清楚地听见她的话，她准是把嘴对在锁眼上了："别这样，别这么说，安东。听着，让我出去，我有事要告诉你，你有危险呢。"他没有回答，一个劲儿吹火，铁门又回到白热状态。"我对你说了谎，安东。让我出来吧。克鲁伯先生就要回来了。"他放下吹火筒，倏地转过身来："你说什么？你这是什么意思？"

"我想，你要是知道了就不会来了。时间还够让咱们亲热一会儿，有半个小时。如果他提前回来了，咱们就躺着不出声。"约瑟夫的大脑迅速运转起来，他没有浪费时间去诅咒那个女人，而是吹灭了吹火筒中的火焰，把它连同凿子、铁棍、万能钥匙和胡椒粉罐一起放进提袋里。他不假思索就放弃了自己偷盗生涯中一笔最容易到手的横财。他从来不冒那些可以避免的危险，这是他引以为傲的地方。他还一次都没有让人抓住过呢。有时他同别人搭伙干，他的伙伴让人抓住了，但他们心里并无怨恨。他们尊敬约瑟夫非同一般的成绩，进监狱时还为约瑟夫的逃脱感到骄傲，以后还会把约瑟夫指给自己的朋友看，说："那就是约瑟夫。到现在已经五年了，从没有进过班房。"

他合上提袋，这时外面一种拉弓般的奇怪声音使他吃了一惊。“这是什么声音？”

安娜透过门小声说：“电梯，有人按铃叫它下去了。”他拾起一本《铁路管理》，但那保险柜仍然热得发红，于是他又把书放回到桌子上。下面传来了关门的哐当声和电梯尖细的嗡嗡声。约瑟夫朝窗帷走去，又把那根吊着左轮枪的绳子向上提了两英寸。他琢磨着是否可能从窗户逃走，但他记起这窗外就是三十英尺的陡直墙壁，下边是咖啡馆的顶棚。又响起了开门关门声。安娜透过锁眼小声说：“是下面那层楼。”

那就没什么问题了，约瑟夫想，我能从容一点儿了。回到安娜的卧室，然后爬上屋顶。我还得等二十分钟才能上帕绍的列车。放在把手下面的椅子紧紧地卡在那里。他不得不放下提袋，用双手去拉。那椅子顺着硬木地板滑倒，砰的一声撞在地上。正在这时，灯亮了。

“站住，不许动，”克鲁伯先生说，“举起手！”

约瑟夫·格伦利希立刻照办了。他极为缓慢地转过身来，在这几秒钟里，他想好了自己的计划。“我没有武器。”他轻声说，略带责备的神气打量着克鲁伯。克鲁伯先生穿着一身蓝制服，戴着一顶副站长的尖顶圆帽；他身材瘦小，棕色的脸上布满皱纹，由于激动和气恼，也由于年老，那只拿枪的手微微哆嗦着。约瑟夫顿时眯起他那温顺的眼睛，目不转睛地看着那把手枪，心里估计着它开火时的角度，捉摸子弹会不会打偏。不会的，他想，他会瞄准我的腿并打中我的肚子。克鲁伯先生背对着保险柜，还没瞧见那些被弄得乱糟糟的书。“你不懂。”约瑟夫说。

“你在门口干什么？”

约瑟夫脸上被火焰烤出的红晕还没有消退。“安娜和我。”他说。

克鲁伯先生冲他喊道：“说吧，你这流氓。”

“我跟安娜是朋友。站长先生，让您这么撞上我，真是太不应该了。是安娜邀我来的。”

“安娜？”克鲁伯先生不大相信地说，“为什么呢？”

约瑟夫挺尴尬地扭了扭屁股。“嗯，克鲁伯先生，您瞧，是这么回事，安娜和我是朋友。”

“安娜，过来。”门慢慢打开了。安娜走了出来。她已穿好裙子，理好了头发。“是真的，克鲁伯先生。”她的目光越过他，惊恐地盯着露出来的保险柜。“你怎么啦？瞪着眼看什么呢？真是乌七八糟，这么大年纪了。”

“是的，克鲁伯先生，可——”她犹豫了一下。约瑟夫不等她为自己辩解或指责他，就打断了她的话。“我喜欢安娜。”安娜带着可怜巴巴的感激心情接受了他的说法。“是的，他是这样对我说的。”

克鲁伯先生跺着脚。“你是个傻瓜，安娜。去翻翻他的口袋，他也许偷了你的钱。”但他却没想到去检查一下自己的保险柜。于是，约瑟夫也就扮演起派给他的三流小偷的角色来。他对这类人可以说是知根知底，了如指掌。他曾和他们搭过伙，雇他们打下手，也曾毫不难过地眼看着他们进班房。他称他们为捡小钱的，用这个词表示他们是既无雄心又无本事的家伙。“我没偷她的钱，”他咕哝着，“我不会干那种事的，我喜欢安娜。”

“翻翻他的口袋。”安娜照办了，但她的手在他的衣服中间摸索时，就像在抚摸他一样。“现在翻翻他的后兜。”

“我没带枪。”约瑟夫说。

“他的后兜。”克鲁伯先生重复了一遍。安娜把他的兜整个翻到外面来。克鲁伯先生看到这个口袋也是空空的，就把拿枪的手放了下来，但老年人的怒火仍使他哆嗦着。“把我的寓所搞成妓院了，”他说，“你还有什么话可说，安娜？真是乌七八糟。”

安娜垂下眼睛瞅着地面，扭绞着她那一双瘦手。“我也不知道自己是怎么搞的，克鲁伯先生。”但就在她说话时，她似乎开始明白了。她抬起眼睛，约瑟夫·格伦利希从她的眼神中看出，爱恋变成了憎恶，又进而化为愤怒。“他勾引我。”她慢吞吞地说。在整个这段时间中，约瑟夫一直惦记着克鲁伯先生身后书桌上的黑提包、那一堆书以及露在外面的保险柜。他惴惴不安，但这并不妨碍他思考。克鲁伯先生早晚会发现他来此处的目的，他还发现站长手边就有个电铃，它可能是通到门房的。

“我能放下手来吗，站长先生？”

“可以，但你一步也不许挪动。”克鲁伯先生跺着脚，“即使我得把你留一晚上，我也要搞个水落石出。我不允许男人们跑来勾引我的女仆。”“男人”这个词使约瑟夫在一瞬间竟放松了戒心，这个半老的安娜居然被说成是追逐的目标，他觉得很滑稽，微笑起来。安娜看见了他的微笑，也猜出其中的缘故。她对克鲁伯先生说：“当心。他并不想要我，他——”但约瑟夫·格伦利希把她指控的话接了过去。“我坦白。我不是为着安娜来的。您瞧，克鲁伯先生。”他朝着保险柜挥了挥左手。克鲁伯先生转过身去，他的左轮枪口垂向地面，约瑟夫朝他背后放了两枪。

安娜用手抓住自己的喉咙，扭头不看那具尸体，尖叫起来。克鲁伯先生向前扑倒，前额碰到地板上，在两次枪击之间他摇晃了一下，如果没有那面墙撑住他，他的整个躯体就会向一边歪倒下去。“别作声。”约瑟夫说。那女人继续嘶叫着，于是他扼住她的咽喉摇晃她。“你要是十分钟内再敢出声，我也送你下地狱，懂吗？”他看见她已昏过去，就把她扔在一把椅子上，然后关上窗户，又把窗户和卧室的门都锁住，因为他害怕她回到卧室去，那个警察巡逻到货场时可能会听见她的呼喊。他用个刷子把儿将那把钥匙捅进厕所的抽水马桶里。他最后又检查了一遍那间书房，决定把黑提包留在书桌上；他总是戴手套的，提包上只会留着安娜的指纹。丢掉这么好的一套工具固然可惜，但他为了保全自己是不惜任何牺牲的。他看了看表，甚至想把那张去帕绍的车票也丢掉。那趟车还有一刻钟才发车，他不能在维也纳再晃荡那么长的时间了。他记起他在屋顶上看见的那列快车，开往伊斯坦布尔的快车。他一时拿不定主意：我没买票能乘上这趟列车吗？他不愿意在身后留下面貌特征的踪迹，他甚至曾起意用凿子把安娜弄瞎，那样她就不可能认出他了。但这只是一闪念，他讨厌不必要的暴力行为，这倒不是因为他不喜欢暴力，而是因为他干事讲究干净利落，该干的事一件不能少，多余的事一件也不能加。他小心翼翼地避开克鲁伯先生身上的血迹，在他的口袋里搜寻书房的钥匙，找到钥匙后，他又在镜子前停留了一会儿，理了理头发，又刷了刷帽子。然后他离开了这间屋子，回头锁上了门，把钥匙扔在大厅里的一只伞架里：今天晚上他可不打算再爬房顶了。

当他看见电梯敞着门时，他犹豫了一下，但他马上就决定还是从楼梯下去，因为电梯的噪声会把他的行踪通知其他各层公寓。在下楼的一路上，他都在注意听安娜的喊叫，但只有一片沉寂。外面雪仍在下，淹没了车轮声和脚步声，而楼上的沉寂似乎比雪花更猛更密地落下来，把他留在身后的一切踪迹，那堆书，那个黑提包，那个烤焦了的保险柜等，都统统掩盖起来。他以前没有杀过人，但只要这种沉寂不被打破，他就能忘却这一事实：他已经迈出了最后一步，登上了他这个行业的危险的顶峰。

一楼有一扇门开着，当他经过那儿时，他听见了一个女人悻悻的话音："听我说，那样的内裤哟。哼，我又不是总统的女儿，我对她说，给我来条像样点儿的。薄的呀，你见都没见过——"

约瑟夫·格伦利希捻了捻他那浓密、花白的胡髭，大胆地走到街上。他这儿瞧瞧，那儿看看，仿佛是在等朋友。街上看不到警察，便道上的雪也扫净了，不会留下脚印。他向左转径直朝火车站走去，竖起耳朵留意是否有叫喊声。除了出租车的喇叭声和雪花飘落的沙沙声外，他什么也没听见。在街道尽头，火车站巨大的拱顶像杂耍剧场灯火辉煌的门面一样吸引着他。

然而，他想，像个彩票兜售人似的在进站口晃来晃去可太不安全了。这时，他突然觉得自己仿佛是从克鲁伯先生的公寓中坠落下来，一层一层一直落到楼底下，仿佛重演了那多谋善断的一幕：手向保险箱一指，迅速拉起绳子，端平手枪开了火，霎时间他心中不禁充满了骄傲。我杀了人。他迎着晚风敞开了外衣，理了理背心，摸了摸银表链，朝一名想象的女友掀了掀那顶灰帽子。这帽子是维也纳一家最好的制帽商做的，但对他来说小了一点儿，因为这是他从厕所的衣帽钩上顺手牵羊得的。我约瑟夫·格伦利希杀了人。我很机灵，他想，他们对付不了我。我干吗要像个鬼鬼祟祟的小偷似的匆匆往车站赶，悄悄从门口溜过，躲在房舍的阴影里呢？喝杯咖啡也还来得及。他在咖啡馆顶棚边缘处的便道上找了张桌子，当初他在楼顶上滑倒时，看见朝自己飞来的就是这个顶棚。透过纷纷飘落的雪花，他抬眼看了看那幢楼房，一层，两层，三层，克鲁伯先生家亮着灯的书房窗子，四层，楼房的幽影在阴云密布的天空里消失了。真摔下来的话可够呛。

“来杯牛奶咖啡。”他说。他若有所思地搅搅咖啡，约瑟夫·格伦利希，命里注定。他别无选择，也就毫不犹豫。可我不能对任何人讲这件事，想到这儿他脸上掠过一道不满的阴影。那太危险了。甚至对最好的朋友安东，那个他借用了名字的安东，也不能说。说不定会有人出钱买消息的。然而过了一会儿他又自我安慰地想：他们会猜到的，他们会指着我说：“那是约瑟夫。他在维也纳杀了克鲁伯。可他们没抓着他。他从来没被抓住过。”

他放下杯子倾听着。是出租车，还是车站的喧哗声或一个女人在嘶喊？他朝四周的桌子望去，人们都没听到什么异常的声音，他们聊着，喝着，笑着，有个男人在吐痰。但约瑟夫坐着，听着，觉得不那么口渴了。一个警察沿街走了过来，他也许刚从交通岗下班，赶回家去，但约瑟夫举起玻璃杯挡住自己的面孔，从杯子的上方偷偷地注视他。随后，他十分肯定地听到了一声喊叫。那个警察停了下来，约瑟夫着急地四下寻找侍者，站起身来，把几枚硬币放在桌子上；放在两腿之间的手枪把皮肉都蹭疼了。

“晚上好。”那个警察买了一份晚报，又沿街走开了。约瑟夫用他戴着手套的手摸摸前额，当他放下手来时，手套上沾满了汗水。这可不行，他想，我可不能神经过敏，那叫声准是我幻想出来的。他正打算坐下，喝完那杯咖啡，就又听见了喊叫声。咖啡馆里居然没人注意到这喊叫声，真是怪事。他想，不知再过多久她就能打开窗户，那时他们就会听见她的声音。他离开桌子，走到大街上，喊叫声听得更清楚了。但出租车呼啸而过，几名旅店搬运工扛着提包，在湿滑的便道上踉踉跄跄地走着；没人停住脚步，没人听到什么。

有什么东西叮当一声掉在便道上，约瑟夫低头看了看。是一枚铜币。这倒挺有意思，他想，是个吉兆。但当他俯身去拾这枚铜币时，他却看到从咖啡馆到这儿的一路上，断断续续有一些铜币和银币躺在便道上。他摸了摸裤兜，兜里空空的，只有一个窟窿。我的老天爷，他想，难道说我离开那所公寓后就一直在往地上掉硬币？他看到自己正站在一条清晰的踪迹的尽头，这条踪迹横过一块块铺路石，穿过一层层楼梯，一直通往克鲁伯先生书房的门口。他开始沿着便道迅速往回走，拾起硬币塞进大衣口袋里。但没等他走到咖啡馆，头顶上很高的地方就有一扇窗户的玻璃被打碎了，一个女人的声音一次又一次地呼叫着：“救命啊！救命啊！”一个侍者从咖啡馆里跑出来，仰头往上瞧；一个出租车司机刹住车，在街沿上停下车来。两个正在下棋的人丢下棋，也跑到路上。约瑟夫·格伦利希原来觉得在纷扬的大雪下万籁俱寂，可现在，当出租车停止行驶，咖啡馆里的人不再说话时，他才感受到真正的沉寂。那个女人仍在不断地叫喊：“救命啊！救命啊！”有个人说：“警察来了！”两名警察沿街跑过来，身上的手枪套子铿锵作响。随后，除了一小群闲人聚在公寓楼的大门口外，其他一切又恢复了常态。下棋的人又回去下棋，出租车司机按了按自动启动器，但因为发动机已经冷了，他只好爬出车来摇摇柄。约瑟夫·格伦利希不紧不慢地朝车站走去，一个卖报的开始去捡他丢在便道上的硬币。约瑟夫想，我万万不能再等去帕绍的那趟火车了。但我也不能冒无票乘车的风险，他又想。可我没钱再买票了，连零钱也丢光了。约瑟夫呀约瑟夫，他心里厌恶地责骂自己，别跟自己过不去。你得再弄点儿钱，可不能现在就认输投降。约瑟夫·格伦利希，干了五年，从没有出过岔子。你已经杀过人了，你，这个行当的头面人物，当然也能偶尔干点儿任何“捡小钱的”都能轻而易举做到的事：去偷个女人的提包。

他走上台阶进入车站，警觉地四下张望着。他绝不能冒险。如果他让人抓住了，他所面对的将不是一个星期的监禁，而是无期徒刑。他必须小心翼翼地进行挑选。在拥挤的大厅里，有几个提包看管得实在马虎，简直像是往他手里送。但这些提包的主人或是模样太寒酸，或是太像浪荡女人。第一种人也许还有仅仅几个先令放在粗糙的钱包里，后一种人的提包里多半连零钱都没有，只有粉扑、口红、镜子，也许还有避孕套。

最后，他终于找到了合适的对象，甚至比他所希望的还要如意。一个外国女人，也许是英国人，短发，没戴帽子，眼睛红红的，正拼命拉一间电话亭的门。当她用双手去拧门把手时，她的提包落在脚下。他想，她有点儿喝醉了，而且，既然她是外国人，她的提包里就一定有不少钱。对约瑟夫·格伦利希来说，这件事如同儿戏一般。

门打开了，梅布尔·沃伦看到了面前那部黑亮的电话，十年来，她最美好的时光和最美妙的言词都用在打电话上了。她弯腰去拾提包，但提包不见了。奇怪，她想，我敢发誓——莫非我真的把它丢在火车上了？在火车上，她和珍妮特·帕多一起吃了一顿告别的晚餐。喝了一杯雪利酒，大半瓶德国白葡萄酒，两杯白兰地。后来，她觉得有点儿飘飘然了。珍妮特付了饭钱，她给了珍妮特一张支票，接下了找回的零钱。现在，她那苏格兰呢外套的口袋里还装有两镑多的奥地利零钱，但是，提包里有将近八十马克呢。

她费了些周折才让长途台听清她要的科隆的电话号码，因为她的声音有点儿瓮声瓮气。等待回话时，她尽力使她头重脚轻的身体在小铁椅上保持平衡，一边留心地注视着出口的检票处。从站台出来的旅客越来越少，不见津纳医生的踪影。在离维也纳还有十分钟路程的时候，她去过他的隔间，看见他正在戴帽子穿雨衣。他回答她说："是的，我要下车了。"她压根儿不信，当火车停下来以后，她一直等到他下车，看着他在站台上摸找车票，她本来绝不会放走这家伙的，可是她必须给分社打电话，因为如果他是在撒谎，她就要跟随他去贝尔格莱德。那么，这个晚上她就不会再有打电话的机会了。我是把提包丢在车上了吗？她再一次问自己，这时电话铃响了。

她看看手表：还有十分钟。如果五分钟内他不出来，我就回车上去。他对我撒谎捞不到什么。"喂，是伦敦《号角报》吗？

爱德华兹吗？好，记吧。不，小伙子，不是关于萨沃里的。过一会儿我再给你那篇通讯，这个消息是能上头版头条的，你得把它先留半个小时，如果我不再给你来电话，就把它发出去。昨天我报道了星期三夜里贝尔格莱德发生的共产党暴动，暴动已被平息，有若干人丧生。这次暴动是由臭名昭著的煽动分子津纳医生策划的，该人曾于坎姆内茨审判案期间失踪。（不，是坎姆内茨，Kaiser的K，Arse的A，Mule的M，Navel的N，不是那个，不过没关系，是同一个字母。Erotic的E，Tart的T，Zebra的Z。写下来了吗？）坎姆内茨审判。通知助理编辑。请查看一九二七年八月的剪报。人们曾以为此人已被政府特务谋杀，然而，尽管当时已发出缉拿他的逮捕证，他还是脱身远遁了。在同我报特派记者的一次单独会晤中，他披露了自己在大滨海伯青顿当教师的生活。通知新闻编辑，他不肯详谈此事，可以从校长那里了解详情内幕。他自称约翰。贝尔格莱德的暴动没有选好时机，暴动原计划在星期六夜里举行，星期三晚间离开英国的津纳医生届时即可抵达那里进行指挥。他乘坐的快车到达维尔茨堡时，津纳医生获悉了起义爆发并失败的消息，他当即决定在维也纳下车。他痛苦万分，对我报特派记者反复地低声说：‘他们要是等等就好了。’他自信如果他出现在贝尔格莱德，该城的全体工人就会支持起义。他泣不成声地向我报记者讲述了他一九二七年从贝尔格莱德出逃的惊人经历，并且描述了那项业已流产了的计划。记下来了吗？你仔细听着。如果半小时内我不给你其他消息，就把‘到达维尔茨堡’之后的文字全都删去，而照这样继续写：他痛苦地迟疑良久，最后决定继续前往贝尔格莱德。他肝肠欲碎，只是喃喃低语着：‘那些勇敢的同志，我怎能丢下他们？’待他精神稍微恢复时，他对本报特派记者解释说，他已决定同起义的幸存者一起接受审判，他在坎姆内茨审判期间曾获得堂吉诃德式的名声，他必须这样去做才名副其实。众所周知，他在工人阶级中深得人心，他的行动将使政府颇感难堪。”

沃伦小姐长长歇了一口气，看了看手表。离开车只有五分钟时间了。“喂，不要走开。还有一段关于萨沃里的老生常谈。你必须快点儿记录下来，他们要求我写半栏版面，但我没有时间了。我给你大概说说吧。《寻欢作乐》的作者奎因·萨沃里先生正在赴远东的途中，为他的新作《出国记》收集素材。尽管这本书以东方为背景，但这位大小说家并不愿完全抛开他爱之甚深的伦敦，他将通过一个小个子伦敦烟草商的眼光来观察遥远的他乡风物。萨沃里先生体形瘦削，肤色黝黑，他在科隆车站站台上接待了本报记者。他的谈吐直率（别开玩笑，我说的是直率，直——率），但仍可看出他有一颗热情诚挚的心。当被问及如何评估他在文坛上的地位时，他说：‘我主张健全的文艺，反对劳伦斯、乔伊斯之类作家那种病态的内省倾向，对于一个体魄健全、思想健康的进取者来说，生活是美好的。’萨沃里先生衣着简朴，全无怪异之处。他对某些文艺圈子里的玩世不恭的作派颇不以为然。‘在他们那里，’他说，很风趣地改编了伯克的名句，‘性取代了人的位置。’本报记者指出，许多读者都对《寻欢作乐》（此书目前正好售出了十万册）中的小女仆埃米·托德十分喜爱。他们说：‘萨沃里先生，您对女性的内心世界真是了如指掌。’尚未结婚的萨沃里先生登上列车，回首温文一笑。‘小说家，’他笑着说，‘可以说是个间谍。’当列车载着他驶离站台时，他愉快地频频招手。顺便说一句，众所周知，加沙威勋爵的女儿卡罗尔·德莱娜将在英国出品的影片《寻欢作乐》中扮演女仆埃米·托德。记下来了吗？当然，这都是些陈词滥调，跟那小子采访还能搞出什么别的名堂吗？”

沃伦小姐挂上了听筒。津纳医生还没有出现。她很气愤，但又感到满意。他以为已经把她甩在维也纳车站上了，她带着几分快意想象着，当他从报纸上抬起头来发现她又站在隔间门口时的一脸懊丧。要比泥巴黏得还紧，她自言自语地低声说，我就是要这样。

站在检票口的职员拦住了她："请出示车票[1]。"他并没有看她，因为他正忙着查收刚从一列短途车上下来的旅客的车票，一些抱娃娃的女人和一个拎着活母鸡的男人。沃伦小姐拼命想挤过去："记者通行证。"检票员朝她怀疑地转过身来。记者证在哪儿？

"我把提包丢在车上了。"沃伦小姐说。

他收完最后一张票，把车票码成平平的一沓，小心地用橡皮筋把它们捆扎起来。他彬彬有礼而又寸步不让地解释说，这位女士刚才从站台出来时就对他说有通行证，她拿着一张卡片朝他晃了晃，没等他检查就跑了出去。现在他很想看一下那张卡片。

"见鬼，"沃伦小姐说，"那么我的提包让人偷了。"

但是女士刚才还说过提包在火车上。

沃伦小姐又骂了一句。她知道自己的形象十分不妙；她没戴帽子，头发乱蓬蓬的，一口酒气。"那我没办法，"她说，"我

1 原文是德语。

必须回到列车上去。派个人跟我一起去，我把钱交给他。”

检票员摇了摇头。他本人是不能离开检票口的，他解释说，要是把大厅里的搬运工派到站台上去收一张票的钱，那岂不乱套了！这位女士为什么不先买张票，然后再向公司要求赔偿呢？沃伦小姐气冲冲地说：“因为这位女士身上的钱不够。”

“要是这样的话，”检票员瞥了瞥钟，客客气气地说，“您只好乘下一趟车了。东方快车就要开了。至于提包，您不必担心，我们可以给下一站打个电话。”

有人在售票厅吹起一支小调。她和珍妮特以前听过这个调子，一支轻快的色情歌曲。她们俩曾手拉着手在黑暗中倾听，银幕上，摄像机展示出一整条街道，从街头一直推向街尾，一会儿一个男人从窗口探出身子唱上一句，一会儿在独轮车后卖菜的女人唱上一句，一会儿在墙根阴影里搂着姑娘的小伙子又唱上一句。她头脑里充满了各种忧虑和担心：珍妮特与奎因·萨沃里，科洛尔与理查德·津纳，等等。偏偏这时，一张粉红的年轻面孔又插进来，角质镜框的眼镜后面热情地闪动着一双和善的眼睛。“我猜，夫人，您同这位先生有些误会，我很乐意为您做翻译。”

沃伦小姐怒气冲冲地转过身去：“滚开，啃你的老玉米去！[1]”说着，她大步朝电话亭走去。这位美国青年使沃伦小姐心中相持不下的矛盾情绪骤然起了变化，愤怒压倒了感伤，懊丧的心情转化为报复的恶念。津纳那家伙自以为安全了，她想，自以为把我

1　英文俚语，指一种性行为。——编者注

甩掉了，自以为由于他是失败者，我就对他无可奈何了。然而，等到亭子里的电话铃响起的时候，她已相当冷静了。让珍妮特去和萨沃里调情，科洛尔去和犹太佬勾搭吧，梅布尔·沃伦这会儿不在乎。如果需要在爱女人与恨男人这两种情感之间选择，她就只能珍重后一种情感了。因为她的爱也许会成为别人的笑料，但是还从来没有人敢讥讽她的仇恨呢。

2

科洛尔·马斯克惶惑地瞅着菜单。“你替我点吧。”她说，她很高兴他要了葡萄酒，它会帮助我，她想，度过这个晚上。“我喜欢你的戒指。”维也纳的灯光从他们身旁掠过，窗外已经一片黑暗，侍者从桌后探身拉下百叶窗。迈亚特说：“我买它花了五十镑。”他回到了熟悉的天地里，变得自在了，不再因人类自相矛盾的行为困惑不安。他面前的酒单，盘子里叠好的餐巾，侍者经过他的座位时拖沓的脚步声，这一切都使他自信起来。他面带微笑，转动着手，那钻石戒指的各个平面朝着车顶和酒杯闪闪发光。“它值将近一百镑呢。”

“给我讲讲她的事儿吧，”萨沃里先生说，“她这人挺怪。喝酒吗？”“对我可痴心啦。”“谁能不这样呢？”他向前凑凑身子，揉着面包，谨慎地问道，“我一直没弄明白。像这种女人究竟是怎么回事……"

"不，我可不能再喝这种外国啤酒了。我的胃受不了。问问他们有没有爱尔兰黑啤酒。我就喜欢黑啤酒。"

"当然，你们德国的体育运动正在大大复兴，"奥佩先生说，"有一些出类拔萃的年轻人，看得出。但这毕竟跟板球是两码事。拿霍布斯和萨克利夫[1]来说……"

"接吻。老是接吻。"

"可我不会说外国话，艾米。"

"你怎么老是说这值多少那值多少？你知道我值多少？"她又困窘又惧怕的心情化作了气愤，"你当然知道。一张十镑的车票。"

"我已经解释过了"，迈亚特说，"所有这些。"

"如果我是那边那个姑娘……"迈亚特扭过脸，看见了那个身穿皮大衣的苗条姑娘，她那双柔和的水汪汪的眼睛迎着他的目光，端详了他一阵，又把他撇开了。"你比她漂亮。"他显然不大真诚地说，还想再截住那姑娘的目光，验证一下她是否真的不屑于理睬自己。这不是说谎，他暗想，科洛尔打扮好了还算得上

1　杰克·霍布斯（Jack Hobbs，1882—1963）和赫伯特·萨克利夫（Herbert Sutcliffe，1894—1978），均为英国著名板球运动员。

漂亮，而那陌生女人的美是不能用“漂亮”这类微不足道的标准来衡量的。然而，我跟她不会有话可说，他想。我跟她讲话不会像对科洛尔这样随便，我会老觉得手放得不是地方，老想着我是犹太人；他心里涌起一股感激之情，转身对科洛尔说：“你待我真好。”

他从汤盆、面包和调料瓶上探过身去。“你以后也会待我好。”

“是的，”她说，“今天晚上。”

“干吗只是今天晚上？我们到了君士坦丁堡以后，为什么你不——为什么咱们就不……”他犹豫了，她身上有点儿什么让他迷惑不解：像熟悉的领地中的一小片不曾去过的树林。

“在那儿跟你一块儿过？”

“为什么不呢？”然而，涌进她脑海的并不是反对他的提议的种种理由，她的念头变得如此五光十色，她不得不凝神定睛地盯住眼前的现实：摇晃的列车，放眼看去，在两侧关闭的百叶窗之间，男男女女都在吃喝，人们交谈的只言片语飘来：

“是的，仅此而已。接吻，老是接吻。”

“霍布斯和朱特格利夫？”

实际上全是赞成他的理由：这样早晨就不必冷冷清清地回到肮脏的寓所和异国房东太太那儿去，如果她要个暖水瓶，要杯茶，房东太太也不会听懂，如果她头痛脑热，房东太太就会弄点儿外国药来代替阿司匹林；相反，她将回到一套漂亮的公寓里，那儿水龙头银光闪闪，热水整天供应，柔软的床铺上铺着绣花缎被，不管为这些付出多大代价，夜里多不舒服，都是值得的。但这些太美了，不像真能实现。她想，今天晚上，他发现我冷冷冰冰，战战兢兢，不会干那些事，就不会要我了。“等等吧，”她说，“也许你会不要我。”

“可是我想要。”

“等明天吃早饭再说。吃早饭时再问我，或者干脆不再提这事。”

“不，不是板球，不是板球。”约瑟夫·格伦利希说，擦了擦上髭，“我们德国人练跑。”他那怪里怪气的用词使奥佩先生不禁笑起来。“你本人是赛跑运动员吗？”

“我年轻时，”格伦利希说，“是个了不起的赛跑运动员。谁也没我跑得快。没人能追上我。”

“垃圾。”

“别骂人，吉姆。”

“我没骂人。我是说这啤酒。你来尝尝。没多少气。是你以前喝的那种叫敦克尔的酒。”

“很高兴你喜欢它。”

“那个小女仆。我记不得她的名字了。她挺可爱。”

“吃过饭后来聊聊吧。”

“你不会犯傻吧，萨沃里先生？”

“我会问你的。”

"别许诺。什么诺都别许。谈点儿别的吧。告诉我你去君士坦丁堡做什么。"

"生意上的事。挺棘手的。以后你再吃葡萄干布丁，就想想我吧。葡萄干。我就是葡萄干。"他幽默而又自负地加了一句。

"那我就叫你葡萄干布丁。我不能叫你卡尔顿，对吧？那叫什么名字呀。"

"来，尝一颗。我总随身带点儿。尝这个格里的。不错吧？"

"挺有汁的。"

"这是我们公司出的。迈亚特，迈亚特及佩奇联合公司。再尝尝这边的一颗。你觉得怎么样？"

"看那边头等车厢里，艾米。还没瞅见她吗？咱们配不上她啦。"

"跟那个犹太人在一起？哼，人各有志呀。"

"当然，我对罗马天主教极为尊重。"奥佩先生说，"我不固执己见。作为一种组织的范例……"

"怎么样？"

"我现在就在犯傻呢。"

"挺有汁的。"

"不，不，这种没什么汁。"

"我说得不对吗？"

“这是斯坦因的葡萄干。一种廉价的低档货。山坡上的葡萄园位置不对。于是葡萄就发干。再尝一颗。你品不出差别吗？”

“是的，这颗发干。不大一样。可刚才那颗挺有汁的。你不相信？可确实是那么回事。你准是弄混了。”

“不会，我亲自选的样品。奇怪。真奇怪。”

突然，餐车里所有的人都不约而同地停止了说话，据说这意味着天使正在从头顶飞过。当人们缄默无语之际，平底酒杯在桌上叮当作响，车轮碾着铁轨哐哐有声，窗户摇颤着，外边黑暗中火星像火柴头似的闪闪烁烁。最后一批就餐的人快吃完时，津纳医生在一片沉默中步入了餐车。他微微屈着腿，样子仿佛船上的水手在暴风雨中力图站得更稳些。一名侍者走在他前面，但他一点儿也没意识到有人给他带路。许多词在他脑海中闪耀，连成了句子。你们说我是祖国的叛徒。可我不承认什么祖国。往下延伸的黑黢黢的台阶，没有窗户的墙根下的粪便，面有菜色的一张张脸孔。这些并不是斯拉夫人，应对这个或那个穿大礼服的贵人尽忠的斯拉夫人，他想，他们属于全世界的穷人。他凛然面对坐在老鹰和交叉宝剑的徽记下的军事法庭成员：你们有机关枪，有毒气，还奢谈祖国之类，但你们已落后于时代了。他沿着一张张桌子从过道走来，忘情地把手放到下巴下，正了正系得紧紧的领带，又摸了摸那维多利亚式的别针：而我是属于今天的。但霎时间沮丧的回忆就挤进了他那洋洋自得的梦幻，他记起一排排不怀好意的孩子的脸孔，那秘而不宣的嘲弄，那些外号、漫画，夹在语法书里或在桌子底下递来递去的小纸条，找不到罪魁，也没法惩治的嗡嗡的说话声。他坐了下来，视而不见地呆呆望着面前的菜单。

是的，我要是那个犹太人倒也不错，在天使来访的长时间的静默中，彼得斯先生想道，不管怎么说他把一个小俊妞儿弄到手了。并不漂亮。我并不是说她漂亮，可身材不赖。彼得斯瞧瞧他那位高个儿的骨瘦如柴的老婆，想起了她那咕咕作响的肚子，心里暗自说，而这，才是最重要的。

真奇怪。他选样品时是十分经心的。当然，即使斯坦因的葡萄干也不会颗颗都是次等货，可是，当你已是满腹狐疑之际，进一步的怀疑就很容易产生。比如说，埃克曼可能为他自己私下做了一笔小交易，他把公司的一批葡萄干给了斯坦因，以便临时提高一下质量，并以此为基础诱使莫尔特公司出价收购这家企业。埃克曼先生这会儿一定不那么自在了，他想，他准在翻列车时刻表，看手表，想着迈亚特已经走完一半路程了。明天，他想，我要发份电报，让乔伊斯主事，埃克曼去休假一个月。乔伊斯会留心看着账本，他想象着埃克曼踱来踱去，像热锅上的蚂蚁似的坐立不安，一会儿给斯坦因打电话，一会儿斯坦因又来电话，在这里叫上一辆出租车，到那儿又把它打发掉，午饭连葡萄酒也没顾得上喝。之后，他又想到办公室前那陡陡的台阶，在台阶顶上，有点儿迟钝然而忠心耿耿的乔伊斯正守着账本。所有这些时间里，埃克曼太太都坐在现代化公寓里的钢架沙发上，为英国圣公会传教团织小孩衣服，那本肮脏的大《圣经》，埃克曼先生欺世盗名的法宝，它那不曾翻开过的封面上落满了灰尘。

萨沃里先生按了按弹簧百叶窗的按钮。月光落到他的脸上和吃鱼的餐刀上，把静静的上行线铁轨染成银色。雪停了，积雪堆在路基两侧和枕木上，在黑暗中泛着白光。几百英尺外，水银般的多瑙河波光摇曳。他可以看见高大的树木飞掠而逝，电线杆闪过时，上边的金属线架在月光下熠熠生辉。寂静笼罩着车厢，他不再去想珍妮特·帕多了，开始琢磨该用什么字眼来描绘这个夜晚。这完全是个选择和安排的问题；我不能见到什么就写什么，只能选这景象中几个突出之点。我不能提横在雪地上的阴影，它们的颜色和形状都那么飘忽不定，但我可以着意写写映着洁白大地的深红色信号灯，乡村小站候车室中炉火的光焰，以及逆流而上的驳船上的一星灯火。

约瑟夫·格伦利希摸摸腿上被枪磕肿的地方，心想：还有多久能到边境？不知边境上的卫兵是否已收到有关杀人案的通告？不过，我是安全的。我的护照无懈可击，没人见过我拿着那个黑提包。没有任何证据能把我和克鲁伯的寓所联系在一起。也许我早该把手枪扔掉？他一时有点儿拿不准，但随后又安慰自己说：那样会使他们找到我的踪迹。如今，只凭枪膛上的痕迹就能发现好多东西。这年头犯罪也越来越不安全了，他听到人们传说有一种新的指纹技术，即使戴了手套，也能查出指纹来。不过，虽说他们有这么多科学，可还从来没抓住过我呢。

有一样本事是电影教给我们的，萨沃里想，即欣赏运动中的景物美，教堂的尖顶如何在树木上方和背后移动，它如何随着人一脚高一脚低的步履跌下来又升上去，一只烟囱优美地插入云霄或沉入一片林立的烟囱背后，等等。必须用字句表达这种运动感，他感到了这种迫切的需要，他渴望趁着有情绪的时候拿起纸和笔，后悔邀珍妮特饭后和他聊天。他想工作，想在一两个小时里不受任何女人的干扰。我不想要她，他想，可是当他啪地关上窗户后，他又感到了欲望的刺激。她衣着讲究，“谈吐像个有身份的女人”，读他的书时满怀敬慕之情，这三件事就足以征服他了，他至今对自己出生在贫民区以及他那偶尔流露出来的伦敦土音有点儿耿耿于怀。六年来他不断地获得成功，由销售量体现出来的成功：两千册，四千，一万，两万五，十万。可是直到如今，每当他发现自己和衣着讲究的女士做伴，他们之间不再隔着饭店的厚玻璃窗或柜台时，他仍感到惊愕不已。你不辞辛苦，常常苦恼万分，但有时也不无喜悦，日复一日地写了十万字；小办事员在账本上写的字也不比这少，可是他，过去的店员奎・斯・萨沃里靠写作得来的收获却是在办公室的座椅上再卖命也换不来的。他捣弄着盘子里的鱼，一边偷偷地望望珍妮特，此刻他想的不是活期存款账户、版税或者分成，也不是因他书中的悲愁而哭泣或因他那伦敦佬的幽默而失笑的读者，而是通向伦敦上层社会客厅的漫长的阶梯。双扇大门打开了，有人通报了他的姓名，女人们转过脸来望着他，满怀兴趣和尊敬。

过不了多久，一两个小时之内，他就会成为我的情人，这个念头以及对那种陌生关系的恐惧使那张黝黑的深通世故的面孔显得生疏起来。她在过道里昏倒时，他是多么好心啊，他的手给她裹上了暖和的外衣，他的声音给她带来了休息和舒适，感激使得她眼睛有点儿发酸，若不是车厢里一片沉寂，她就会说："我爱你。"她把这话留在唇边，只等众人的缄默过去之后，她就要用它来打破他们俩之间的沉默。

报界也会到场，津纳想，眼前浮现出坎姆内茨审判案时熙熙攘攘的记者席，人们忙着写写画画，还有一个人在勾勒坎姆内茨将军的画像。这一次该画我了。我曾在冷冰冰的旷野里一连许多个钟点踱来踱去，思索自己外逃是否正确，这一次我将证明这一切毕竟不是毫无意义的。我得讲得句句得体，记住我的奋斗目标，记住我不只是为了贝尔格莱德的穷人，是为了全世界的穷人。他曾多次反对社会民主党内偏激分子的民族主义观点。甚至他们的党歌《前进，斯拉夫人，前进》也是民族主义的，选中这首歌是违背他的愿望的。他兜里的护照是英国的，而提箱里的起义计划写在德文书上，这使他很高兴。他在大英博物馆附近一家波兰人开的小纸店里买到了这本护照。一个皮肤上满是斑点的瘦男人，那人的名字他已经忘了，在后厅的茶点桌上把护照递给他，并为要价高表示歉意。"搞到手很不容易。"他解释说。他在帮顾客穿大衣时，丝毫不感兴趣地照例问了一句："您的生意好吗？"很显然，他把津纳当成了小偷。随后他就赶回店里向一名鬼鬼祟祟的学生出售一份"高卢年历"。《前进，斯拉夫人，前进》这首歌的谱曲者已经在邮局分信室外被人用刺刀杀死了。

"炖童子鸡！烤小牛肉……"侍者沿着车厢一路喊过来，打破了沉寂。所有的人都立刻又说起话来。

“我发现匈牙利人天生就喜欢板球。上个赛季我们举行了六场比赛。”

“这种啤酒也同样糟糕。我就想要一杯爱尔兰黑啤酒。”

“我确实认为这些葡萄干——”“我爱你。”“我们的代理人——你说什么？”“我说我爱你。”天使已经走远了。在哐当的车轮声中，在杯盘的碰撞声、人们的话语声和镜子的叮当声中，列车喧闹而欢悦地驶过了一长列枞树和波光闪闪的多瑙河。火车里的气压表升高了，司机打开了调节器，车速每小时增加了五英里。

3

科洛尔·默斯克在餐车和二等车厢之间的踏板上停下来。列车摇撼着她的身体，一时间她觉得简直没法去彼得斯和他妻子艾米的隔间取自己的手提包了。脚下铁板咯咯响着，火车的活塞铿铿地往复运转着，但科洛尔却似乎远离了这些，她仿佛正裹着皮大衣上楼走向自己的套间。屋里边客厅桌上摆着一篮温室玫瑰，还有一张卡片，上面写着：“卡尔谨上，不胜爱慕。”她已经决定称他“卡尔”了。说“我爱你，卡尔顿”很难张口，但是说“我喜欢你，卡尔”就一点儿也不别扭。她笑出了声，把手一拍，猛然领悟到爱情原来是这么简简单单，它是由感激、礼物、无拘无束的玩笑、一套公寓、一名女仆以及不必上班干活等组成的。

她沿着过道跑了起来，跌跌撞撞地这边碰碰，那边磕磕，但她毫不在乎。我要迟三天再去剧院，我要问：“西德尼·邓恩先生在吗？”看门的准是一个土耳其人，只会撅着胡子嘟嘟囔囔，于是我只好自己进去，沿着通道径直上化妆室，跨过乱七八糟地横在地上的救火水管，逢人便说“下午好”，或用法语说“日安[1]”。我把头探进总化妆室，问：“西德尼在哪儿？”他一定是在前面排演呢，我就从舞台侧翼快步朝他走去。他会说：“你他妈是谁？”一边说一边打着拍子，而那些“邓恩的宝贝儿”跳啊，跳啊，没完没了地跳。“科洛尔·马斯克。”“你迟到了三天，你这是什么意思？”“我顺路进来看看，告诉你我不干了。”她大声重复了一遍这句话，想听听效果如何，但火车的吼叫使得她虚张声势的话语听起来几乎像颤抖的哭腔。

“劳驾。”她对彼得斯先生说。他饭后正缩在座位上打盹儿，身上有点儿油腻腻的。他的腿横在隔间当中，挡住了她的路。“劳驾。”她又说了一声。彼得斯先生醒了，抱歉地说：“回我们这儿啦？好啊。”

“不，”她说，“我是来拿提包的。”

艾米·彼得斯口含薄荷糖蜷坐在座位上，这时突然恶狠狠地说：“别搭理她，赫伯特。让她把提包拿走。她自以为高人一等呢。”

“我不过是要我的提包。你凭什么发火？我一个字也没说——”

“别大吵大叫，艾米。”彼得斯先生说，“这位年轻小姐干什么咱们可管不着。再吃片薄荷糖吧。这是因为她胃里不舒服，”他对科洛尔说，“消化不良。”

1　此处的法语原文有错误，表示说话者对法语所知甚少。

“年轻小姐，哼。她是个骚货。”

科洛尔本已把提包从座位下拿了出来，此时又重重地撂在彼得斯先生的脚趾上。她两手叉腰，对着那女人，显得很老练，很沉着，很有把握。这类争吵使她想起了母亲，有一次一个邻居暗示母亲跟房客有点儿不清不白，她就这么叉着腰跟邻居舌枪唇剑地干了起来。此时她变得和母亲一模一样，这些年的生活经验，剧院里那套假斯文和斟词酌字的谈吐，统统像衣服被她轻易地脱下甩开了。“你当你是什么人呀？”她是知道答案的：他们是一对出门享乐的小店主，正和一个厨师旅游团一道前往布达佩斯，因为那儿比奥斯坦德远一点儿，回国后便可以吹牛说自己是旅行家，向别人显摆显摆提箱上那些下等旅店的花哨标签。过去她也可能对这些羡慕不已，但她已经学会了装出对什么都不在乎，绝不承认无知，显出什么都懂的样子。“你以为你在同什么人讲话？我可不是你们店里的丫头，也不是你在后街上搞到的姑娘。”

“好了，好了，”她的话戳到了彼得斯先生的痛处，他说，“犯不上动这么大肝火。”

“哦，犯不上吗？你没听见她骂我吗？我想她一定看见了你跟我动手动脚来着。”

“我们知道你看不上他。你要舒舒服服赚大钱。别以为我们想让你留在这节车厢里。我知道你是什么货色。”

“你跟我说话先把嘴里的臭东西吐出来。”

“你是阿巴克尔街的婊子，勾引在帕丁顿刚下火车的客人。”

科洛尔放声笑起来。当年母亲就是用这种做作的大笑把邻居们引来观战的。她那放在臀部的手指兴奋得直颤抖，她迄今一直文文雅雅，不丢一个“h”音[1]，不议论男朋友，也不说那些俗里俗气的话。这些年来，她一直悬在各个阶级之间，不属于任何阶级，只属于剧院，她失去了与生俱来的粗俗，又不可能学到自然而然的优雅。现在她很高兴能恢复自己的本来面目。“我可不做你那样的稻草人，你给钱我也不干。凭你这副嘴脸，难怪要肚子疼呢。难怪你老公想换口味呢。”

“好了，好了，女士们。”彼得斯说。

“他才不会为你弄脏手呢。你也只配和一个臭犹太佬搞搞。”

科洛尔突然哭了，尽管她的手还叉在那里炫耀战斗的姿态。她打起精神回了一句：“你少提他！”可彼得斯太太的话却仍像空中广告不断扩散的烟痕一样，污染了明朗的前景。

“哼，我们知道你是他的姘头。”

“亲爱的，”她身后响起一个声音，“别跟他们怄气了。”

“又来了一个你的朋友。”

“是吗？”津纳医生伸手碰碰科洛尔的胳膊肘，暗示她离开这里。

“犹太佬和外国人。不知羞耻。”

津纳医生提起衣箱，将它放到过道里。当他回到彼得斯太太跟前时，他脸上没有外籍教师惶惑可怜的神气，却挂着他当年在证人席上反对坎姆内茨时，记者们见到的讥消的无畏的表情。“是吗？”彼得斯太太不由得把糖从嘴里拿了出来。津纳医生双

1 在伦敦土话中，h不发音。

手插在雨衣兜里，踮着脚一前一后地摇晃着。他似乎控制了局面，却又不知该说什么了。他脑子里仍然满是华丽的字句和社会主义的演说词。他看到欺负人的事，不由得严厉起来，可一时又找不出话来反对这种现象。他知道这些话就在他脑海中某个黑暗的角落里，那些闪光的词句，像烟一样呛人的字句。“是吗？”

彼得斯太太的勇气开始回升。“你伸头探脑干什么？太过分了。来一个多管闲事的家伙不算，这会儿又来了一个。赫伯特，你也该表个态嘛。”

津纳医生开口了。他的口音很重，无形中言语变得很有分量，虽说还不能使彼得斯太太折服，却足以使她闭嘴了。“我是医生。”他对他们说，要想让他们懂得一点儿廉耻，真是没指望。这个姑娘昨天夜里昏倒了，为了她的健康，他让她去睡卧铺。猜疑只能使猜疑者丢脸。随后他向站在过道上的科洛尔·马斯克走去。他们离开隔间走远了，彼得斯太太的声音仍清晰可闻。“是的，但是谁出钱呢？这才是我要知道的问题！”津纳医生的后脑勺紧紧地贴着玻璃，恨恨地小声说：“资产阶级。”

“谢谢你。”科洛尔说，她看见他那失望的表情又加了一句，“需要我帮你什么吗？你病了吗？”

“不，没有。”他说，“可我真是废物。我没有演讲的才干。”他又向后倚着玻璃窗，对她微笑着说，“你比我强。你讲得很好。”

“他们为什么这样蛮不讲理？”

“资产阶级，他们总是这个样子。”他说，“无产阶级有自己的美德。绅士往往也还算好，勇敢，公正。绅士是靠从事一些有益的工作，如治理国家、教育或卫生事业为生的，要不就是从他父亲那里继承了财产。也许他不该得到这笔财产，但他毕竟不是靠害人发财的。而资产者贱买贵卖，从工人那里买了又卖给工人。资产阶级一点儿益处也没有。”

她的问题原本是不需要回答的。她茫然地望着他，被他那滔滔不绝的解释和确信不疑的语气搞糊涂了，她一点儿也不理解他说的话。“我一点儿也没妨碍他们。”

“嗯，你对他们的妨害可不小呢。我也一样。我们都来自同一个阶级。但我们是老老实实干活为生的人，只做对人有益的事，不干坏事。我们是不利于他们的一种对照，他们不喜欢这种对照。”

在这番解释中，她挑出唯一一个她懂的词来提问：“你是绅士吗？”

“不，我也不是资产阶级。”

她没能听出在他的回答中有一点儿自负的口吻，因为自从她离家以后，她孜孜以求的就是让别人把自己误当作一位夫人。为此她曾像参谋学院里的野心勃勃的少尉一样刻苦学习：她的课程包括每月一本《妇女和美容》，每周一册《家政须知》。她细细观看画页上的年轻明星和不大出名的贵族小姐的照片，了解应佩戴什么样的饰物，以及搽哪一种香粉最时兴。

他开始轻声劝她。“如果你不能去休假的话，起码也要尽可能保持安静。无论如何也不要动肝火——”

“他们骂我是骚货。”她能看出这个词对他来说毫无意义，这在他的思想上根本没引起一丝波澜。他不看她的眼睛，只管自己继续轻声谈论着她的健康。她想，他正在想别的事呢，于是她不耐烦地弯腰去拿提包，打算离开他。但他抢先给了她一连串的指示，什么吃镇静药啦，喝果汁啦，多穿衣服啦。她模模糊糊地感觉到了他在态度上的变化。昨天他希望孤独，现在他却抓住随便什么借口留她多待一会儿。她问："你说我的真正工作时，指的是什么呀？"

"我什么时候说过这话？"他警惕地说。

"昨天我昏倒的时候。"

"那是我信口瞎说呢。我只有一个工作。"他不再说话了，过了一会儿，她拿起提包走了。

科洛尔积平生的全部经验也无法理解，她这一走使津纳医生陷入了多么孤独的境地。"我只有一个工作。"这一吐露使他很惶然，因为事实不尽如此。昔日的生活和成长的经历使他不存什么单一职业的观念。许多不同的职责曾照亮过他的生活。可以说，他的心灵天生像一间空无所有的大房子，里边到处是刻痕、脱落的墙纸和灰尘，一副潦倒破败的样子，而他的责任有如一个巨大的枝形烛台上的支支蜡烛，这烛台大得没法送当铺，却能把屋子照得亮堂堂的。他曾经对父母负有责任。他们为了供他上学而忍饥挨饿。他记得他得到学位那天，父母是怎样来到他那间兼作客厅的卧室，静静地坐在角落里，尊重地乃至是敬畏地望着他，但目光里却没有爱。因为他成了有学问的人，他们不能再爱他了。他还曾经听见父亲称他为"大人"。尽孝道的两支蜡烛早就熄灭了。在那许许多多的烛光中，他几乎没有注意到它们的消失，因为他还对病人负有责任，对贝尔格莱德的穷人负有责任，此外他还渐渐意识到自己对全世界的无产阶级负有责任。为了让他当医生，他父母节衣缩食，为了当医生，他自己也曾饥一顿饱一顿，健康受到了损害。然而，待他开业几年之后，他却发现自己的医术毫无用处。他不能替自己人做任何事，他不能建议疲劳过度的人去休假，也不能给糖尿病患者开胰岛素，因为他们没钱买药或休息。

他在过道里走动起来，自言自语地嘟囔着。天空中又飘起了细小的雪花，雪像一团雾气似的扑到车窗上。

他还曾对上帝负有责任。他纠正了自己的说法：只是对一个神。这个神在被蠹虫蛀咬的华盖之下被摇摇晃晃地抬过挤满人的教堂走廊，这个神只有五先令硬币那么大，嵌在镀金框中。这个神是两面派，当伏在柱子之间的穷人抬眼静候他莅临时，他慰藉他们的痛苦；当唱诗班、教士以及圣歌音乐一拥而过，穷人们俯首膜拜时，他劝他们为了可疑的来世而忍受今天的苦难。他熄灭了这一信仰，他对自己说，上帝不过是富人为了让穷人安贫乐道而编造出来的神话。他郑重其事地吹熄了这支蜡烛，怀着一种奇特的旧式心理，觉得自己胆大包天。可是有时候，他看到如今某些人生来就毫无宗教感，竟然嘲笑十九世纪反圣像崇拜者的严肃态度，便不由得产生出一种不可理喻的恼怒。

现在，这间大房子里只剩一盏幽灯闪着光。他想，我不再是个儿子、医生或教徒，我是个社会主义者。社会主义，这个被政治家在无数讲坛上谈论不休、用劣等纸张和残破铅字在无数报刊上印来印去的字眼，如今听来似乎已不那么真实了。作为一名社会主义者，我也失败了。他孑然一身，心中唯一的烛火摇晃欲灭，这时他欢迎任何人来和他做伴。

他回到自己的隔间，发现里边有个陌生人，他很高兴。那人本来背对着他，但他以一双短粗腿为轴迅速地扭转了身子。津纳医生首先注意到，那人的表链上有一个银十字架。接着他发现自己的衣箱被挪了地方。他悲哀地问："你也是个记者吗？"

"我不会说英语。"那人答道。津纳医生横在通往过道的路上，用德语说："警察局的密探？你来得太晚了。"他仍然盯着那个银十字架，它正随着那人的晃动前后摇摆着；也许它是随着人类的发展步伐歪斜了，一瞬间他觉得自己仿佛正紧贴在一条陡斜的街道旁的墙壁上，让那些顶盔戴甲的人、让长矛和军马通过，让那疲惫的受难者[1]通过。他并不是为了让穷人安贫乐道而死的，不是为了把绳索拉得更紧而死的，他的话被人歪曲了。

"我不是警察局的密探。"

津纳没大注意这个陌生人。他正面临一个新问题：既然基督的话遭到了歪曲，那么其中有些话本来可能还是正确的。他暗暗同自己争辩道，这一怀疑是由于死亡临近才产生的，当失败的重负变得不堪忍受之际，人难免会向最无根据的许诺求助。"我将予你安息。"可死亡不能使人安息，没有对安息的意识，也就无所谓安息了。

"你误会了，先生——"

"津纳。"他毫不犹豫地把名字告诉了陌生人；躲躲藏藏的

1　指耶稣。

时候已经过去了。在讲实话的新的气氛下，他要抛弃的不仅是自己的假身份。有些说法，比如“宗教是富人的朋友”等普通的口号，他从未细加考查便接受了下来，因为它们对于事业有利。他对那人说：“你不是警察局的密探，你是什么人？你在这儿干什么？”

那个胖男人一只手摸着背心上最下面一颗扣子，上身朝上耸了耸。“我叫——”他的名字被抛入雪光辉映的暗夜中，被火车的轰鸣、铁桥的震响以及桥梁的回声淹没了；多瑙河宛如一条银色的鳗鱼，从铁路线这一边溜到了那一边。那人只好重复了一遍：“约瑟夫·格伦利希。”他犹疑了一下，又继续说，“我在找钱，津纳先生。”

“你偷了——”

“你回来得太快了。”他慢吞吞地解释，“我是从警察手底下逃出来的。不过我能担保，津纳先生，我没干过见不得人的事。”他一个劲儿捻着背心上的纽扣，在津纳豁然开朗的头脑中，他不过是个不可信的饶舌的外国人。占据他脑海的是不容争辩的真理，是饥饿的面孔、五颜六色的破衣烂布、痛苦不幸的孩子，以及那蹒跚走向殉身处的受难者。“我是政治犯，津纳先生。涉及报纸的事。我蒙受了不白之冤，只好逃出来。我是为了事业才打开你的箱子的。”他热切地吐了口气，喷出“事业”一词，把它降低为一个廉价的口头禅，一种轻浮的情感。“你不会叫列车员吧？”他的膝盖绷得紧紧的，手指抓着纽扣。

“你说的事业指什么？”

“我是社会主义者。”一个念头飞快掠过津纳的脑海：不能根据组织成员来判断一个社会运动，不能由于格伦利希这样的依附者就谴责社会主义。但他仍然急于忘掉这个家伙。“我可以给你点儿钱。”他掏出皮夹子，递给那男人五英镑钞票，“晚安。”

打发格伦利希很容易，他花的代价也很小，因为到贝尔格莱德以后钱就对他毫无用处了。他不需要律师；他将用自己的嘴为自己辩护。但是摆脱由格伦利希引起的想法却不那么容易，一个运动不应因其成员的欺诈而受到谴责。他本人也并非完美无瑕，他有虚荣心，也有行为不检之处，他曾使一个姑娘怀孕，但这些并不能改变他信仰的真理性。就连他乘坐头等车厢的动机中也掺有杂念：这样做固然有利于避开边防警察，但也是为了更舒服一点儿，更符合他做领袖的虚荣心。他发现自己在祈祷：“上帝宽恕我。”但是，即使世上存在着什么宽恕人的力量，他也无法真正相信宽恕了。

列车员走了过来，看了看他的车票。“又下雪了，”他说，“再往前开，天气会更糟。我们要是不被雪挡住就算有造化。”看来他很想多待一会儿聊聊天。三年前的冬天，他说，他们也碰上过一次坏天气。在巴尔干的一个荒僻地区，在一段最难走的线路上，他们被大雪困了四十八小时，找不到食品，燃料也得省着用。

“我们会准时到达贝尔格莱德吗？”

“很难讲。我的经验是——在布达佩斯这边要是下了雪，到贝尔格莱德之前雪就会大一倍。在没有到达多瑙河时情况就不同，慕尼黑可能在下雪，而布达佩斯却和暖如夏。晚安，医生，天气这么冷，会有病人找你的。”列车员搓着手，顺着过道走了。

津纳医生没有在自己的隔间里多待，和他同隔间的人已在维也纳下车了。雪在所有的缝隙上结成块，玻璃也开始结冰了，很快就会连窗外一闪而过的灯火也看不见了。当信号灯箱或车站电灯从窗前闪过时，那不透明的冰纹把它们割成一条条的，一时间车窗成了万花筒，许多花花绿绿的碎玻璃片在里面抖动。津纳医生把手揣进雨衣那宽松的衣褶中取暖，又在过道里走动起来。他穿过列车员包厢，走进在维也纳才挂上的三等车厢。这节车厢的大多数隔间都黑黢黢的，天花板上只有一盏昏暗的电灯亮着。旅客们把上衣卷起来垫在头下，躺在木椅上过夜；有些隔间较挤，男男女女坐两排，就那么直挺挺地坐着打瞌睡，在微弱的灯光下，他们脸色青灰，毫无表情。座位底下的空瓶中散发出廉价红葡萄酒的气味，地上扔着几片酸面包。当他走近厕所时，他又转身返了回来，那气味实在叫他受不了。在他身后，厕所门正随着列车的震动一开一合。

我属于这个地方，他疑惑地想，我应当坐三等车厢。我不想像拥护宪法的工党议员那样，领着头等车票前往拥挤的国会投票。但他又自我慰解地说，这样做是为了减少换车造成的耽搁，是为了不在边境让人扣住。尽管如此，他还是注意到自己动机不纯；自从他听到失败的消息后，这一事实才开始使他不安起来。因为在胜利带来的激动和无私的气氛中，他的一切虚荣、猥琐和微末的缺点本可以被冲洗得无影无踪。但现在，既然一切都取决于他的口舌，他希望自己在被告席上发表演说时，良心上是完全清白的。过去的一些小事，尽管敌人可能永远不会知道，却可能浮上他的心头，堵住他的嘴。同那两个店老板争吵时我都完全失败了，我在贝尔格莱德就会做得更好吗？

因为他的未来几乎已经确定了，于是他开始沉溺于对往事的回忆，虽说他并不习惯这样做。过去有个时期，只要你说“自从上次忏悔以来，我干了这或干了那”，你就可以用一时的羞愧赎回良心的清白。假如我能如此轻易地恢复纯洁的动机，他满怀渴望又有点儿酸溜溜地想，那我何不试试呢？我现在也常常为自己的所作所为感到懊悔，并不亚于过去那会儿，但我已经不相信宽恕了，我不再相信有谁能宽恕别人。他几乎嘲弄起他的信仰来：难道让我去向社会民主党的司库，向三等车厢的乘客忏悔我的罪过吗？教士转过脸去，举起手指，呆板地发出喃喃低语，这一切在他心中突然变得异常美丽，像青春、像高架桥墙角里的初恋一样美好，令人无限神往而又无可挽回地永远逝去了。

这时，津纳医生看见奥佩先生独自待在二等车厢的隔间里，正往笔记本上写东西。

他渴求地望着奥佩先生，同时又觉得羞愧，因为他曾为自己战胜了宗教信仰而自豪，现在却要向这个信仰屈服了。但如果这信仰能让我安宁呢？他反驳地想，伴随着这个词引起了一些仍旧令人不快的联想。他拉开门，走进了隔间。那张苍白的长脸和浅色的眼睛，那副饱受文化传统熏陶的情态，使得他心里很别扭，如果他提出请求，就等于承认教士的优越地位了。一时间，他又成了满手泥污的男孩，在黑暗的忏悔室中为自己世俗的罪过而羞红了脸。他用总是揭自己老底的生硬的英语说：“真对不起，也许我打扰你了。你要睡了吗？”

“没关系。我在布达佩斯下车。”他否认地笑着说，“在我安全上岸之前，我想我是不会去睡觉的。”

“我叫津纳。”

“我叫奥佩。”对奥佩来说，他的名字并无什么意义，也许只有记者才会记得他的名字。津纳医生拉上门，坐在对面的座位上。“你是教士吗？”他想在后面加上“神父”一词，但这个词却黏在他的舌尖上；这个词的含义太多了[1]，它意味着一张饥饿的灰白面孔，面对像敌人一样成长起来的儿子，疼爱凝为尊敬，牺牲变成了怀疑。“我不属于罗马教派。”奥佩先生说。津纳医生沉默了好几分钟，不知该怎样说出自己的请求。他嘴唇发干，心中渴求着公正，宛如渴求他人房间桌子上的一杯冰水。奥佩先生似乎注意到了他的窘迫，便愉快地说：“我正在编一本小集子。”津纳医生机械地重复道：“集子？”

“是的，”奥佩说，“替世俗的人们编的一本宗教文集，可以在英国教会中起到类似罗马默祷书的作用。”他用苍白细瘦的手敲着笔记本的黑软皮封面。“但我还想探讨得更深一些。那些罗马书——怎么说好呢？——过分局限于宗教范畴。我希望我的小册子能适应日常生活中的各种情况。你打板球吗？”

津纳医生又沉浸到跪在黑暗中做忏悔的回忆中去了，这个问题使他吃了一惊。“不，”他说，“不。”

“没关系，你会理解我的意思的。假如你是最后上场的人，你戴上护垫，八个三柱门已被击倒，可是还必须拿五十跑[2]，你很想知道这个责任是否将落在自己身上。你从所有一般的默祷书中

1　英语中神父与父亲为同一词。

2　三柱门被击倒指击球手出局；跑，为板球得分的基本单位。——编者注

都得不到应付这种危机的力量，也许就会不大信宗教了。我的目的就是满足这种人的需要。”

奥佩先生像放连珠炮一样热情洋溢地说着，津纳医生感到自己的英语不够用了。他不能理解“护垫”“三柱门”“跑”这些词的含义，只知道它们和英国的板球游戏有些关系；近五年中，他对这些词汇渐渐熟悉了，在他的思想中，它们是与海风吹拂的草坪联系在一起的，他在那儿监视不听话的孩子玩他不会玩的游戏；但他对这些词的宗教意义一无所知。他想，教士是在用这些词比喻“责任”“危机”“人的需要”，这类词汇是他所理解的，这使他获得了他需要的机会来提出自己的请求。

“我希望和你谈谈，”他说，“谈谈忏悔。”这个词一说出口，他顿时觉得自己又年轻了。

“这是个难题。”奥佩先生说。他端详了一阵自己的手，接着又飞快地说起来：“在这一点上我并不泥守教条，我以为可以讲出许多理由支持罗马教会的做法。现代心理学正在从事异曲同工的研究工作。忏悔神父和忏悔者的关系与精神分析学家和病人的关系颇为相似。当然，它们是不同的，神父宣称可以宽恕人的罪恶，这个区别是存在的。”津纳医生想插嘴，但奥佩先生急忙继续说道，“区别毕竟不很大。在前一种情况下，罪恶受到宽恕，忏悔者离开忏悔室时精神上解除了负担，打算重新开始生活；在后一种情况下，据说病人只要说出自己的邪念恶行，浓情造成邪恶的无意识动机，就可以消除那种欲望的力量。病人在离开精神分析学家时也获得了重新做人的意愿和力量。”通往过道的门开了，一个男子走了进来。“就这一点而言，”奥佩先生说，“向精神分析学家忏悔似乎比向教士忏悔更为灵验。”

“你们正在讨论忏悔的问题吗？”新进来的人说，“是否能让我插一句不相干的话呢？还应该从文学的角度上考虑这个问题。”

“让我给你们两人彼此介绍一下，”奥佩先生说，“这位是津纳医生，这位是奎·斯·萨沃里先生。进行一次最有趣味的讨论可说是人才齐备了，我们这里有医生，有教士，还有作家。”

津纳医生慢吞吞地说：“你没漏掉忏悔者吗？”

“我正要推荐一位，”萨沃里先生说，“我敢说自己就是一个忏悔者。小说是以作者体验为基础的，从这一意义上讲，小说家是在向读者做忏悔。这使读者处在教士和分析者的地位上。”

奥佩先生朝他微微一笑，反驳说：“不过，只因为梦是一种忏悔，你的小说才成其为忏悔。这里又涉及了弗洛伊德的潜意识压抑机制。弗洛伊德的潜意识压抑机制。”列车正通过一座桥梁，他大声重复了一遍。“医生有何见解呢？”两人客客气气，目光炯炯地注视着津纳医生，使得他颇感困惑。他坐着，微垂着头，无法说出滞留在心中的那些痛苦的词句，今晚他已经第二次讲不出话来，到达贝尔格莱德以后，他又怎么能指望自己的讲演能力呢？

“此外，”萨沃里说，“还有莎士比亚呢。”

“哪儿能没有莎士比亚呢？”奥佩说，“他像巨人一样在这狭小的世界中走动。你是说——”

“他对忏悔持什么态度？当然，他是个天生的罗马天主教徒。”

“在《哈姆雷特》中。”奥佩说，但津纳不愿再待下去了，他站起来，向两人微微躬身。“晚安。”他说。他想表示一下自己的愤恨和失望，但他所说出的却是：“有趣极了。”只有一串昏暗的蓝灯泡映照着过道，过道灰蒙蒙的，摇颤着，倾斜地通向黑黝黝的行李车厢。有人在睡梦中翻着身，用德语说：“不可能，不可能。”

科洛尔离开医生后就跑了起来，手提着衣箱，在摇摇晃晃的列车中尽快跑着，因此，当迈亚特看见她拉开门把手时，她气喘吁吁，显得相当漂亮。十分钟前迈亚特就已把埃克曼先生的来信和市场价目表推到一边去了，他实在读不进这些词句和数字，他的脑海里总是回响着那姑娘的声音：“我爱你。”

好一个笑话，他想，好一个笑话。

他看了看自己的手表。从现在起列车一连七小时不停站，而且他已经买通了列车员。他不知道他们是否对长途客车上的这类事情已经司空见惯。年轻时他常常读描写美貌的伯爵夫人在单独旅行时如何勾引国王使者的小说，他常想，不知这类好运会不会落到自己头上。他照照镜子，把油亮的黑发向后压了压。要是我的肤色不那么暗，我还可以不算长得丑，但是当他脱下皮外衣时，他却不能不想起自己正在发福的身体，想起自己并非携带着满装密封文件的公文包，而是装着葡萄干出门旅行的。她也不是漂亮的俄国伯爵夫人，不过，她喜欢我，而且她的身材很好看。

他坐下，看了看手表，又站起来。他兴奋起来了。你这傻瓜，他想，她也没什么新鲜的，普普通通，心肠软，长相好，在西班牙大街上，随便哪个晚上都能找到这样的姑娘。但尽管他列举出种种理由，他还是不能不感到这次艳遇有一点儿陌生的新鲜感。也许这只是由环境造成的：在一张仅两英尺来宽的卧铺上，以每小时四十英里的速度行进。也许这来自她晚餐时的表白，他认识的姑娘都不好意思说这种话。如果你问她们，她们会说“我爱你”，但如果让她们自发地说，她们多半会讲“你真是个好人”。他开始思量起这姑娘来，过去他从未这样想过一个能够搞到手的女人：她温柔可爱，我心甘情愿为她做事。好几次他甚至忘记了这姑娘已经欠下他一笔人情债了。

“请进，”他说，“请进来。”他从她手中接过衣箱，把它塞到座位下面，然后握住她的手。

“瞧，”她微笑着说，“我不是来了吗？”尽管她在微笑，他却觉得她很惊恐，心里诧异她为什么会这样。他放开她的手，拉下朝过道的百叶窗，顿时，他们好像是单独待在一个颤抖的小匣子里。他吻了吻她，发现她的嘴唇冰凉、柔软，对他半推半就的。她坐在那张已改成卧铺的座位上，问他：“你是不是捉摸过我会不会来？”

“你已经答应我了。”他提醒她。

“我也许会改变主意呢。”

“那又为什么？”迈亚特不耐烦了。他可不想光是坐着聊天，她的腿悬起，随意晃动着，使得他冲动起来。“我们会很愉快的。”他脱下她的鞋，又顺着她的袜子摸去。“你什么都知道，是吗？”她说。他的脸红了。“你不喜欢吗？”

“哦，我喜欢，”她说，“非常喜欢。要是你懂得不多，我倒会受不了的。”在昏暗的蓝灯下，她面色苍白，眼睛瞪得大大的，充满了惊恐。起初他感到好笑，随后又觉得这很迷人。他想激起她的热情，驱散那种冷淡情绪。他再次吻她，并试图把外衣从她肩上脱下来。她像一只装在布袋里的小猫，在衣服下面颤抖着、扭动着。突然她冲他噘起嘴唇，吻了吻他的下巴。“我真的爱你，”她说，“真的。”

他感到了一种越来越强烈的生疏感。他仿佛觉得自己从家里出发，踏上了一条熟悉的小路，走过煤气工厂，越过温布尔河桥上的砖桥，穿过两块田地，但发现自己并没有到达那上山通向平房区并与新公路连接的小道，而是站在一片陌生的树林边上，面前是一条他从未走过的、蔽不见日的小径，谁也不知它通向何处。他从她肩上抽回手来，说：“你真讨人喜欢。”但他没有碰她，过了一会儿，他又有些诧异地说了一句：“你真可爱。”他以前从未体验过欲望上来之后又强压下来，并且由于这种压抑变得更加炽烈的感觉，他总是怀着一种廉价的兴奋匆匆陷入新的艳遇。

“我该做什么，脱掉衣服吗？”他觉得难以启口，只是点了点头。他见她从卧铺上站起身来，走到一个角落里，开始缓慢地、有条有理地脱衣服，她把上衣、裙子、紧身围腰、背心一件一件地折好，整整齐齐地摆在对面的座位上。他注视着她那冷静的、专心致志的动作，意识到自己的反应是多么不相宜。他说：“你真可爱极了。”他感到一种异样的激动，说话都有点儿结巴了。当她从对面朝他走来时，他发现自己弄错了：她的冷静有如一张紧绷的皮，其实她激动得满脸通红，眼睛充满恐惧，看上去像是不知该哭还是该笑。他们很自然地在两排座位之间的狭小空地上相遇了。“我希望把灯熄了。”她说。她紧紧地贴着他站着，他用手抚摸她，两人随着列车的行进轻轻摇摆着。“不，”他说，“我喜欢让灯全亮着。”

“关了更方便些。”她说，低声笑了起来。在列车的哐当声中，她的笑声化作一团难以分辨的低音。他们无法窃窃私语，只好大声地、一板一眼地讲亲昵的私房话。

甚至这些通常的姿态也未能完全消除那种生疏感。她躺在卧铺上，显得尴尬笨拙而又天真得不可思议，这使他颇为吃惊。她的笑声停了，不是逐渐停住的，而是戛然而止。他几乎怀疑这笑声是他幻想出来的，或者是车轮滑行时的怪声。她突然急切地说：“耐心些，我可不会。”随后她痛苦地叫出声来。即使有个鬼魂穿着蒸汽时代以前的古老服装经过，恐怕也不能使他更吃惊了。若不是她搂着他，他就会脱身走掉。透过火车头的喧嚣，她的话语断断续续地传来：“别走，对不起，我不是想……”火车突然停了，两个人被晃得分开了。“怎么回事？”她说。“到站了。”她苦恼地抱怨说：“为什么偏偏这会儿到站？”

迈亚特把窗子稍稍打开一点儿，探出头去。一排昏暗的灯火照亮了铁路旁几英尺远的地方。雪已经积了好几英寸厚，远处，一点儿红色的火星飘忽明灭，有如风雪中的一盏转灯。“这不是车站，”他说，“是信号灯让我们停车。”车轮不再旋转，只有一声汽笛划破了分外寂静的夜；这里那里的人们醒了，把头探出窗外，彼此谈论着。列车尾部的三等车厢中传来了提琴声，那曲调坦直、诙谐、准确，但穿过黑夜、飘过雪地之后，听起来却有点儿游移不定了，以致最后在迈亚特心中唤起了一点儿不安和懊悔。“我一点儿也不知道。我根本就没有料到。”现在他们俩在车厢隔间里已经相当暖和了，于是他连窗户也没关，跪在卧铺前，把手伸到她脸上，用好奇的手指轻轻抚摸她的面孔。那种新鲜的想法又一次使他心醉神驰：“多温柔，多可爱。”她静静躺着，由于疼痛或是激动而急促地喘着气，身体也微微抖动着。

三等车厢里有人用德语骂那个提琴手，说噪声吵得他睡不着觉。但他似乎没去想自己一直在列车的轰鸣中安然大睡，正是悠慢清晰的乐曲之外的那万籁无声的静寂使得他醒过来的。小提琴手反唇相讥，继续拉着琴，一些人议论起来，还有人大笑。

“你失望了？”她说，“我笨极了吧？”

“你很可爱，”他说，“但我以前真不知道。你为什么要来呢？”

她开了口，音调如小提琴一般轻柔，但已足以使别人释然：“姑娘家早晚得学。”他再次摸摸她的脸。“我弄痛你了。”

“这可不是郊游野餐。”她说。

“下一次。”他开始许愿。但她插嘴问道：“还有下一次？这么说我顺当通过了？”她那郑重其事的口吻使得他不禁失笑。

“你希望有下一次吗？”

“是的。”她说。但她现在想的不是他的拥抱，而是君士坦丁堡的公寓，是她自己的卧室以及十点钟就上床睡觉。“你要在那儿待多久？”

“也许一个月，也许更长一点儿。”她遗憾地嘟囔着：“太短了。”而他开始大许其愿，尽管他很清楚，天亮以后自己会为此而懊悔的。“你可以和我一起返回。我在城里给你找间公寓。”她的沉默仿佛在强调这许诺是荒唐无稽的。“你不信我的话吗？”

“哦，”她用完全信任的语气说，“太好了，真让人不敢相信。”

她一点儿也不忸怩作态，这使他很感动，于是他又突然激动地记起自己是她的第一个情人。“听着，”他说，“明天你还愿意来吗？”她怀着真诚的担忧反对说，这样不等到达君士坦丁堡，他就会厌倦她了。他没理睬她。“我要举行个庆祝酒会。”

“在哪儿？在君士坦丁堡？”

“不，”他说，“我在那儿无人可邀。”他突然想起来埃克曼先生，使得他的愉快心情蒙上了一道阴影。

“怎么，就在火车上？”她又一次大笑起来，但这一次笑得很舒畅，毫不惧怕。

“为什么不呢？”他变得有点儿洋洋得意了，“我要邀请所有人。要像结婚宴席似的。”

她冲他打趣说：“没有婚礼的结婚宴席。”但他对自己的想法越来越着迷了。“我要邀请所有人：医生，坐二等车厢的那个人，那个好打听闲事的人，你还记得他吗？”他犹豫了一秒钟。“还有那个姑娘。”“哪个姑娘？”“你朋友的侄女。”可是，想到那姑娘可能不接受自己的邀请，他自吹自擂的兴头便低了几分；她可不是歌舞团里跑龙套的姑娘，不是好看、随和、普普通通的姑娘，他想着，一边为自己的薄情感到羞愧，她是一个美人，是我想娶的那类女人；但一想到她可望而不可即，他心里顿时又酸溜溜的。随后他的情绪又恢复过来。“我还要请那个提琴手，”他夸口说，“让他在我们吃饭时演奏。”

“你不敢请他们。”她目光灼灼地说。

“我敢。只要是由我付钱，他们就不会拒绝这种宴请。我们要喝车上最好的酒。”他说，心里飞快地计算花费，故意忘却火车上的酒其实都是寻常的货色。“一个人花两镑。”

她赞同地拍了一下巴掌。“你不会告诉他们为什么。”

他对她微微一笑。“我要对他们说明，这是为我情人的健康祝酒。”半晌，她静静躺着，玩味着那个字眼，它意味着舒适的生活、稳定的关系，甚至某种有头有脸的地位。然后她摇了摇头。“这太美了，不会实现的。”但她表示不相信的话语被长鸣的汽笛声和开始转动的车轮声淹没了。

车厢之间的挂钩拉紧了，闪着绿光的信号灯徐徐摇晃而过，这时约瑟夫·格伦利希嘴里正在说：“我是共和国的总统。”正当他梦见一位身穿燕尾服的绅士向他献上城市新保险金库的钥匙时，他醒了过来，并且马上清醒地记起了自己的处境，对梦中的细节也记得一清二楚。他把手搭在肥厚的膝头，放声笑了起来。共和国总统，这可不赖，对吗？我也能编出蛮不错的故事来。一天之内克鲁伯和那个医生全让我哄住了，他给了我五英镑，因为我很机灵，他一说“警察局的密探”，我就闻出味儿来了。约瑟夫·格伦利希的特点就是机敏麻利。“您瞧那边，克鲁伯先生。”一抽绳子，瞄准，开火，一秒之内就完事大吉。我脱身也是凭着这一手。他们抓不着约瑟夫。那个教士说什么来着？约瑟夫不禁暗暗捧腹而笑。“你们德国人打板球吗？”我说：“不，他们教我们跑。我当年还是个赛跑名手呢。”这就叫机敏，而他一点儿也没听出其中的玩笑，还一个劲儿谈什么“索伯斯啦，赫格利希啦”。

但是那毕竟是挺悬的，约瑟夫眺望着窗外的飞雪，心里想，当那个医生发现箱子被人动了的时候，我已经拉住那根绳子了。如果他喊列车员，不等他出声肚子上就会挨枪子儿。约瑟夫又高兴地笑起来，觉得左轮手枪正轻轻摩擦着大腿内侧的肿疼处；我会把他的五脏六腑都弄出来。

第四部

苏博蒂察[1]

1 苏博蒂察（Subotica），塞尔维亚北部城市，与匈牙利交界。

1

在苏博蒂察车站的站长办公室里，电报接收机上下敲动，一连串的点和横飞快地流进那间空房。透过打开的大门可以看见助理员卢基奇正坐在包裹间的一个角落里，不干不净地咒骂这没完没了的电报声。可他并无意站起身。“这个时候不会有要紧的电报。”他向包裹办理员和尼尼奇解释说。尼尼奇是个穿灰制服的年轻人，边防军的士兵。卢基奇拿起一副牌洗着，这时时钟敲了七下，外边，昏暗的太阳从云层中钻出来，照着半融的灰色积雪，湿淋淋的铁轨闪着光。尼尼奇在喝拉基亚酒，这种烈性梅酒呛得他满眼泪水。他太年轻了。

卢基奇继续洗着牌。“你知道这是什么电报吗？”包裹办理员问。卢基奇摇了摇他那肮脏的乱蓬蓬的头。“当然不知道，可我就是要我行我素。应该这么对付她。”包裹办理员咯咯地笑了起来。尼尼奇抬起乌黑的眼睛，这眼里只有一种神情——单纯无知。他问："她是谁呀？"他觉得电报机的声音似乎换上了一种蛮横女人的腔调。

"唉，你们当兵的，"包裹办理员说，"可真是少见多怪啊。"

"可不是吗，"尼尼奇说，"我们上好刺刀，一站岗就是好几个钟点。现在又不像要打仗的样子，对吗？不是回兵营就是去车站。我们没空东瞧西看。"电报机仍在动着：点，点，点，横。卢基奇把牌发成相等的三沓，有时牌黏在一起了，他就用手指蘸点儿口水把牌分开。他把三沓牌码成一溜儿，放在自己面前。"可能是站长老婆打来的，"他解释说，"每当她外出个把星期时，她天天都挑个古怪时间给她男人打电报。不是半夜就是五更。电报里尽是些肉麻的话，有时还押韵：'你的小鸽子致以满腔爱意'，或者'我忠贞不渝并满怀柔情地思念你'[1]。"

"她干吗要这样呢？"尼尼奇问。

"她怕她男人正在和女仆睡觉。她认为，他在那时候收到她的电报就会良心发现。"

包裹办理员笑着说："有趣的是站长对女仆不感兴趣。他另有所好，她要是知道就好了。"

"先生们，下注吧！"卢基奇说，他们往两沓牌上放铜钱的时候，他眯起眼睛看着他们。随后，他按顺序把各沓牌打出来。方块J正好在没放钱的第三沓牌中。他停下来，把铜钱装进兜里。"庄家赢了。"他说，把牌交给尼尼奇。这是一种非常简单的游戏。

当尼尼奇洗牌时，包裹办理员捻熄了烟头，又点燃了另一支

1　原文鸽子（dove）和爱意（love）、忠贞不渝（faithfully）和满怀柔情（tenderly）押韵。——编者注

烟。“列车上有什么新闻吗？”

“贝尔格莱德一切平静。”卢基奇说。

“电话已经通了吗？”

“通了更倒霉。”电报机不再嗡嗡叫了，卢基奇如释重负地长叹一口气，“总算完了。”

尼尼奇突然停止洗牌，迷惑地说：“幸亏我不在贝尔格莱德。”

“打仗呀，我的孩子。”包裹办理员快活地说。

“是的，”尼尼奇羞涩地说，“但他们不也是我们的同胞吗？他们并不是保加利亚人啊。”

“要么杀人，要么被杀。”包裹办理员说，“发牌吧，尼尼奇，我的孩子。”

尼尼奇开始发牌了，但他好几次忘记发到哪儿了，显然他心里在惦着什么。“那么他们想要什么呢？他们这么做想得到什么呢？”

“他们是红党。”卢基奇说。

“穷人？先生们，下注吧。”他机械地补充说。包裹办理员把钱压在一沓牌上，卢基奇也把赢来的铜板全放了上去，他朝办理员眨眨眼睛，于是后者又多放了些钱做注。尼尼奇仍在一心一意地转着迟钝的脑瓜子，没想到自己在发牌时已暴露了那张J 的位置。包裹办理员忍不住咯咯笑了起来。“不管怎么说，”尼尼奇说，“我也是穷人。”

“我们已经下好注了。”卢基奇不耐烦地说，尼尼奇便把牌一张张翻开，当他看到这两个人都赌赢了时，不由得睁大了眼睛，一时显出有点儿疑心的样子，随后他数出钱，站起身来。

“你不想玩了吗？”卢基奇问。

“该回警卫室了。”

包裹办理员笑了笑。“他把钱输光了。卢基奇，走之前再给他喝两口拉基亚酒。”卢基奇又倒了一杯酒，斜擎着酒瓶站了起来。电话铃响了起来。“见鬼，”他说，“又是那个女人。”他放下酒瓶，走进另一间屋子里。暗淡的阳光透过窗户斜射进来，照到堆在柜台后面的板条箱和皮箱上。尼尼奇举起酒杯，包裹办理员一个手指摸着那沓牌，坐在那儿倾听着。“喂，喂！”卢基奇粗声粗气地喊着，“你要找谁？电报？我没听见。我不能整天泡在电报机旁边。车站里事可多了。告诉那个女人，发电报要挑个适当的时辰。你说什么？”他的声音突然变了，“真对不起，长官。我实在没想到……”管包裹的办事员咯咯笑了。“当然，马上，长官，马上去。长官，我立即送去。长官，您是否能不挂上电话等两分钟……”

尼尼奇叹了口气，走出房间，来到那寒气逼人的没有站台的小站。他连手套也忘记戴了，没等他匆匆忙忙套上手套，手指已经冻僵了。他拖着脚，在半融的泥雪上慢慢走着。是的，幸亏我不在贝尔格莱德，他想着。这些事真叫人不知如何是好；他们是穷人，他也是穷人；他们有妻子儿女，他也有妻子和一个小女儿；这些红党，他们这么干一定是想得到什么。太阳从海关屋顶上显露出来，一丝微温的阳光照在他脸上；一节火车头喷着蒸汽，像只流浪狗一样喘着气静卧在上行线上。东方快车到站之前是不会有开往贝尔格莱德的列车了；那时会有半个小时的忙碌喧哗，海关职员来到站台，警卫室外扎眼地站着卫兵，随后火车开走，这一天就只剩下一趟车了，开往温科夫奇[1]的国际小型列车。尼尼奇把手插进空衣袋里：这会儿本可以再玩一轮牌，再喝点儿拉基亚酒，但是他没钱了。于是，他那不转弯的脑子里又生出点儿疑惑：是不是叫他们哄了？

“尼尼奇，尼尼奇。”他转过头去，看见站长助理卢基奇跟在他身后，光着头，赤着手，跌跌撞撞地在烂泥中跑。他想：他骗了我，上帝让他良心发现了，他打算把钱还给我。他停了下来，对卢基奇笑笑，好像在说：别害怕，我没生你的气。“你这笨蛋，我以为你一辈子听不见我喊话了。”瘦小邋遢的助理员在他身边喘着气，没好气地说，“立刻到彼特科维奇少校那里去，这儿有电话要他接。我给警卫室打电话总是打不通。”

“昨天夜里下雪的时候电话坏了。”尼尼奇解释说。

“废物。”助理员怒气冲冲地说。

“今天会有人从城里来修电话。”他犹豫了一下，“大雪天少校是不会出来的。他屋里的炉火很旺。”

“笨蛋，白痴，”助理员说，“电话是警察局长从贝尔格莱德打来的。他们原想打电报过来，但你说话声那么大，谁还能听得见？快去。”尼尼奇开始向警卫室走去，但卢基奇在他背后喊道：“跑，你这笨蛋，快跑。”尼尼奇拖着笨重的靴子跑起来。真奇怪，他想，他们待人就像对一条狗一样，但过了一会儿，他又想：不管怎么说，他们肯和我玩牌也算不错了；他们一天挣的

1　温科夫齐（Vinkovci），克罗地亚东部城市。

钱准保顶得上我一礼拜的饷金，而且，他们能拿到现钱，他暗自说，想到自己的饷金还得扣除伙食费、营房住宿费和取暖费等。“少校在吗？”他在警卫室里问，怯生生地敲了敲门。他原本应该通过军士传信儿，可这会儿军士不在室里。人怎么也没法儿知道自己什么时候有机会为长官特别效劳，碰上那种机会就可能得到提升、更多薪水、更多食物，并且给妻子弄件新衣裳。

“进来。”

彼特科维奇少校面向着门，坐在自己的书桌前。他身材瘦小，面孔线条分明，戴着一副夹鼻眼镜，长着一头金发，也许他的家族里有点儿外国血统。他一边读一本关于战略问题的过时的德文书，一边用香肠喂他的狗。尼尼奇嫉妒地瞪着那噼啪作响的炉火。“什么事？”少校好像一个批改学生作业时受到打扰的老师，一肚子火气。

“警察局长来了电话，长官，要您去站长办公室接。”

“我们的电话还不能用吗？”少校问道，他放下书，努力想演示自己的好奇和兴奋，让人觉得他同警察局长是老相识，但不大成功。

“不能，长官，修电话的还没从城里来。”

“可恶极了。军士到哪儿去了？”

“他临时出去了，长官。”

彼特科维奇少校戴上手套，把它拉平。“你最好跟我去。我也许需要个通讯员。你会写字吗？”

“一点点儿，长官。”尼尼奇害怕少校会另找一个通讯员，但少校只哼了一声：“啧。”尼尼奇和那只狗跟在少校后面穿过警卫室，越过铁轨。在站长办公室里，卢基奇正装模作样地在角落里伏案工作，而那个包裹办理员则在门槛附近用对开账页算账。“线路话音很清晰，先生。”卢基奇说，恶狠狠地朝少校身后的尼尼奇瞪了一眼，他对尼尼奇靠近电话的位置很嫉妒。

“喂，喂，喂！”彼特科维奇尖声喊叫着。尼尼奇把头微微向电话凑过去。越过边境和贝尔格莱德之间漫长的距离，电话中传出一个有教养的、傲慢的声音，语调那么清晰，连站在两英尺开外的尼尼奇也能听见那抑扬顿挫的音节。这些音节像一连串的钢针，落入鸦雀无声的寂静之中：卢基奇和包裹办理员屏住呼吸，但还是听不见，停在铁轨上的火车头停止喷气了。“我是哈提普上校。”是警察局长，尼尼奇想，我听见他说话了：今天晚上，我老婆会多么神气啊，全营区都会知道这件事，准没错儿。她嫁给我没什么可得意的，他朴实地想，并没有自轻自贱的意思，有了吹牛的机会，她一定不会白白放过的。

“是，是的，我是彼特科维奇少校。”

那个傲慢的声音稍稍放低了些；尼尼奇只能断断续续地听到一些词。“绝不能……贝尔格莱德……搜查列车。”

“我是否应该把他带到兵营去？”

那声音强调地抬高了一点。“不，见到他的人要尽量少……就在现场。”

“不过，”彼特科维奇少校争辩说，“我们这里确实没有条件。我们怎么安置他呢？”

“……只要几小时就行了。”

“通过军事法庭吗？这么做可是太不合常规了。”那个声音轻轻地笑了起来，“我本人……午饭时到你那里。”

“但是如果宣判无罪呢？”

“……我本人。”那声音含糊地说，“还有少校你，亚历克西奇上尉。”那声音依然很低，“谨慎……有朋友中间。”随后声音又清晰起来，“他一定不是一个人……嫌疑……任何借口……海关。注意，不要张扬出去。”

彼特科维奇少校颇不以为然地说：“还有别的事吗，哈提普上校？”对方有点儿活跃起来：“是的，是的，关于午饭的事。我想你那里也搞不到太多的东西……就在车站……火要生旺点儿……搞点儿热食……车上的冷菜，还有酒。”那声音停顿了一下，“记住，你要负责。”

“让我为这么不合常规的事负责。”彼特科维奇又开了口。

“不，不是，”那声音说，“我指的是午饭，当然是指午饭。”

“贝尔格莱德一切平静吗？”彼特科维奇少校生硬地问道。

“都睡得死死的。”那声音回答。

“我还能再提个问题吗？”

彼特科维奇少校恼火地连喊了几声：“喂，喂，喂！”随后砰的一声把话筒挂上了。“人在哪儿呢？跟我走。”尼尼奇和那条狗再次跟随他迎着寒气、穿过铁路，冲进警卫室。少校回到自己屋里，砰的一声把门带上。他写了几张很短的便笺，交给尼尼奇去送：他一肚子火，又急急忙忙，结果有两封信忘了封上。尼尼奇当然读了这两封信，今晚上他老婆会为他感到骄傲的。有一封信是给海关站长的，但这封信封了口。还有一封是给兵营上尉的，信里告诉他立刻把车站的卫兵增加一倍，每人发给二十发子弹。这封信使尼尼奇很不安：难道是保加利亚人来了，要开仗了吗？要不就是红党要来了？他想起贝尔格莱德发生的事，心里忐忑不安。不管怎么说，他想，他们是我们的同胞，是穷人，他们有妻子儿女。最后一张便条是给兵营厨师的，详细地指示了一番如何准备三个人的午餐，并于一点三十分把热饭热菜送到少校的房间。便条最后写道："记住，你要为此负责。"

当尼尼奇离开的时候，彼特科维奇少校又拿起那本关于战略问题的过时的德文书读开了，同时还用一块块香肠喂着自己的狗。

2

列车到达布达佩斯之前，科洛尔·马斯克早已坠入梦乡了。当迈亚特从她头下抽出压麻了的胳膊时，她醒了过来，发现清晨阴沉的天空好似铅灰色的大海波涛。她匆匆从卧铺上爬下来，穿好了衣服，一点儿没有昨夜那种缓慢精细的作派了。他精神兴奋，急急忙忙，东西也乱放一气。她轻松愉快地低声唱起来："我有多快活，无虑又无忧。"列车一晃使她撞在窗户上，但她只匆匆瞥了一下灰暗的黎明，这儿，那儿，一盏又一盏的灯闪现着。天还不够亮，看不见车旁闪过的房屋，在多瑙河上，一座亮着电灯的大桥好像吊袜带上的带扣一样晶莹闪亮。"我随心又随意，天天唱歌曲。"在下游河边，有一栋白房子熠熠闪亮，要不是在一楼有两间房里亮着灯，准会把它错当成果园里的树干。在她正凝望的时候，那两盏灯熄灭了。他们在搞庆祝会呢，搞得这么晚，她猜测着，不知那里有什么活动？她笑了起来，觉得自己赞同一切年轻人的大胆的胡作非为。“你愁眉不展，我毫无忧虑，春天之后是盛夏，我只需微笑着去……”她把衣服全穿好了，只差穿鞋了，于是她朝卧铺扭过头去，看了看迈亚特。

他睡得很不安稳，胡子也该刮了；他穿着皱巴巴的衣服躺在那里，简直很难把他同昨夜里的兴奋和疼痛联系在一起。这个男人是个陌生人，他会否认昨天夜里所承诺的责任。他向她许诺了那么多东西。但她对自己说，她不可能交上这种好运。那些历尽沧桑的老女人的告诫再度浮现在她的脑海里：“他们事前什么都会答应你。”而本阶级的奇特的道德准则又警告她：“不能提他们答应过的事。”尽管如此，她还是走到他身边，用手轻轻梳理他的头发，想让他多少有点儿像自己的情人。当她触到他的前额时，他醒了过来，她鼓起勇气迎着他的目光，她最怕见到那茫然的神情，好像认不出她是谁，忘记他们干了什么。她用一句老话来鼓励自己：“海里不愁没鱼。”但她惊喜地看到，他随即就不假思索地说：“是的，我们一定要把那个小提琴手叫来。”

她一下子放心了，拍手说：“别忘了叫医生。”她坐在卧铺沿上，把脚伸进鞋里。“我多么快活。”他还记得，他打算兑现他的许诺。她又开始唱了起来：“生活在阳光下，相爱在月光中，佳时尽欢莫虚度。”列车员沿过道走了过来，敲了敲门。“布达佩斯。”在河对岸，灯光渐渐密集起来，三颗明星仿佛从阴沉的天上落下，在半空中闪烁着。“那是什么？那边，它在动呢。快点儿。”

“城堡。”他说。

“布达佩斯。”约瑟夫·格伦利希正在角落里打盹儿，一下子醒了过来，便起身走到窗前。霎时间，他瞥见高大的灰色房间之间的流水，房屋高层闪动的灯光，随后，车站的穹顶突然把灯火遮住了，火车滑行着，在一座声音回响的大厅中停了下来。兴致勃勃、心情愉快的奥佩先生立刻出现了，身上挂满了东西。他先把两只衣箱放在地上，然后是高尔夫包和装在盒子里的网球拍。约瑟夫笑了笑，从胸中长嘘了一口气：看见奥佩先生总让他记起自己的罪过。一名穿着厨师制服的男人领着一个满脸皱纹的高大女人和她的丈夫从旁边走过，他们跌跌绊绊地跟着那人，从啸叫的蒸汽和异乡语言的呼唤中穿过，显得不知所措，可怜巴巴的。约瑟夫觉得自己似乎应该下车。这关系到他的安危，于是他立刻不再用那种开心取笑或洋洋自得的方式思考问题了。他头脑中精确的小齿轮转动起来，像银行里的计数器一样准确无误地记录下借方和贷方的款项。在一列火车中，他实际上处于被囚禁的状态，警察可以在旅途的任何一点设法逮捕他，所以说他越快脱身出去越好。他作为一个奥地利人，在布达佩斯是不会引人注意的。如果他继续前往君士坦丁堡，就得冒再过三道海关的风险。计数器把各种数字又过了一遍，该加的加，该查的查，结果把最后数字列在借方账上。布达佩斯的警察很厉害，而巴尔干国家的人很腐败，海关没什么可怕的。况且，他离犯罪现场更远了。他在伊斯坦布尔有朋友。约瑟夫·格伦利希决定继续向前走。作出决定后，他又半躺在座位上，沉浸在胜利的幻梦中。他脑海中闪过自己迅速拔枪的形象，还有谈论他的声音：“那是约瑟夫。到现在五年了，一次也没让警察抓住过。他在维也纳杀了克鲁伯。”

“布达佩斯。”津纳医生停下笔，愣了一分多钟。这短暂的停顿是他对这座城市表示的一点儿敬意，他父亲就出生于这座城市。父亲年轻时离开了匈牙利并在达尔马提亚[1]定居下来；他在匈牙利时一直务农，租种别人的土地；他先后在斯普利特和贝尔格莱德做了自谋生路的鞋匠。然而对津纳来说，父亲先前那更为屈辱的境况和祖传的匈牙利农民气质却仿佛是来自一种更宏大的文化传统的一丝微风，吹过臭气熏天的巴尔干阴暗小巷。正如一名雅典奴隶在蛮夷之地成为自由人后，颇有些怀念雅典文化中的雕像、诗歌和哲学，尽管这些其实并没有他的份。车站开始从她身旁驶去，一块块招牌从眼前晃过，上面用父亲没有教过他的文字写着：“休息室”“邮局”“问讯处”。一幅招贴在离车窗很近的地方飘动着：“盖伊·阿穆杰约伊剧团。”他机械地凝视着这些陌生的娱乐场所的名字：歌剧院，皇家歌手剧院，塔巴兰[2]，巴黎花园——等列车到达贝尔格莱德时，这些演出就该开场了吧。他记得在铺子后面那间阴暗的地下室客厅中，父亲常常感叹地说：“在布达佩斯，人们多会享福哟。”父亲也在城里享受过一次，把脸紧贴在饭店的玻璃窗上，不带一点儿妒意，全神贯注地看着食品被端上桌子，小提琴手从这群人走向另一群人，用这种简单的旁观方式自娱。他曾经对父亲这种廉价的满足心理很恼火。

他又写了十来分钟，然后把纸折起来，轻轻放进雨衣的口袋里。他要对各种不测之事预做准备；他知道自己的对头是不择手

1　克罗地亚的一个地区，其行政中心为斯普利特。
2　法语，指在街上扮演小丑、滑稽戏的艺人和场所。

段的，他们宁可在僻巷中把他干掉，也不愿让他活着站上被告席。他的有利之处在于对手还不知道他的到来；他必须在他们得到消息之前宣布自己自愿来到贝尔格莱德，那时他们就不便把他当成身份不明的外来人迅速干掉，只好送他上法庭了。他打开衣箱，取出那本旅行指南。随后他点燃一根火柴，把火焰凑近地图的折角：那张光亮的纸慢慢燃着了，图上的铁路让火焰一舔卷起来，他凝视着邮局那个方块变成一块黑硬的余烬。随后，卡利麦丹公园的绿色化为了棕褐色。贫民区的街道是最后烧着的，他吹了口气，让它快点儿烧完。

地图完全烧透以后，他把灰烬扔到座位下面，又往嘴里塞了一片苦药，想试着睡一觉。他发现想入睡真是太难了。从布达佩斯走出五十英里开外了，辽阔的多瑙河平原突然面目一变。他看见一座长满枞树、状似顶针的小山，心情顿时轻快起来。他是个毫无幽默感的人，不然一定会为此微微一笑的。一条公路绕着小山转了一大圈，然后笔直插向城市。现在大雪覆盖着公路和小山，白茫茫一片，树上悬挂着大块大块的积雪，好似白嘴鸦的窝。他记得这条公路、这座山和这片树林，五年前他逃越边境之后，怀着十足的安全感，第一眼见到的景物就是这些。那位自离开贝尔格莱德以来一直默默开车的同伴首次开口了："再有一小时零一刻钟，我们就到布达佩斯了。"直到那时，津纳医生才明白自己已经脱险了。现在，他却因相反的原因感到轻松，他想的不是离布达佩斯只有五十英里，而是离边境只有七十英里了。他快到家乡了。此时此刻，他的直觉远比观念更有力。即使他告诫自己，他没有家乡，他的目的地只是一座监狱，也毫无用处。正是克鲁格啤酒园，正是那夜晚绿光浮动的公园，也正是他路经的陡峭的街巷和五颜六色的破布，使他感到了片刻的欣悦。无论如何，他自言自语说，我将再次看见这一切；他们将开车把我从监狱送往法庭。这时，他才带着一股无故的感伤记起啤酒园已经变成公寓楼了。

科洛尔和迈亚特隔着早餐桌相对而坐，彼此如陌生人一般毫无拘束。昨晚吃晚餐时他们却像老朋友似的无话可说。整个早饭时间，他们一直急急忙忙地说个不停，仿佛火车不是在缩短距离而是在吞食时间，他们得抢着在这些钟点里说完共同过一辈子所要说的话。

“到君士坦丁堡以后我该怎么办？我已预订好房间了。”

“没关系。我在饭店已租好房间了。你来和我一块儿住，咱们要个双人间。”

她接受了他的解决办法，高兴得气都喘不上来，但这会儿可没空去沉默不语或呆坐不动，岩石、房屋和光秃秃的草场正以每小时四十英里的速度向后驶去，可还有那么多话要说呢。“我们吃早餐时到达，是吗？那一整天咱们干什么呢？”

“咱们一块儿吃午饭。下午我得去办公室办事。你可以去逛商店。晚上我会回来，吃过晚饭咱们看戏去。”

“好，那去哪个剧院呢？”昨夜造成的变化对她来说是不寻常的。他的面容不再显得同她过去结识的半生半熟的犹太小伙子相似了，甚至他一再使用的那种手势——本能地将手一摊，也不同于他人。他老强调自己要花多少钱，会使她快活，但这也与众不同，因为她相信他。

“咱们要订你那家剧院中的头等座。”

“邓恩的‘宝贝’剧团吗？”

“对，你要愿意的话，演出后咱们请她们都出来吃晚餐。”

“不。”她摇摇头，她现在可不能冒失去他的危险，邓恩的“宝贝”中有不少人比她长得漂亮，“看完戏咱们就睡觉。”他们端着咖啡笑了起来，褐色的咖啡溅到桌布上。她的笑声中不再含有忧虑；她很幸福，因为她已经历了苦痛。“你知道这顿早餐咱们俩坐多久了？”她问，“整整一个钟头。真是奇闻。以前我可没这样过。十点钟在床上喝杯茶，这就算吃过早餐了。要是碰上一位好心的房东太太，还能来两片烤面包和一点儿橘子汁。”

“找不到工作时呢？”

她笑笑。“那就不喝橘子汁呗。咱们快到边境了吧。”

“快了，”迈亚特点着香烟，“抽烟吗？”

“我早上不抽。你抽吧，我走了。”她站起来，正在这当儿，火车通过一处道岔，她一晃，歪倒在他身上。她抓住他的胳膊，站稳脚跟，越过他的肩膀，她看见信号灯炫目地摇动而过，雪花堆积在一所黑色的小房旁。她抓住他的手臂待了一会儿，直到眩晕过去了才松手。“亲爱的，早点儿来，我等着你。”突然间，她很想对他说“现在就来吧！”，她怕火车到站时一个人孤零零的。也许会有陌生人来占他的座位，而她又无法同他们说明白。她听不懂海关职员的话。但她又对自己说，如果老提要求的话，他会很快厌弃她的；只要麻烦男人就会生是非，她的幸福还很靠不住，因此她不敢稍有疏忽。她回头看了一眼，他正低头坐在那里，用手抚弄着一只金烟盒。后来她很庆幸自己这最后的一瞥，它将成为忠贞的象征，成为她时时铭记的一幅图景，这样，她就可以说："我从来没有离开过你。"

她来到自己的座位时，火车停了。她望了望窗外那个泥泞的小站。一对路灯上用黑色字体印着"苏博蒂察"。车站建筑比一排棚屋强不了多少，只有一个站台。一队穿绿色制服的海关职员和六七名士兵从两条铁路中间走了过来，他们似乎并不急于开始检查。他们说笑着朝守车走去。一排农民站着看火车，一个妇人在给孩子喂奶。四周围着好多士兵，似乎也无事可做，其中一个吆喝着驱赶农民离开铁轨，但不一会儿，农民又从沿线二十英尺外的地方来到铁轨上。旅客们开始不耐烦了，列车已经晚点了半小时，但还没有检查护照和行李的迹象。有几个人下到铁路线上，越过铁轨想找餐厅；一个身材细长、长着尖圆脑袋的德国人在来回踱着步。科洛尔·马斯克看见医生离开了火车，他头戴软礼帽，穿着雨衣，戴着一双灰色毛手套。他和那德国佬一而再、再而三地错身而过，但互不理睬，仿佛各自在不同的世界中行走。一次，一个官员来检查他们的护照，两人肩并肩地站在一块儿，但仍然彼此视而不见，那德国佬怒气冲冲，极不耐烦，而医生却自顾自地微笑着。

她走近时，才看清了他的微笑茫然而又感伤。这微笑挂在他脸上很不相称。"对不起，我想同您讲句话。"她谦恭地说，他那不苟言笑、彬彬有礼的态度使她发怵。他鞠了一躬，把戴着灰手套的手倒背在身后，她一眼瞥见手套的拇指上有个窟窿。"我想知道……我想知道……您是否乐意今晚和我们一起吃晚餐。"

他脸上的微笑消失了，她看见他正费心地斟酌词句。她解释说：“您待我真好。”露天里气温很低，他们俩便开始走动起来。她的鞋尖落地之处，冻住的泥浆嘎嘎裂开，泥水溅到他的袜子上。“我很愿意同你们共进晚餐。”他咬文嚼字地说，“但很遗憾，我无法接受你的邀请，我今晚在贝尔格莱德下车。我本来十分愿意……”他皱起眉头，停住脚，仿佛忘记了他刚说过的话。他把戴破手套的那只手插进雨衣口袋里。“我本来十分乐意……”两个穿制服的人沿着铁路朝他们走来。

医生伸手抓住她的胳膊，轻轻拉她转过身来，他们开始顺着火车往回走。他依然皱着眉头，没有说完刚才那句话。他说了另一句话：“我的眼镜结霜了，我不知道你是否介意——能告诉我你看见我们前面有什么吗？”

“有几个海关官员从车上下来，正朝我们走来。”

“没别的？是穿绿制服的吗？”

“不，穿灰制服。”

医生停住脚。“是吗？”他抓住她的手，她感到一个信封塞进了她的手掌。“快回你的车厢去。把信藏好。到伊斯坦布尔你就把信发出去。快走，不过别显得太着急。”她没听懂他的话，但还是照办了。她走了二十来步，来到那些穿灰制服的男人跟前，发现他们是当兵的。他们并没带枪，但从他们身上的刺刀套可猜出他们的身份。他们横在她的去路上，霎时，她觉得他们会拦住她；他们彼此正急促地交谈着，当她走到只有几英尺远的地方时，一个士兵一侧身，让她过去了。她松了口气，但仍有些害怕，她捏了捏手里的那封信。是让她搞走私？毒品？这时，一个士兵追她来了，她听见他的皮靴踩在泥地上嘎嘎作响；她自我安慰说，这只是自己胡思乱想，如果他真想追她的话，他就会叫喊了；他没有喊，这使她多少放心了一些。尽管如此，她还是走得更快了。只差一节车厢就到她的隔间了，她的情人能用德语向那个士兵解释她的身份。但迈亚特不在隔间里，他还在餐车上抽烟呢，她犹豫了一秒钟。我要去餐车敲敲窗户，但这一秒钟的犹豫未免太长了。一只手拍拍她的胳膊肘，有人用外语轻声对她说着什么。

她转过身来想抗议，想哀求，如果需要的话，她还准备挣开向餐车跑，但那士兵温和的大眼睛减轻了她的恐惧。他微笑地看着她，点点头，用手指指车站的建筑。她说："你要干什么？你不会讲英语吗？"他摇摇头，又笑了笑并用手指了指，她看见医生和士兵相遇并和他们一起朝那排建筑走去。他走在士兵的前面，不像出了什么岔子，士兵们也没使用暴力。那士兵点点头，笑了笑，然后费了九牛二虎之力挤出了三个英文字。"都很好。"他说着又指了指那排房子。

"我能和我的朋友打个招呼吗？"她问。他点点头，笑了笑，伸手拉住她的胳膊，轻轻把她从火车旁拉开。

候车室里空荡荡的，只有医生一个人。一只铁炉在屋子中间燃烧着，窗户上的一道道霜痕把外面的景色割成一条一条的。从始至终，她一直惦着手里那封信。那士兵彬彬有礼地把她轻轻拉进屋子，然后关上了门，但没有上锁。"他们要干什么？"她问，"我可不能误了火车。"

"别怕，"他说，"我会向他们解释的。他们在五分钟之内就会放你走。他们如果要搜查你，就让他们搜好了。他们把信拿走了吗？”

“没有。”

“那么把信还给我吧。我不想拖累你。”她刚一伸出手，门就打开了，那士兵走了进来，像赞赏似的微微一笑，把信从她手中拿走了。津纳医生对他讲了几句，对方也像连珠炮似的说了几句，他有一双单纯忧郁的眼睛。士兵再次离开后，津纳医生说：“他不喜欢干这差事。别人命令他透过锁眼监视，看我们之间是否传递东西。”

科洛尔·马斯克在一张木椅上坐下，向火炉伸出脚去。津纳医生惊奇地说：“你真够冷静的。”

“生气管什么用，”她说，“反正他们也不懂我的话。我朋友会很快来找我的。”

“倒也是。”他松口气说，犹豫了一会儿，“你一定奇怪我为什么没为这件不愉快的事向你道歉。你知道，对我来说，有些事比任何苦恼都更要紧。我想你未必理解。”

“不理解，可是。”她一边说话，一边自嘲地回想起昨天夜晚。一声汽笛在寒冽的天空中回响起来，她担心地跳了起来。“别是咱们那趟车吧？我可不能误了火车。”津纳医生正在窗户跟前，他用手掌揩去玻璃内表面的雾气，透过冰凌之间的空隙向外窥看。“不是的，”他说，“是另一条铁路线上的火车头。我想他们要换火车头。别害怕。”

“啊，我不怕。”她说，又坐回到那张硬椅子上去，“我朋友很快就会来的。那时就该他们害怕了。你知道，他很有钱。”

“是吗？”津纳医生说。

“是的，而且很有地位。他是一家公司的头头。做的跟葡萄干有点儿关系。”她笑了起来，“他叫我每逢吃葡萄干布丁时就想想他。”

“是吗？”

“是的。我喜欢他。他对我可体贴了。他和别的犹太人不一样。一般说来犹太人心肠都不错，但是他——嗯，他可文静了。”

“我想他一定是个走运的小伙子。”津纳医生说，门打开了，两名士兵把一个男人推进屋。津纳医生迅速走上前去，把脚插到门缝里。他轻声细气地对他们讲了几句。一个士兵答了话，另一个把他推回来，关上门并上了锁。“我问他们为什么把你也扣下来。”他说，“我对他们讲你必须乘这趟车走。其中一个当兵的说没什么大事。军官要问你一两个问题。列车半小时内不会开走的。”

“谢谢你。”科洛尔说。

“还有我呢？”新来的男人恶狠狠地说，“我怎么着？”

“我不了解你的情况，格伦利希先生。”

“海关的那些家伙把我搜了一通。他们把我的枪拿走了。他们说：‘你为什么不申报你有一支手枪？’我说：‘没人敢不带枪在你们国家旅行。’”科洛尔·马斯克笑了起来，约瑟夫·格伦利希恶狠狠地瞪了她一眼。随后，他抚平了自己那皱巴巴的背心，看了一眼手表，坐了下来。他把手放在肥胖的膝盖上，两眼直勾勾地瞅着前面，盘算着什么。

他现在一定抽完烟了，科洛尔心想。他将回到隔间，发现我不在那儿。也许他要等上十来分钟，然后他会到车站去问是否有人见过我。十二分钟内他就会找到我。有人在锁眼里转动钥匙，她的心突突跳起来，奇怪他怎么这么快就找到了她。但进来的人不是迈亚特，而是一名衣冠楚楚的军官。他扭过头下了道命令，两名士兵随着他走了进来，靠着大门站着。

“这一切到底是为什么啊？”科洛尔问津纳医生，“他们以为我们搞走私吗？”她听不懂这些外国人彼此在说什么，突然间，她感到不知所措和恐惧，她知道即便这些人想给她帮忙，他们也听不懂她的话，不知道她要什么。她恳求津纳医生：“对他们讲我必须坐这趟车走。求求他们给我朋友打个招呼。”他没理她，只是把手插在口袋里，直挺挺地站在火炉旁回答问题。她又转向角落里的那个德国人，他正呆呆地瞅着自己的脚尖。“请对他们说一声，我从没干过坏事。”他抬起眼皮，憎恶地瞪了她一眼。

最后，津纳医生说：“我刚才已设法向他解释了，说你对我给你的那封信一无所知。但他说必须多留你一会儿，等警察局长问你。”

“那火车呢？”她哀求说，“火车呢？”

“我想不会有什么问题。火车在这儿还要停半个小时。我请他通知你朋友，他说，该做什么他会考虑的。”科洛尔走到军官身旁，拉住他的胳膊。“我必须坐这趟车走，”她说，“我必须。请体谅体谅我。”他将胳膊挣开，用清晰刺耳的语调呵斥她，他那夹鼻眼镜上下抖动着，但她却不知道他究竟在骂什么。然后，他离开了候车室。

科洛尔把脸贴在窗户上。透过窗户上两丛霜花之间的空隙，可以看见那德国人走了过去，他沿着铁轨来回走着。她极力想看看餐车。“看见他了吗？”津纳医生问。

“又要下雪了。”她说着离开了窗户。突然间，她感到再也抑制不住焦虑惶恐的心情了。“他们干吗要抓我？他们为什么要扣留我？”

他安慰她说：“这是个误会。贝尔格莱德发生了骚动。他们慌了手脚。他们想抓我，就是这么回事。”

“为什么呢？你不是英国人吗？”

“不是，我是他们的同胞。”他有些挖苦地说。

“你干什么了？”

“我想让这个世界变得不一样。”他带着一副讨厌政治标签的神气解释说，“我是个共产党。”

她立刻喊起来：“为什么？为什么？”同时恐惧地望着他，除去迈亚特，只有他愿意并且能够帮助她，现在她对他的信任动摇了，她无法掩饰这一点。她甚至以怀疑的态度看待他在火车上对她的好心照料。她朝长凳走去，找个离那德国佬最远的地方坐下来。

“要对你说清这一切要花很多时间。”他说。她根本没听他说话，对其中的意义也丝毫未加思索。这下，她把他当成星期六下午在特拉法加广场示威的那些邋遢汉当中的一个了，那些人举着一些难看的旗子，上面写着“全世界的劳动者联合起来”“沃尔瑟姆斯托老同志协会”“青年工人联盟巴勒姆[1]支部”等。他们

1　特拉法加广场位于伦敦市中心；沃尔瑟姆斯托、巴勒姆为伦敦地区名。

都是扫兴的家伙，他们想要吊死有钱人，关闭剧院，迫使她在夏令营和男人乱搞，再逼她参加牛津大街的游行队伍，要她抱着自己的婴儿走在“英国女工”的大旗后面。

“我没那么多时间向你解释了。”他说。

她根本没听他讲话。这会儿，她觉得自己比他高贵得多。她是有钱人的情妇，而他是工人。最后，她终于搭理他时，态度上已带有微妙的轻蔑。“我想你会坐牢。”

“我想他们会枪毙我。”

她吃惊地瞪着他，忘掉了彼此的阶级差别。“为什么？”他略带自负地微微一笑。“他们怕我。”

“在英国，”她说，“他们让红党随便发表讲话，警察在旁边站着。”

“噢，其中还是有一些区别的。我们可不仅说说而已。”

“会有审判吗？”

“会进行某种形式的审判。他们会把我带到贝尔格莱德去。”

有人在什么地方吹号，同时，一阵汽笛声划破了寒冷的空气。“他们一定在转轨。”津纳医生抚慰地对她说。一层烟气从窗前掠过，候车室里暗了下来，外面有人在沿着铁路呼喊、跑动。车厢之间的挂钩一推一拉，咯吱吱响着，活塞开始运行，车轮笨重地启动了，候车室薄薄的墙壁也跟着摇抖起来。当烟气消散时，科洛尔·马斯克一动不动地坐在木头长凳上。她无话可说，脚也冻僵了。但过了一会儿，她觉得津纳医生的沉默有点儿谴责的意味，便带些热情开了口。“他会回来找我的，”她说，“你等着瞧吧。”

尼尼奇把枪靠在肘弯里，将两只戴手套的手团在一起。“那辆新车头声音真大。”他一面说，一面眺望着那列火车宛如橡皮筋似的伸缩着绕过弯道消失了。铁路道岔吱呾响着回到原位，客车上行线的信号灯升了起来。一个人从信号灯的台阶上走下来，越过铁路，在通向一间小屋的路上消失了。

“去吃午饭了。”尼尼奇的同伴嫉妒地说。

“我在这儿待了这么久，”尼尼奇说，“还从没听见过哪辆车头有这么响。”随后他听清了同伴的话，回答说，“少校正吃兵营送来的热饭菜呢。”但他没对自己的朋友讲，警察局长要从贝尔格莱德赶来，这个秘密是留给他老婆的。

“你算走运，”他的同伴说，“过一会儿就吃上现成饭了。早上见你老婆走过来时，我常想，讨个老婆还真不赖。”

“不算太赖。”尼尼奇谦逊地说。

“告诉我，她给你带什么饭？”

“一块面包和一点儿香肠，有时还有一点儿奶油。她是个好姑娘。”但他内心可不是这么节制。我这样的人真有点儿委屈了她，他想，我真想阔起来，给她买衣服，买项链，带她去贝尔格莱德逛戏院。他想到关在候车室里的那个外国姑娘，起初有点儿嫉妒，因为她的衣服在他看来似乎十分贵重，而且还有绿玻璃项链，但他把这姑娘同自己老婆做了一番比较，很快就忘掉了自己的嫉妒，对那外国人也开始生出了好感。他把自己那笨拙的大手合拢，对女人的美丽和柔弱感到无限的怜爱。

“振作点儿。”他朋友小声说，两人挺起胸，以稍息的姿势笔直站好。这时，一辆汽车冲上公路朝车站开来，碾碎了泥浆表面的冰层，溅得到处是水。“这个鬼家伙是什么人？”他朋友偷偷地噘噘嘴小声地说，但尼尼奇却觉得自豪，他知道那戴绶带的高个警官是警察局长，甚至还知道另一个军官的名字，他正像皮球一样从车里蹦出来，拉开车门让哈提普上校下车。

“好个鬼地方。”哈提普上校先看看泥泞的土地，又看看擦得锃亮的靴子，半憎恶半打趣地说。

亚历克西奇上尉鼓起滚圆通红的腮帮子。“他们总该垫几块木板嘛。”

“不，不会的，我们是警察。他们不喜欢我们。天晓得他们会让我们吃什么样的午饭。喂，伙计，”他对尼尼奇点点头，“帮帮司机把箱子取出来。拿酒时要稳着点儿，小心别搞翻了。”

“长官，彼特科维奇少校……”

“别管彼特科维奇少校。”

“请原谅。”尼尼奇身后一个清晰的愤怒的声音说。

“当然，少校，”哈提普上校微笑着鞠了一躬，“不过我实在看不出你有什么需要原谅的地方。”

“这个人正在看守犯人。”

“你抓了不少人吧。我祝贺你。”

“两个男人和一个姑娘。”

“在这种情况下，我想有一把好锁、一个卫兵、一把刺刀、一支步枪和二十发子弹就足以应付了。”

彼特科维奇少校舔舔嘴唇。“警察当然最了解应如何看守监狱。我只有听从高见了。去把汽车里的东西拿出来。”他对尼尼奇说，“搬到我的房间去。”他领着警官们绕过候车室的屋角消失了。尼尼奇凝视着他们的背影，直到司机对他喊道：“我可不能在汽车里等一整天。别那么呆头呆脑的。你们这些当兵的，看起来一点儿活也没干过。”他开始把箱子从汽车里搬出来，一边搬一边说着箱子里装的东西的名称：“半箱香槟酒，一只冻鸭，水果，两瓶雪利酒，香肠，酒味饼干，莴苣，橄榄。”

“嗨，”尼尼奇的朋友喊道，“是顿美餐吧？”

尼尼奇站着，眼睛发直，沉默了半晌。随后他压低声音说：“是一席盛宴。”

他把雪利酒、香槟酒和鸭子拿到少校的房间后，看见自己老婆用白布包着他的午饭从路上走来。她肤色黝黑，身材瘦小，肩上紧裹着一条围巾，脸上挂着奚落人的神情，穿着一双大皮靴。他放下水果箱去迎她。“我不会耽搁太久的，”他怕司机听见，压着嗓门说，“等着我，我有话要对你讲。”随后，他很庄重地回去接着干活儿。他老婆在路边坐下看着他，等少校办公室里的桌子铺好，军官们喝开酒时，他又转回来，老婆却不见了。她把他的午饭放在路旁。“她去哪儿了？”他问另一个卫兵。

“她和司机说了会儿话，然后就回兵营去了。似乎有什么事使她很激动。”

尼尼奇感到一阵失望的痛苦。他一直盼着告诉老婆哈提普上校到来的消息，现在却让那司机抢先了一步。事情总是这样。当兵的比狗还不如。穿便服的家伙们拿着高薪，玩牌时骗他们的钱，欺负他们，甚至还要在当兵的和他老婆之间插一杠子。不过他的愤愤不平并没持续多久。只要处处留心，他就能为老婆再发现一些秘密。停了一会儿之后，他把最后一个箱子搬到少校屋里。香槟酒冒着泡，已被喝掉不少；三个人同时说着话，彼特科维奇少校的玻璃杯落到膝盖上。“多好的小港湾哟，”亚历克西奇上尉正在说，“多好的大腿哟。我对他说，如果我处在您的地位上……”彼特科维奇少校用手指蘸着酒在桌布上画道道。“第一条要旨是，绝不攻击两翼，要压垮中心部位。”哈提普上校还相当清醒。他仰在椅子上抽着烟。“吃点儿法国芥末吧，来两根荷兰芹。”但他的两个下属根本不理睬他。他微笑着，又给他们斟满了酒。

雪又下了起来，透过被风吹起的雪花，津纳医生看见苏博蒂察的农民三三两两穿过铁路，好奇地朝候车室屈身张望。有个人甚至来到窗前往里瞅，端详着医生的面孔。他们相距只有几英尺，一扇玻璃、几条霜花和呼吸哈出的雾气把两人隔开。津纳医生能数清对方脸上的皱纹，说出他眼睛的颜色，并怀着职业兴趣察看着他脸上的脓疱。两个士兵不断地驱赶农民，用枪托敲打他们，农民服从了，退到铁路线上，但没过一会儿，他们就又围拢过来，显得那么顽固、愚笨、不可救药。

很久了，候车室里一片沉寂。津纳医生走回火炉旁。那姑娘微垂着头坐着，双手拇指合拢着。他知道她在干什么，她在祷告，祈求她的情人快来找她。从她那偷偷摸摸的样子来看，他猜想她过去不怎么做祈祷。她吓坏了，他心怀冷静的同情，能够估量出她有多么恐惧。经验告诉他两件事，第一，祷告是不会应验的；第二，这种萍水相逢的情人是不会不辞劳苦地跑回来的。

他因自己连累了她而感到歉疚，正像他有时不得不说假话并为此歉疚一样。他一向认为必要时可以牺牲个人的人格；只有执政党才能在良心上反省自责，他个人的良心反省等于承认自己怀疑事业的至高无上的价值。但不知为什么，这些想法使他痛苦，他发现自己嫉妒那些由于自己无钱无势而无法具有的美德。如果他获得了成功，如果世界按照他热爱和向往的模式重新构建起来，他会全心全意地欢迎豪爽、仁爱和恭行谨奉的道义准则。他生气地对她说："你真幸运，还相信祈祷会管用。"他依据靠不住的理性辛苦编造的种种理论战胜了信仰，现在他惊奇地发现，自己的辛苦追求竟抵不住她的直觉。"我不信什么，"她说，"可我总得干点儿什么呀。"

她把不信教看得如此轻易，这使他大吃一惊。她并非通过苦读理性主义作家和十九世纪科学家的著作才战胜了宗教信仰，她天生就不信教，正像他天生是个信仰者一样。为了达到同一个水准，他已牺牲了自己的安宁，一瞬间，他简直想在她的心中播下一点儿怀疑的种子，一种半信教的疑惑，使她不敢相信自己的判断。但他终于忍住了没说，相反却鼓励她："他会从贝尔格莱德回来找你的。"

"也许他来不及。"

"他会给英国领事打电报。"

她说："当然。"但语气却不大肯定。那天夜里的事情和迈亚特的恩爱仿佛都离她而去了，仿佛一座灯火通明的码头沉浸在黑暗之中。她竭力回忆，想起他的相貌，但他很快就消失在送行的人群中间，变成一个不可分辨的人影。没多久，她对迈亚特是否有别于她认识的其他犹太人也产生了疑问，甚至她的肉体也没感觉出任何区别，虽说她在肉体上获得了休息和恢复，但内在的平静却和疼痛一起消失了。她再次说道："当然。"因为她对自己缺乏信心而羞愧，因为怨天尤人毕竟于事无补，也因为她最糟也不过是迟一天参加演出。她对自己说，大海里不愁没鱼。但她在感情上仍然奇怪地依恋着那个一点儿也靠不住的回忆。

那德国佬直挺挺地坐在角落里睡觉，他的眼皮抽动着，准备稍有动静就马上抬起。他惯于利用任何间歇，在陌生的环境下休息。当大门打开时，他马上警觉地睁开眼。

一名卫兵进来了，朝他们挥手喊着。津纳医生用英语重复了一遍他的话："他要我们出去。"雪从打开的大门中刮了进来，在门槛上留下灰色的水迹。他们看见了聚在铁路上的农民。约瑟夫·格伦利希站了起来，理理背心，又用胳膊肘捅了捅津纳医生的肋部。"咱们现在跑怎么样？穿过风雪，一起跑。""他们会开枪的。"津纳医生说。卫兵又喊了起来，朝他们挥着手。"他们早晚要开枪，对吗？他们想在外面干什么？"

津纳医生朝科洛尔·马斯克转过头去："我想没什么可怕的。你来吗？"

"当然，"随后她又恳求说，"请等我一会儿。我把手帕丢了。"他弯下又高又瘦的身体，像个灰色的圆规似的跪倒地上，从椅子下拾起了她的手帕。他那副笨拙的样子不禁使她笑了，她忘了对他的不信任，怀着异乎寻常的感激向他道了谢。出了候车室，他避开风雪闷头走着，一个人暗自微笑着。一名卫兵在前面引路，另一名在后面押送，端着枪，上着刺刀。他们越过犯人的头顶，用科洛尔听不懂的话互相呼叫，她不知道要把她带到哪里去。农民围拢过来，急切地想看他们一眼，当他们挤过铁轨和泥地时，响起了杂乱的脚步声和溅水声。科洛尔对发生的一切心里没数，再加上有这许多橄榄色的面孔围观，她有点儿慌了。她问津纳医生："你笑什么？"她希望他回答说已找到好办法了，能使大家都脱身，都赶上火车，能使时钟倒转。他说："我不知道。我是在笑吗？也许是因为我又回到家乡了。"他严肃地闭紧嘴巴，但是不一会儿，他又松开口微笑起来。当他透过结霜的眼镜四下窥看时，他的眼睛似乎潮润起来，他的眼中没有别的，只现出如痴如迷的幸福的神情。

3

迈亚特凝视着手中雪茄烟头上越来越长的烟灰，陷入了沉思。他很珍惜这样的时刻，一个人孑然独处，无求于人，肉体得到了满足，激情也平息了。昨天晚上，他曾努力地想做点儿工作，但那姑娘的面容总在他和数字之间晃动，结果什么都没做成。现在，她退到她该去的地方了。过不了多久，当夜幕降临，也许他又会需要她，而她也会来到他身边，想到这里他心里涌起了柔情，甚至感激，其中重要的原因之一是：她人走了，却没留下一个纠缠烦扰的幽灵。以前他怎么也理不清那些数字，现在不用看材料就能记起来。他乘啊，除啊，减啊，计算着，同时看到一纵队士兵一直延伸到车窗前，再过去就是海关官员和搬运工人若有若无的形体来回走动着。这时，有人前来检查他的护照，雪茄上的烟灰跌落下来，他回到隔间里，打开行李，科洛尔不在，估计是去上厕所了。海关官员敲敲她的提包。“这个提包呢？”

“这个提包没上锁，”他说，“那位太太不在。你查不出什么的。”当隔间又只剩下他一个人时，他躺在角落里，闭上眼睛，该考虑考虑埃克曼先生的事儿了，然而，当火车驶出苏博蒂察时，他却睡着了。他梦见自己正在楼梯上向埃克曼的办公室走去。楼梯又窄又小，没铺地毯，也没开电灯，不像是通往欧洲最大的葡萄干进口商的总部，倒像是通往莱斯特广场外的一处声名狼藉的公寓。他记不清自己是否走进了大门，反正是一眨眼工夫就坐在埃克曼先生对面了。他们之间放着一大沓文件，埃克曼先生捻着黑黑的上髭，用钢笔敲着书桌，一只蜘蛛在空墨水瓶上结着网。灯光昏暗，窗户黢黑，在屋子的一角，埃克曼太太坐在铁架沙发上编织着婴儿衣。

“我都知道了。”埃克曼先生说。突然，他的椅子飞起来，停在半空，他高高地坐在迈亚特的头顶上，敲着拍卖商的小锤。“回答我的问题。”埃克曼先生说，“你要起誓，不许支支吾吾，回答是或者不是。你诱奸了那姑娘吗？”

“也可以这么说吧。”

埃克曼先生从文件中抽出一张纸来，随后又一张接一张地往外抽，直到最后那堆文件摇摇晃晃地跌落在地上，像砖头倒塌似的轰地一响。“杰维斯一事，我只能说是一种骗不了人的小伎俩。你同受托管理人已经定了合同，只是拖着没签字而已。”

“那是合法的。”

“还有，有人出价一万五千英镑，你却以一万英镑的价格卖给了斯塔夫洛哥。”

“这是生意。”

“还有西班牙大道上的那个姑娘。”

“还有，用一千英镑收买莫尔特的会计提供消息。”

“我所干过的事情中哪一样你没干过？快点儿回答，不许支吾。回答是或者不是。庭长大人和陪审团的先生们，被告……”

“我想说明一下。我还有话要说。我没有罪。”

“凭哪一个条款？哪一部法典？是衡平法还是什一税法？是海事法庭还是高等法院？快点儿回答，不许支吾。回答是或者不是。我敲完三下之前作出回答。好，到了。先生们，这家颇为兴隆的买卖……”

“等一下，我马上说给你听。乔治大典第三章第四部分，维多利亚大典第2504条：窃贼的信誉。”

埃克曼先生在那间肮脏的办公室里突然变得十分渺小，他伸出双手，哭了起来。一群洗衣女工在一条没膝深的小河中蹚着水，她们一齐仰起头来哭着；这时，一阵燥风从海滩上卷起沙子，沙沙作响地甩在树林的叶子上，一个声音，可能是埃克曼太太的声音，再三地哀求他：“回来吧。”他脚下的荒漠摇了一下，他睁开了眼睛。火车停了。雪大块大块地积在玻璃窗上。科洛尔还没回来。

这时有人在列车后部哄笑起来，其他人有的应声附和，有的吹口哨，有的嘘嘘地表示不满。迈亚特看了看表，他已经睡了两个多钟头了。也许他还记得梦中审问的声音，因此他对科洛尔的失踪颇感不安。火车头喷着烟雾停在那儿，一个熏黑着脸、穿着粗布工作服的人站在一旁，绝望地看着它。三等车厢中有几个人朝他喊叫，那人潇洒而又不知所措地转过身来，摇摇头，耸耸肩膀。列车长从火车头那边快步走了过来。迈亚特拦住了他：“出什么事了？”

“没有。没什么事。一点儿小故障。”

“要在这儿停很久吗？”

“噢，只停一会儿。一小时，也许一个半小时。我们正在打电话要一辆新车头。”

迈亚特关上窗户，走进过道。科洛尔仍不见踪影。他在车里从头到尾走了一遭，向各个隔间里张望，推推厕所的门，最后来到了三等车厢。这时他想起来那个拉小提琴的人，就在臭气熏天的硬座隔间里依次寻找，终于找到了那个人，一个眼睛发肿、身材瘦小的家伙。

“今晚我要请人吃饭，”迈亚特用德语对他说，“我想请你为我演奏。我给你五十帕拉[1]。”

“七十五帕拉，阁下。”

迈亚特没空，他想找科洛尔。“那就七十五帕拉吧。”

“阁下，您是要朦胧、忧伤、让人掉泪的曲子？”

“当然不是，我要轻松愉快的。”

“噢，是吗？那您得多给两个钱。”

“你这是什么意思？为什么要多给钱？”

这位先生显然是外国人，他不懂。这个国家的规矩就是这样，听轻松的曲子比听忧郁的曲子更费钱，古来如此。一个半第纳尔怎么样？——突然，迈亚特来了讨价还价的兴致，一时忘了那些令他焦虑的事。钱本身算不了什么，大不了是半克朗，但讲价钱就是讲

1 帕拉，南斯拉夫货币名。一百帕拉为一第纳尔。

价钱，他不愿意让步。“七十五帕拉，一个子儿也不多给。”

那个男人高兴地朝他咧嘴笑笑，这个外国人倒挺对他的口味。“一个第纳尔零三十帕拉，阁下，这是我的最低要价。干我这一行的要是拿不到这个数目，可就是丢了面子了。”陈面包和酸葡萄酒的气味不再使迈亚特感到恶心，这正是古老市场的气味。这纯粹是在追求生意经中的诗意；为几个帕拉而争执的交易本身简直谈不上什么得失，一个帕拉只不过值四分之一便士。他朝车厢里边走走，但没有坐下。“八十帕拉。”

“阁下，我总得过日子啊。一第纳尔零二十五帕拉，不能再少了，要不我的脸没处搁。”

迈亚特递给那人一支香烟。“阁下，来杯拉基亚酒？”迈亚特点点头，欣然拿起那个厚平底杯。“八十五帕拉。要么就成，要么就吹。”他们俩人一块抽着烟，喝着酒，彼此摸透了对方的心思，言词也更为激烈了。“阁下，您这是侮辱我。我是音乐家。”

“八十七帕拉，这是我的最后出价。”

桌子上的酒杯都已经清理走了，三个军官围桌而坐。门前两名士兵持枪站立，枪上装了刺刀。津纳医生好奇地观察着哈提普上校；他最后一次见到上校是在坎姆内茨审判时，当时上校正从容地调遣他那些撒谎的证人，丝毫不理会什么法律和公正。那是五年前的事了，但岁月并没有怎么改变他的面容。他耳朵上面是一头漂亮的银发，眼角上有几道慈祥的皱纹。“彼特科维奇少校，”他说，“您是否读一下指控被告的起诉书？给这位女士拿把椅子来。”

津纳医生从雨衣口袋中抽出手来，擦了擦他的眼镜。他能使声音保持平静，但控制不了自己那有些颤抖的手。“起诉？”他说，“你这是什么意思？难道这里是法庭吗？”

彼特科维奇少校手里拿着纸，训斥他说：“安静点儿。”

“这是个合理的问题，少校，”哈提普上校说，“医生一直住在国外。你瞧，”他声音轻柔，极为和蔼地说，“为了你的安全不得不采取一些措施。在贝尔格莱德你的生命安全很难保障。人民对暴动十分愤恨。”

“我仍然不明白，”津纳医生说，“你除了预审之外，怎么会有其他权力。”

哈提普上校解释说：“这是军事法庭。昨天早晨宣布了军事戒严令。彼特科维奇少校，开始吧。”

彼特科维奇少校开始宣读一份长文件，文件是手写的，常有看不清的地方。“犯人理查德·津纳……阴谋反对政府……因伪证罪被判刑后尚未服刑……伪造护照。犯人约瑟夫·格伦利希，私带枪械。犯人科洛尔·马斯克，与理查德·津纳共谋反对政府。”他放下那张纸，对哈提普上校说，“法庭目前的状况使我们对它的合法性有所怀疑，被告应该有律师为其辩护。”

“亲爱的，亲爱的，这确实是个疏忽。也许少校你……”

“不行，法庭的组成不得少于三名军官。”

津纳医生插了一句：“你们不必费心了，我不用律师。另外两个人根本不懂你们说的话，他们不会反对的。”

“这不符合章程。”彼特科维奇少校说。警察局长看了看自己的手表。“少校，我已注意到你的抗议了。现在开始吧。”那个胖军官打了个嗝，他用手捂住嘴巴，眨了眨眼。

“九十帕拉。”

“一个第纳尔。”

迈亚特踩熄了烟头。这场游戏玩得够长了。“就一个第纳尔吧。今晚九点钟。”他快步回到了自己的隔间，还是不见科洛尔。旅客们纷纷从车里走出来，说着，笑着，伸着懒腰。一小群人围着火车司机，司机在幽默地说明火车的故障。尽管四周不见有房舍，但已有三两个村民跑来兜售瓶装矿泉水和棒棒糖。一条公路与铁路平行延伸，中间只隔一道积雪的土梁；公路上一名司机开着车，按着喇叭一遍遍高喊：“去贝尔格莱德的快车。一百二十第纳尔。去贝尔格莱德的快车。”他要价太高了，只有一个胖商人肯搭理他。两人在公路边展开了一场讲价钱的持久战。“矿泉水，矿泉水。”一个留短发的德国人来来回回踱着步，嘴里气愤地自言自语着。迈亚特听见身后有人用英语说：“雪又要下起来了。”他转过身去，希望说话的人就是科洛尔，但是他在餐车见到过的那个女人。

“死待在这里真没意思，”他说，“他们也许要花好几个小时才能再调一辆火车头来。一块儿乘汽车去贝尔格莱德怎么样？”

“这是邀请吗？”

“荷兰人式的[1]。”迈亚特赶紧说。

“但我一个钱也没有。”她转过身去摆了摆手，“萨沃里先生，过来一块儿坐汽车吧，你替我付钱，好吗？”萨沃里先生从围着司机的那群人中间挤了出来。“我听不懂那个家伙在说什么。跟锅炉有关的什么。”他说，“一块儿坐汽车？”他说得更慢了，“那恐怕够贵的，是吗？”他留心地瞅着她的眼睛，等着，仿佛在期待她的回答。迈亚特想，他准是在琢磨自己从中可以捞到什么。萨沃里先生的犹豫和那女人默默的等待在他心里激起了竞争的本能。他想在她面前像孔雀开屏一样炫耀自己的财富，用阔绰的气派使她眼花缭乱。他说：“你们俩出六十第纳尔就行了。”

“我这就去见见列车长，”萨沃里先生说，“他也许知道会停多长时间……”第一片雪花飘落下来了。“如果你愿意做我的客人，”迈亚特说，“小姐——”

“我叫珍妮特·帕多。”她一边说一边把皮大衣领拉起来遮住耳朵。雪花落在她容光焕发的脸颊上，顺着皮大衣，迈亚特可以看出里面她身体的曲线，并在心里将她和科洛尔清瘦的身体作了一番比较。我必须把科洛尔也带上，他想。“你看见过一个穿雨衣的姑娘吗？”他说，“瘦瘦的，个子比你矮一点儿。”

“哦，是的，”珍妮特·帕多说，“她在苏博蒂察下车了。我知道你说的是谁。你昨晚和她一起吃的晚饭。”她朝他微微一笑，“她是你的情人，对吗？”

1　意指各人付自己那份钱。

"你是说她提着包下车了吗？"

"哦，没有。她什么也没拿。我看见她和一个海关人员一起向车站走去。她是个挺有意思的小可人儿，对吗？是歌剧团的？"她又礼貌又关切地问。但迈亚特觉得，她的语气中有一种批评的意味，不是指责科洛尔，而是批评他的钱花得不是地方。这如同批评他的葡萄干质量不好一样，使得他气恼不已，这是在贬低他的识别力和判断力。不管怎么说，他想，我要是带你去贝尔格莱德的话，我在你身上花的钱不会比为她花的少，你会同她一样痛快地报答我吗？明知不大可能，就让人更生渴望，更生恼恨。科洛尔至多算得上一块漂亮的彩色玻璃，只是由于有人喜爱才有价值，而这个姑娘则是抛光的银器，她自身就具有价值。她是那种女人，他想，她不仅要钱，而且要能够满足自己欲望的健美身材，要才智，要教养。我是个犹太人，我除了赚钱之外什么也没学会。不过，她的批评终究还是使他感到恼火，使他较为容易地放弃了非分之想。

"她一定是误了火车。我必须回去找她。"他没有为自己的出尔反尔道歉，趁着还不难脱身赶紧走开了。

那个商人还在和司机讨价还价。他已把对方的要价压低到一百第纳尔，而自己的出价则提高到了九十第纳尔。迈亚特为自己中途插一手感到惭愧，何况那两个人一定会看不起他这种匆匆忙忙不讲价钱的做法。"你要是带上我去苏博蒂察再赶回来，我给你一百二十第纳尔。"他看到那个司机还准备讨价还价，便又提高了价钱说，"如果你带我去那里并在火车开车之前赶回来，我给你一百五十第纳尔。"

那辆汽车又破又旧，但马力很大。他们顶着暴风雪，沿着一条从没得到过修整的公路，以每小时六十英里的速度奔驰。车上的弹簧断了，每当汽车跌入坑中、爬坡或向一边倾倒时，迈亚特就被从这一头甩到那一头。汽车被无情的主人驱赶着，已经达到了它能承受的极限，像人一样呻吟着，大口喘着气。雪下得更紧了，铁路沿线的电线杆仿佛白墙上的缝隙，在雪幕中呈现出道道黑纹。迈亚特朝司机探过身去，盖过老式发动机的吼叫，用德语大声喊："你看不见了吧？"汽车扭了一下，在公路上突然转了个弯；司机向后冲他喊道，不必害怕，路上什么也撞不着；但他却没说自己看得见。

风也刮起来了。方才被一堵直立的雪墙挡住的公路，现在时起时伏地呈现在他们面前，像波涛一样，而雪则像波涛上耀眼的白沫。迈亚特对司机大声喊着，要他开慢一点儿。他想，要是有个轮胎现在爆了，我们就没命了。他见那个司机看了看表，然后一脚踩到加速器上，老式发动机又使速度每小时加了几英里；看来他属于那种极顽固的老家伙之列，别人谈到他们时总是说："这是些遗老。我们现在可没这号货色了。"迈亚特又喊了起来："慢一点儿。"但那司机指了指手表，继续加足马力，车子吱嘎作响，不顾安全地拼命跑着。对于司机这种人来说，赶上火车比误了火车要多得三十第纳尔，这意味着一个月的舒适生活；就算是为比这少得多的一笔钱，他也肯拿自己和旅客的生命去冒险。突然，一股风吹了过来，把雪卷到一边，在十英尺开外的地方，雪幕的裂隙中出现了一辆牛车，正好在他们的面前。在那间不容发的瞬间，迈亚特看见了公牛惊呆的眼睛，心里算计着牛犄角会在什么地方把玻璃窗顶碎；一个老人惊叫着，扔掉鞭竿跳下车。司机拼命转动方向盘，汽车冲上了一条土埂，车子两轮着地，疯狂地向前冲，另外两只轮子悬在风土之间嗡嗡乱转，车身越来越倾斜，迈亚特看见地面像煮开的牛奶似的向上冲腾。车子越过了土埂，两只轮子着了地，随后四只轮子都着了地，汽车吼叫着以每小时六十五英里的速度行驶在公路上，身后是一片茫茫的风雪，挡住了公牛、大车和那个惊恐的老人。

“慢一点儿开吧。”迈亚特喘着气说，司机转过头来朝他笑了笑，挥了一下他那毫不颤抖的手。

军官们在桌前坐成一排，卫兵站在门口，医生回答着一个又一个的问题。科洛尔睡着了。昨晚她太累了；她一点儿也听不懂他们的话，也不知道自己为什么会到这里来；她很害怕，开始感到绝望。起头，她梦见自己是个孩子，万事都简简单单，明明白白，都有一种解释和意义。后来，她又梦见自己已经很老很老了，她回顾着自己的一生，了解一切事情，知道什么是对的，什么是错的，知道各种事情发生的原因，对她来说，万事都很简单，都有一定的意义。但第二个梦不同于头一个，这时，她已经差不多醒了，她照自己的意愿驾驭梦境，而且在梦的背景中，一直响着不停的说话声。梦中，她在安全的垂暮之年回首往事，回忆起这个夜晚和白天，回忆起事情最终怎样化险为夷，结局圆满，迈亚特怎样从贝尔格莱德返回来寻找她。

他们也给了津纳医生一把椅子。他从胖军官的表情看出，这场骗局已近尾声，那家伙对提问已毫不在意了，他打着盹儿，不时打几个饱嗝，又接着打盹儿。哈提普上校出于纯粹的善心依然保持着法官的姿态。他倒不是有什么顾忌，但他不愿给人以无谓的痛苦。如果可能的话，他宁愿让津纳医生在最后了结之前始终存一点儿希望。彼特科维奇一直在提反对意见；他和其他人一样清楚这场审判的结局是什么，但他决心要使审判具有表面的合法性，一切必须按照一九二九年手册上的规则一丝不苟地进行。

津纳医生的双手静静地交叉在胸前，那顶破旧的软帽落在脚下的地板上，他不抱任何希望地和他们战斗着。他唯一能指望到的满足是让人承认对他的审判空空洞洞，毫无内容。天黑后他将被悄悄地掩埋在边境车站的土地里，无声无息地消失。“就伪证罪来说，”他说，“我至今没受到过审判。这不属于军事法庭司法权的范围。”

“你被缺席审判过，”哈提普上校说，“被处以五年监禁。”

“我认为你该知道，我应当在民事法庭上接受判决。”

“他的话完全正确，”彼特科维奇少校说，“我们没有这方面的司法权。如果你查看一下第十五款——”

“我相信你，少校。那么我们就放弃对伪证罪的判决吧。还有伪造护照的问题。”

津纳医生迅速答道：“你必须证明我不是归化了的英国公民。你的证人在哪里？你会给英国大使打电报吗？”

哈提普上校微微一笑：“这太费时间了。我们将取消伪造护照的问题。你同意吗，少校？”

“不，”彼特科维奇少校说，“我认为我们应先对大的犯罪事实进行宣判，就是说，宣布裁决意见，然后再对小的指控进行审理，这样做更妥当。”

“对我来说都一样，”哈提普上校说，“你呢，上尉？”上尉点点头，笑了笑，又闭上了眼睛。

“现在，”哈提普上校说，“被告有谋反罪。”彼特科维奇少校打断了他的话。“我仔细想过了，我认为起诉书上应使用‘叛国罪’这个词。”

“那就用‘叛国罪’这个词。”

“不行，不行，上校。现在不能改变起诉书了。只能保留‘谋反罪’这个词了。”

“刑罚的极限——？”

“是一样的。”

“那就这样吧，津纳医生，你愿意服罪呢，还是不服罪？”

津纳医生坐在那里想了一会儿，然后他说：“两者之间有区别吗？”哈提普上校看了看表，用手摸摸放在桌上的信封。“法庭认为这已足够定罪了。”从他的语气姿势来看，他像是希望坚决而有礼貌地结束一次来访。

“我认为，我有权利要求宣读这封信并查问拿这封信的那个士兵。”

“这是毫无疑问的。”彼特科维奇少校急切地说。

津纳医生微笑起来。“不必麻烦你们了。我服罪。”如果这是贝尔格莱德的法庭，他对自己说，记者席里坐着匆忙记录的记者，我就要寸步不让地战斗。现在，他没有听众，可头脑中却翻滚着滔滔的辩词，那锋利如剑的、催人泪下的词语。他不再是那个连彼得斯太太都打动不了的气愤的张口结舌的男人了。“休庭。”哈提普上校说。在这短暂的沉寂中，人们听见狂风好似一只愤怒的看门狗，围着车站的房屋窜来窜去。这个间歇非常短暂，哈提普上校仅仅在一张纸上写了几句话，然后把纸推到桌子另一头让他的同伴签名。两名卫兵稍微放松了一下姿势。

“法庭判定三名被告均有犯罪行为。”哈提普上校宣读说，“被告约瑟夫·格伦利希被判处监禁一个月，服刑后遣送回国。被告科洛尔·马斯克被判处二十四小时监禁，然后遣送回国。被告……”

津纳医生打断了他的话。“在通过判决之前我能对法庭讲几句话吗？”

哈提普上校朝窗户迅速瞥了一眼：窗户紧闭着；他又瞅了瞅卫兵：他们那循规蹈矩的面孔上挂着茫然不解的表情。“可以。”他说。

彼特科维奇少校的脸涨得通红。“不成，”他说，“绝对不成。按照规则第二十七条甲，被告应在休庭前发表意见。”警察局长的目光扫过少校线条清晰的侧影，落到津纳医生坐着的地方，医生蜷缩着坐在椅子里，两手戴着灰毛线手套，交叠在一起。外面一辆火车头鸣着汽笛，顺着铁轨向下行方向慢慢驶去。飞雪落在窗上沙沙作响。哈提普上校想着自己那长长的绶带和津纳医生手套上的破洞。“这也太不合章法了。”彼特科维奇少校一边漫不经心地用手摸着桌子下面那只狗，揪揪那畜生的耳朵，一边谴责说。“我注意到你的抗议了。”哈提普上校说，随后他转向津纳医生。“你和我一样清楚，”他很委婉地说，“不管你说什么都不会改变判决。但是，如果说说能使你痛快一点儿，舒服一点儿，那你就说吧。”

津纳原本以为会遭到拒绝或侮慢，那他就要针锋相对地侃侃而谈。但这种宽容和体谅却使他一时间张口结舌。他再一次对那些有信心、有权势的人所具有的品德感到嫉妒。哈提普上校宽宏大量地等待着，面对这静静的等待，他反而无话可说了。亚历克西奇上尉睁开眼，随即又合上了。医生缓缓地说：“你在战争中为国效劳，得了这些奖章。我没有奖章，因为我太爱祖国了。我不愿因为别人也爱自己的国家就去杀死他们，我所为之斗争的不是新的疆土，而是新的世界。”他停了下来，没有观众鼓劲儿，他觉得自己的话有些牵强，不能反映出那种鼓舞了他的伟大的爱和恨。他脑海中闪过一张张悲伤和美丽的面孔，面黄肌瘦，未老先衰，消沉绝望，这就是他所熟悉的人们。他给他们看过病，却没有能拯救他们。世界一派混乱，许多高贵的东西被弃如敝屣，而金融大亨和军人发迹走红。他说：“你受雇维护一个充满不义和污秽的旧世界。为沃斯科维奇之类的人效力，他们窃取穷人微薄的积蓄，过上十年花天酒地的愚蠢生活，然后给自己一枪了事。而你赖以为生的职业就是捍卫保护他们那种人的制度。你把小偷关进监狱，而大贼却住在宫殿里。”

彼特科维奇少校说：“被告所说的一切同本案无关。这是政治性讲演。”

“让他说吧。”哈提普上校用手遮住脸并闭上了眼睛。津纳医生认为他是在假装睡觉，掩饰自己漠不关心的态度，但是等津纳愤怒地对他大声嚷起来，他又张开了眼睛。“你们，你们的边界和爱国主义，是多么陈腐过时。飞机不知道有国界，甚至连你们的金融家也不承认国界。”津纳医生感到一阵悲哀，他想，也许哈提普上校并不想要他的命，他又觉得说不出话了。他不停地张望，目光从墙上的地图转向挂钟下的小书架，上面摆满了包着破书皮的有关战略和军事史的书籍。最后，他的目光落到那两个卫兵身上：一个根本没注意津纳，小心翼翼地保持着正确的持枪姿势，目光越过医生，呆呆地望着前边的什么地方；另一个卫兵睁着忧愁而痴呆的大眼睛看着他。这张面孔加入到他脑海中那个凄惨的行列中，一时他觉得自己有了一个比新闻记者更好的听众，一个站错了队的穷人，应该使他回归正确的方面来，他感到有话可说了，那些含糊而又感伤的话语曾经打动过他的心，它们也会打动别人的。这时，本阶级的警醒使得他机灵起来，他盯着地面，不看那个士兵，只有一次，他的目光像蜥蜴尾巴一样扫了他一眼。他用“兄弟们”这个复数词称呼他。他大声说，贫困不是耻辱，不应去追求发财致富，贫困也不是罪恶，不应因此而受到压迫。如果大家都穷，就无所谓穷人了。世界上的财富属于全体人民。如果把这些财富分摊开来，就不再会有富人，但所有人都会有足够的食物，谁也不必在邻居跟前感到羞愧。

哈提普上校感到兴趣索然。津纳医生不再是戴着灰毛线手套、拇指上还有个大洞的有血有肉的个人，他变成讲道坛上的演说家了，仅此而已。他看看手表说：“我想我给你的时间够多了。”彼特科维奇少校小声嘟囔着什么，突然发起火来，朝狗的肋骨踢了一脚说：“滚开，总缠着人。”亚历克西奇上尉醒了过来，如释重负地说：“好了，事情结束了。”津纳医生凝视着那个卫兵左边五英尺远的地板，慢慢地说：“这不是审判。他们在开庭之前就已经判决我死刑。请记住，我的死是为了给你们指出道路。我不怕死。与其苟活，不如就义。我想，死倒是更有意义一些。”但是当他说这话的时候，清醒的理智告诉他，他的死亡产生影响的机会是微乎其微的。

“被告理查德·津纳被判处死刑，”哈提普上校宣读说，“苏博蒂察警备队指挥官负责在三小时内执行这一判决。”医生想，到那时天就黑了，谁也不会知道这件事了。

大家都坐在那里，一时呆若木鸡；仿佛他们是在参加交响音乐会，一个乐章结束了，谁也拿不准是不是应该鼓掌。科洛尔·马斯克醒了。她对发生的事情毫不知情。军官们互相交谈着，胡乱翻着文件。随后，其中一名军官发出命令，卫兵们打开门，朝着风雪和银装素裹的房舍挥了挥手。

犯人们走了出去。暴风雪扑面而来，他们互相靠得紧紧的。没走多远，约瑟夫·格伦利希就抓住了津纳医生的袖子。“你还什么都没告诉我呢。要把我怎么样？你光是往前走，一句话也不说。”他喘着气，抱怨地说。

“监禁一个月，”津纳医生说，“然后把你遣送回国。”

“他们想这么干，是吗？他们自以为聪明得了不得。”他不再说话了，全神贯注地研究着房屋的位置。铁路的边缘把他绊了一下，他恼火地嘟囔着。

“我呢？”科洛尔说，“我怎么样？”

“明天把你遣送回国。”

“这可不成。我还有工作呢，我会丢了工作，还会失去我的朋友。”她曾经对这次旅行感到恐惧，因为她听不懂搬运工说的话，因为饭菜吃不惯，也因为这次外出前途未卜；当轮船的事务长隔着奥斯坦德湿漉漉的码头朝她喊话时，她真愿意转身过去。但从那以来发生了许多“事情”。现在她又要回到原先的住房，又得拿面包片和橘子汁当早餐，又要和艾维、弗洛、菲尔、迪克们一起在代理人的楼梯上久等，你跟这些热心人素不相识，却能一见如故，互相亲吻，直呼大名。然而，同一个人的交好情笃却有这么大的威力——使友谊黯然失色，使女人之间的亲吻和愉快闲谈令人憎恶，使日常的生活天地显得空虚乏味。甚至连那个医生也仿佛是行走在另一个世界上，与她毫不相干；不过，当他们走到候车室门口时，她想起应该问一句：“你呢？你是什么结果？”

医生忘了应该站在一旁让她先进去，他含糊地说：“我被留在这里了。”

大门关上时，约瑟夫·格伦利希问：“他们要把我带到哪里去？”

“还有我？”

“到兵营去，我估计，今天晚上。现在已经没有开往贝尔格莱德的火车了，他们把炉子都熄灭了。”他想透过窗户再看看那些农民，但他们显然等得不耐烦，已经回家了。他轻松地说：“没有什么可做的事情了。”随后又用含糊的幽默语调说，“到底在家千般好嘛。”一时间，他记起了在英国教书的情景：眼前出现了一片书桌的荒原，一排又一排恶作剧的面孔，他回想起那心寒意冷的时刻，学生们公然跟他作对，打暗号，突然怪声哄笑，这些都威胁着他的饭碗，因为不能维持秩序的教师早晚会被解雇的。敌人向他奉送了一个他不曾享有的东西——安全。现在不需要决定任何事情了。他平静了。

津纳医生哼起一支小调来。他对科洛尔·马斯克说："这是一支古老的歌曲。那个情郎说：'我不能在白天来，因为我家境贫寒，你的父亲会放狗咬我。但在夜晚，我会来到你的窗前，请你让我进入你的房间。'随后姑娘说：'如果狗叫起来，站在墙影里不要动，我会来找你，一起到花园尽头的果林中去。'"他唱起第一节歌词来，由于不常唱歌，他的声音有点儿嘶哑；约瑟夫·格伦利希坐在角落里，沉着脸瞅着医生；科洛尔站在冰冷的火炉旁又惊又喜地倾听着，因为医生似乎变年轻了，似乎充满了希望。"在夜晚我会来到你的窗前，请你让我进入你的房间。"他不是在向爱人倾吐情怀：这些歌词还不能从他那目标明确的枯燥的政治生涯中变出一张姑娘的面孔，但是他父母滑稽的布满皱纹的面孔却在向他致意，他们脸上却不再挂着那种对读书人、对医生，甚至几乎是对绅士老爷的敬畏。随后他压低声音，唱起了姑娘的回答。他的嗓音显得不那么嘶哑了，很可能以前还相当圆润呢。一名卫兵来到窗前，朝里面看了看。约瑟夫·格伦利希按照条顿人那种莫名其妙的方式哭了起来，他想起雪地上的孤儿和长着冰心的公主，却一点儿也没想到克鲁伯先生，这会儿克鲁伯先生的尸体正被运送过维也纳灰色的雪地，后面一辆车里坐着两名官员，另一辆出租车里坐着一名送葬人，一个老鳏夫，下国际象棋的高手。"站在墙影里不要动，我会来找你。"世界真是混乱透顶，穷人忍饥挨饿，而富人并不因此就更为幸福；窃贼可能受到惩罚，也可能捞上高官显爵，加拿大在烧掉小麦，巴西在焚毁咖啡，而他们本国的穷人却没钱买面包，缩在没生火的房间里冻得要死；这个乱了套的世界，他曾竭力拨乱反正，但那都是往事了。他现在已无能为力了，却很幸福。“一起到花园尽头的果林中去。”使他得到安慰的仍然不是对某个姑娘的回忆，而是无数穷人悲哀又美丽的面容，他们许诺给他以安宁。他已经竭尽所能，不能再指望他干什么了；他们把自己的绝望交给了他，把自己美丽、幸福以及悲哀的秘密交给了他，领着他走向林叶沙沙的黑暗之中。卫兵把脸贴在窗户上，津纳医生不唱了。“该你了。”他对科洛尔说。

“噢，我不会唱你喜欢的歌。”她一本正经地对他说，同时搜肠刮肚地回忆着，想找出一两支同他刚才唱的那支歌的悲哀情调相近的老式的歌曲。

“我们总得消磨时间呀。”他说。她突然唱了起来，声音如同叮叮咚咚的八音盒一样细小而清晰：

我同迈克尔在一起
　坐在汽车里；
我同约翰在一起
　仰望天上星；
我同彼得在一起
　待在酒吧间
　喝上杯苦啤；
可骰子点数却不济，老是不对头。
　没准儿今年，没准儿来年
（你也许算错了，亲爱的再算一遍），

某天某日，或永远不成。

我要做个好姑娘，永世永生。

“是苏博蒂察吗？”当几座小土房从风雪中钻出来，向他们迎面扑来时，迈亚特大声说。司机点点头，向前方挥了挥手。一个小孩跑到路当中，汽车猛地往旁边一拐躲避他，一只雏鸡尖叫起来，一把灰色的羽毛飞扬着，和飘落的雪花搅在一起。有个老女人走出房来，在他们背后大声嚷着。“她说什么？”司机回头笑着说：“臭犹太佬。”

时速计上的指针摇摆着退了下来：五十英里，四十英里，三十英里，二十英里。“附近有当兵的。”司机说。

“你是指有时速限制吗？”

“不，不是。要是这些该死的当兵的看见了一辆好车，他们就要征用。马也一样。”透过纷扬的大雪，他指着那片土地说，“农民们全都没饭吃了。我也在这儿干过活，但是我想：不行，城市对我更合适些。不管怎么说，农村是完蛋了。”他朝着消失在风雪之中的那条铁路点点头，“一天有一两趟列车，如此而已。怪不得红党要作乱呢。”

“出了什么乱子吗？”

“乱子？你瞧见乱子就好了。货场被一把火烧了，邮局被捣得稀烂。警察都吓坏了。贝尔格莱德实行军事管制了。”

“我想从贝尔格莱德发一封电报，能通吗？”汽车调到二挡上，吭哧吭哧地爬上一座小山，开进一条街道，两旁污黑的砖房上贴着广告。“如果你要发电报，”司机说，“我看还是在这里发。贝尔格莱德有成群结队的记者，邮局被捣毁了，于是他们只好征用老尼古拉的饭馆。谁都知道这意味着什么，不过你是外国人，所以不知道。问题不在于有臭虫，几只臭虫倒没什么，只会有益于健康，但那种气味——”

“在这儿发封电报再赶火车，时间够不够？”

“火车可是一时走不了。”那司机说，“他们要新车头，但城里不会有人睬他们。你该看看那火车站，一塌糊涂——最好让我把你送到贝尔格莱德。我还可以带你参观参观。我知道所有的好地方。”

迈亚特打断了他的话。“我先去邮局。然后我们上各家旅馆，看看能否找到那位女士。”

“只有一家旅店。”

“然后再去火车站。”

发电报费了一些时间。首先，他给乔伊斯的电文中不能留下把柄使埃克曼先生得以借诽谤为名提出诉讼。最后他决定这么写：“准许埃克曼马上休假一个月，请立刻接管业务。明日到达。”这么写应该说可以表达他的意图了，但还必须译成公司的密码。可是，当这封电报送到柜台里时，电报员却拒绝接受。所有电报都应接受审查，译成密码的电报不予发送。最后他总算完事了，但又发现在那家弥漫着干草和杀虫药粉气味的旅店里根本没人知道科洛尔的行踪。她一定还在车站，他想。为了摆脱那个实在太饶舌、太殷勤的司机，他让车停在公路下边一百多码的地方，自己下了车，一个人穿过风雪向前走去。

一座房子外面立着两名卫兵，他从他们身旁走过，问去候车室怎么走。其中一个卫兵说，现在没有候车室了。

“我在哪里能询问点儿事情呢？”

那个高个儿卫兵建议他找站长。“站长办公室在哪儿？”那个人指了指第二座房子，但他又轻声补充说站长不在了，他在贝尔格莱德。这人显然是好心眼，迈亚特压了压自己的焦躁心情。他的同伴啐了口唾沫表示蔑视，嘴里犹太人长犹太人短地嘟囔着。“那我能去哪里询问事情呢？”

“还有少校，”那人迟疑地说，“要不你去找站长助理员吧。”

“你见不到少校，他回兵营了。”另一个士兵说。迈亚特心神恍惚地朝大门走了几步，他能听见里面轻微的谈话声。那个阴沉沉的卫兵突然发了火，变得凶狠起来，用枪托敲着迈亚特的腿。“滚开，我们不许奸细在这儿乱转，滚开，你这犹太佬。”迈亚特带着本民族特有的冷静退让了，他不知不觉地保持着表面的冷静，仿佛这也是他生来就有的特性，但在冷静外表下面，升腾着自重的年轻人的愤怒。他朝那士兵歪过身子，想冲那畜生般的通红面孔讲几句带刺的话，但他及时止住了。那士兵饥饿的小眼睛里闪动着仇恨和杀气，他惊恐地注意到危险的存在，好像所有引起仇恨和杀意的压迫、屠杀、枷锁、嫉妒和迷信都被驱赶到一个黑黢黢的小土坑里，而自己正站在坑边往下看。他眼瞅着那个把手指勾在扳机上的卫兵，身子退了回来。“我要见站长助理员。”他说。但他的直觉对他说：快点儿回到汽车那儿去，然后去追火车。

“不是这条路，”那个友善的卫兵在背后喊道，“在你那边，穿过铁路。”一阵风雪沿着铁路呼啸而过，迈亚特很感谢风雪把他和卫兵隔开了。他所在的地方风并不大，因为风一刮到建筑物之间的小胡同里就被挡住了，然后绕过墙角朝另一个方向吹去。他不知道自己为什么一定要留在这空旷而又危险的车站里；他对自己说，他并不欠那姑娘的情，他知道她也会这么想。“我们两清了，”她会这样说，“你给我买了车票，我让你享受了一番。”但她那无所要求、百依百顺的态度反而使他不忍舍弃而去。在这种毕恭毕敬的谦卑面前，人们只好摆出豪爽大度的姿态。他穿过铁路，推开了一扇门。一个头发蓬乱的男人正坐在桌前喝酒，背朝着迈亚特。迈亚特说：“我想问点儿事情。”他希望自己的语气威严有力。他无须害怕一个平民百姓。那人转过身来，他发现那人一看到他，眼神马上变得傲慢又狡诈，他的心一下子冷了下来。书桌上方挂着一面镜子，迈亚特一抬眼便在镜子中十分清晰地看到了自己的映像，穿着厚厚的皮大衣，身材短粗，鼻子突出。突然，他觉得人们也许不光因为他是犹太人，而且因为他在这个寒酸的环境中显出阔绰的气派而憎恨他。“什么事？”那办事员说。

“我想查问一个姑娘，”迈亚特说，“她今天上午从东方快车下来后被丢在站上了。”

“你这是什么意思？”助理员傲慢地问，“如果有谁下了车，他们就是下车了。不是被丢在站上了。今天上午列车在这里足足停留了半小时以上。”

“那好，有个姑娘出站了吗？”

“没有。”

“你是否检查一下车票，帮助查一查？”

“没有。我不是已经说过没人下车吗？你还在这儿等什么呢？我可没闲空。”

迈亚特突然意识到，即使接受那个助理员的意见结束寻找科洛尔，他也没有什么可遗憾的；他已经尽力而为，而且他将摆脱麻烦。一时间，他把科洛尔想作一条引诱男人进去的小胡同，到了尽头，一面没有窗户的墙挡住了通路。世上还有别的姑娘呢，他又想到了珍妮特·帕多，她好像是大街，两侧灯火辉煌，热热闹闹的店铺，大街总能通到什么地方去。他已经到岁数了，他渴望结婚，生儿育女，落户安家，传宗接代。但他的思想太精确了。他不能忘记科洛尔不怀任何结婚的奢望，只是一心想公正地报答他，一心喜爱他，这激起了他的良知。他耳边又响起了她的声音：“我爱你。”那声音有如出乎意料的奇怪的哭喊。他在门口转身回到办事员桌旁，决心不遗余力，尽力而为。她也许正困窘地待在什么地方，一文不名，一筹莫展，或许还惊骇不安呢。“有人看见她下了火车。”

助理员不耐烦地说：“你想让我干什么？跑到冰天雪地里去找她吗？我告诉你，我对她一无所知。我没见过她的影子。”当他看见迈亚特掏出钱夹，声音顿时拉长了。迈亚特取出一张五第纳尔的钞票，用手指轻轻捻平。“如果你告诉我她在哪儿，你可以得到两张票子。”办事员说话有点儿结巴了，泪水涌上了眼眶，遗憾万分地说：“我要是知道就好了。我要是知道的话，一定乐意效劳。”突然，他面带喜色，满怀希望地建议说：“你应该到旅馆去看看。”迈亚特把钱夹放回口袋里。他已经尽了人事，便出了门，朝汽车走去。

在过去这几小时中，太阳暗了下来，但天上飘飞的雪花晶莹闪亮，地上的雪堆洁白耀眼，都还显示着阳光的存在。此刻，太阳落山了，雪也像天空一样呈现出灰蒙蒙的色调；他在天黑之前是赶不回去了。待他来到汽车旁，他发现尽管散热器上盖了块毯子，但发动机还是冻住了，现在，连赶上火车的希望也十分渺茫了。

4

约瑟夫·格伦利希说："唱唱歌还真不赖。"虽说他抱怨这些歌空空洞洞，可他的眼睛已经哭红了。他费了好大劲儿才驱走了脑海中卖火柴的女孩和长着冰心的公主的形象。"想抓住我可没那么容易。"他绕着候车室走动起来，不时用潮润的拇指按按门窗。"我从来没进过监狱。也许你们感到吃惊，但这是真的。到我这般年岁了，可不能现在破这个例。况且他们还要把我送回奥地利呢。"

"那儿在抓你吗？"

格伦利希拉了拉背心，银制的小十字架抖动起来。"告诉你们我也不在乎。咱们是一条船上的人，不是吗？"他扭了扭脖子，态度突然变谦和了。"我在维也纳杀了人。"

科洛尔惊恐地说："你说你是杀人犯？"约瑟夫·格伦利希心想：我真想告诉他们。这事竟没人知道，太可惜了。眼疾手快？当然——“瞧那边，克鲁伯先生。”向上一抽线绳，瞄准，开两枪，那人动了几下就一命归西了，一切不过是两秒钟之内的事。但最好还是别说。他记起了他这行当中教人谨慎的格言和切忌炫耀的戒律——“天晓得会出什么事。”他把手指伸进衣领轻松地说，“我也是不得已。事关家门名誉。”他不再犹豫了。“他——怎么说才好呢？——他把我女儿的肚子弄大了。”这时他想起克鲁伯先生，他那又小又瘦的身材，他那怒气冲冲的话语：“真是乱七八糟。”他费了好大劲儿才忍住没笑出声来。

“你是说你杀了他，”科洛尔惊奇地问，“就因为他和你女儿好上了吗？”

约瑟夫·格伦利希斜眼打量着窗户，估算着从地面到窗口的距离。他举起手，漫不经心地问：“我有什么办法呢？她的名声和我的名声……”

“老天爷，”科洛尔说，“幸亏我没爸爸。”

约瑟夫·格伦利希突然说：“也许你有发卡吧？”

“你说什么，发卡？”

“小刀呢？”

“我没有发卡。我要发卡做什么？”

“我有把裁纸刀。”津纳医生说。他把刀子递过去，说：“我的表停了。咱们回到这里有多长时间了？”

“一个小时。”约瑟夫说。

“那么还有两个小时。”津纳医生沉思着说。其他两个人都没有听见他的话。约瑟夫手拿裁纸刀，蹑手蹑脚地向大门走去，科洛尔看着他。“小姐，到这儿来。”约瑟夫说。科洛尔走到他身边，他悄悄对她说："你有油脂吗？"她从提包里拿出一瓶冷霜交给他，他在门锁上厚厚地涂了一层，只留了一小块地方。他冲着自己轻轻笑开了，身体几乎弯成两折，眼睛对着门锁。"这也算把锁，"他满面喜色地小声嘟囔，"这也算把锁！"

"你要冷霜做什么？"

"让声音小一点儿，"他说，"让我干事时的声音小一点儿。"

他回到那冰冷的火炉旁，招招手把他们都叫到一起来。"那把锁根本不管事。"他压低声音对他们说，"如果咱们能调开一个卫兵，就能跑掉。"

"你会被枪打死的。"津纳医生说。

"他们不可能同时开枪打三个人。"格伦利希说。看见他们俩沉默不语，他又启发他们说："天很黑，还下着雪。"说完他就站到一边，等着他们作决定。他自己的头脑飞快地转动着。他将第一个跑出门，第一个跑开；他比那个老家伙和那个姑娘都跑得快；卫兵们会向那个最近的逃跑者开枪。

"我劝你留下来，"津纳医生对科洛尔说，"你在这里没有任何危险。"

格伦利希张开嘴想提出异议，但他什么也没说。他们三个人一起朝窗外张望，一个士兵斜挎着枪走了过来。"你打开门要花多长时间？"津纳医生问。

"五分钟。"

"那就干吧。"他敲了敲窗户，另一个卫兵走了过来。他那友善的大眼睛紧贴着玻璃朝候车室里窥望。屋子里比外边黑得多，他只能看见为了取暖而不停走动的模糊的身影。津纳医生把嘴靠近玻璃窗，用本国语言说：“你叫什么名字？”裁纸刀咔哧咔哧地刮着，有时刀子一滑就吱啦一响，但油膏使声音变得很低微模糊。

“尼尼奇。”一个幽微的声音透过窗户说。

“尼尼奇，”津纳医生慢慢地重复了一遍，“尼尼奇，我想，我过去在贝尔格莱德时认识你的父亲。”尼尼奇对这随口说出的谎话似乎毫不怀疑，他把鼻子紧贴在窗户上，但他看不见候车室里的情况，医生的面孔把一切都挡住了。“他六年前死了。”他说。

由于熟悉贝尔格莱德的穷人，熟悉穷人的饮食，津纳医生相当有把握地说：“是的，我认识他的时候他正害病。胃癌。”

“癌？”

“疼痛。”

“是的，是的，肚子疼。他就是那样的。一到晚上他就肚子疼，脸上直发烧。我母亲常常躺在他旁边用布给他擦汗。真没想到先生您认识他。是不是让我打开窗户，咱们好好聊一聊？”格伦利希的刀子还在嚓嚓地刮着，一个螺丝出来了，像根针似的叮的一声落在地上。

“不用了，”津纳医生说，“你的同伴会不高兴的。”

“他到镇上的兵营里找少校去了。有个外国人到这里来打听，他觉得有些不对头。”

“外国人？”津纳医生问。他嘴里发干，心里萌生了希望。“他走了吗？”

“他刚刚回到他的汽车那边去了，就在公路那边。”候车室里尽是阴影。津纳医生从窗边转过身来，轻声问：“怎么样了？能快点儿吗？”

“再有两分钟就行了。”格伦利希说。

“顺公路下去有个坐汽车来的外国人。他来打听过事情。”

科洛尔合起双手，轻柔地说：“你瞧，他来找我了。你还说他不会来呢。”她轻轻笑了，津纳医生小声劝她冷静一些，她说：“我并没有歇斯底里，我不过是觉得高兴。”她觉得这次历险虽然吓人，但到底还是件好事，证明了他喜欢她，不然他是不会不辞辛苦地跑回来的。他一定误了火车，她想，这样我们只好在贝尔格莱德过一夜，也许是两夜，她开始想象那些豪华的旅馆、晚餐以及他搭在她胳膊上的手。

津纳医生又回到窗前。“我们都很渴，”他说，“你有酒吗？”

尼尼奇摇摇头。“没有。”他又犹犹豫豫地加上了一句，“路那边，卢基奇有瓶拉基亚。”在暮色中那段路显得挺远的，没有月光照亮铁轨，站长办公室的灯光仿佛不止一百英尺，而是在一百码开外似的。

“做做好人，给我们搞点儿喝的吧。”

他摇了摇头。“我不能离开大门。”

津纳医生没有提出给他钱，他只是透过玻璃对尼尼奇说，他曾给他的父亲看过病。“当他疼得太厉害时，我就给他药片吃。”

“小圆药片吗？”尼尼奇问。

“是的，吗啡片。”

尼尼奇把脸贴在玻璃上，考虑着。人们可以看到思想像鱼一样在他那半透明的眼睛里游动着。他说：“真没想到是你给他的药片。他常常痛起来时吃一片，晚上也吃一片。吃了这药片他才能入睡。”

“是的。”

“我该给我老婆讲的事真是太多了。”

“酒呢？”津纳医生提醒他。

尼尼奇慢吞吞地说：“我离开时你们若是逃走了，我就要倒霉了。”津纳医生说：“我们怎么能跑掉呢？门上了锁，窗户又太小。”

“那好吧。”

津纳医生看着尼尼奇走开了，郁郁不乐地叹了口气并转过身来。“现在可以了。”他说。他叹气是因为他又失去了安宁，斗争又重新开始了。他那该死的责任要求他尽力逃脱。

“等一下。”格伦利希说，还在门那儿刮呀刮的。

“外面没有人。卫兵在铁路的另一边。你出了房门以后在房子之间向左连拐两个弯。汽车就在公路上。”

“我都知道。”格伦利希说，另一个螺丝叮的一声落在地上，“好了。”

“我要留在这里。”津纳医生对科洛尔说。

“但我不能。我的朋友就在下面公路上。”

“好了。”格伦利希怒冲冲地瞪了他们一眼，又说了一遍。他们聚集在门口。“如果他们开枪，”津纳医生说，“就拐着弯跑。”格伦利希拉开大门，雪刮了进来。外面并不像屋里那么黑；铁路对面站长室的灯光在窗户上映出卫兵的影子。格伦利希第一个钻进风雪中，他的头几乎弯到了膝盖上，像球一样一蹦一跳地往前跑。其他人也跟着跑了出去。一跑起来才感到步步艰难。风雪交加把他们往回赶：雪迷住了他们的眼睛，风阻挡着他们的步伐。前面有一个高高的铁柱，像大象一样有个长鼻子，是用来给火车头供水的。科洛尔一头撞到铁柱上，疼痛不堪地抽了口气。格伦利希远远地跑在她前头，津纳医生在她的身后不远，她能听见医生吃力的喘息。他们的脚步在雪地里悄然无声，他们不敢喊那辆汽车的司机。

没等格伦利希跑到建筑物之间的空地上，一扇门砰地打开了，有人大声喊叫着，还砰地响了一枪。格伦利希开头跑得猛，此时已精疲力竭了。他和科洛尔之间的距离渐渐缩小了。卫兵又开了一枪，科洛尔听见子弹从头顶老高的地方嗖地飞过。她不知道是不是有意向空中瞄准的。再有十秒钟，他们就能绕过墙角，跑出他的视野范围，而且汽车上的人也就能看见他们了。她听见又响起了摔门声，一颗子弹把她身边的雪打得飞起来，她加快了脚步。到达墙角时，她和格伦利希几乎已经肩靠肩了。津纳医生在她身后喊了一声，她想他一定是在鼓励她再跑快些。转过墙角之前，她回头看了一眼，只见医生用双手扶着墙壁。她停下来，喊道："格伦利希先生。"但他根本没理她，急急地绕过墙角，不见了。

"往前跑呀。"津纳医生说。

从地平线上几缕薄云后面散射出来的光芒消退了。"抓住我的手。”她说。他照她的话做了，尽管他用一只手扶着墙，竭力减轻她的负担，但对她来说，他毕竟是太重了。他们到达了墙角。透过暮色和飞雪，那辆汽车的尾灯在一百多码开外闪烁着，她停了下来。“我搀不动了。”她说。他没有回答，她把手抽开，他软软地滑倒在雪地上。

她犹豫了几秒钟，不知该不该撇下他走掉。她确信不移地对自己说，这个人是绝不会勉强她的。不过他的处境很危险，而自己却没多大危险。她踌躇不决地站在那里，弯下身来看了看他那衰老苍白的面孔；她发现他的胡子上沾着血。从墙角那边传来说话声，她没有选择的余地了。津纳医生背靠一扇虚掩的大门坐着，她把他拖进屋里，关上门，但没敢插门闩。有人跑了过去，一架发动机突突地响着。随后那辆汽车吼叫着启动了。距离削弱了声音的强度，使它成为一种低沉的嗡嗡声。这间小屋没有窗户，里面漆黑一片，现在她即使想离开医生也为时太晚了。

她摸了摸津纳医生的衣袋，找出一盒火柴，擦着一根火柴，看见屋顶像豆茎一样丫丫杈杈地横在当头。屋子的一边堆满了东西，有半墙高的样子。她又划着一根火柴，看到许多鼓鼓囊囊的麻袋堆了有两人多高。津纳医生的右边口袋里有一份折叠的报纸，她撕下一页，卷成一个纸捻，这样她就能有足够的光亮把医生拖到屋子另一头去，她担心卫兵随时都可能打开大门。但他的身体太重了。她把纸捻挨近他的眼睛，想看看他是否还有知觉，呛人的烟气使他苏醒过来。他睁开眼睛，不解地看着她。她小声说：“我想把您藏到麻袋堆里。”他似乎没有听懂，她又非常缓慢、清晰地重复了一遍。

他说："我不说英语[1]。"

天哪，她想，我刚才要是离开他就好了；我现在要是在那辆汽车上就好了。他准是快死了；他根本听不懂我的话，想到自己将要孤零零地和一个死人待在屋里，她心中充满了恐惧。这时火焰熄灭了，被灰烬压灭了，她四肢着地跪在地上寻找报纸，撕下一页，折好，又搓成一个纸捻。然后，她发现自己不知把火柴放在哪里了，只好又趴在地上四下摸索。津纳医生咳了起来，靠近她手边，有什么东西正在地上蠕动。她以为是老鼠，吓得差点儿叫出声来，但等她终于找到了火柴，点亮纸捻之后，才发现是医生在挪动身子。他歪歪扭扭地向屋子尽头爬去。她想给他引路，但他却似乎没看见她。他缓慢地爬过屋子，在这一段时间里，她一直暗自奇怪为什么竟没有一个人到这里来看一眼。

当津纳医生爬到麻袋堆边上时，他已经一点儿力气也没有了。他趴在地上，脸埋在麻袋堆里，嘴里往外流着血。一切责任又都落在科洛尔肩上。她不知道他是不是快死了，就把嘴贴近他的耳朵说："要我帮忙吗？"她怕他用德语回答，但这一次他却清楚地说："不必，不必。"不管怎么说，她想，他是个医生，他一定知道。她问他："我能为你做点儿什么？"他摇摇头，闭上了眼睛。他已不再流血了，科洛尔认为他好点儿了。她从麻袋堆上拖下几只麻袋，摆成一个刚够容纳他们两个人的小窝，又把麻袋堆放在进口处，好让站在门口的人无法看见他们。麻袋里装着粮食，十分沉重，她还没完成这项工作，就听见人声喧闹起来。她

1　原文是德语。

缩着身子蜷伏在小窝里，把手指交叉起来[1]。门打开了。一道手电光在她头顶的麻袋上晃了几下。随后门又关上了，一切恢复了沉寂。过了好久，她才鼓起勇气，完成了堆放麻袋的工作。

“我们要误火车了。”迈亚特说，同时注视着司机一圈一圈地转着摇把，自动启动器已经失灵了。

“我会加速把你送回去。”司机回答，最后，发动机终于启动起来，隆隆地响了两声便沉寂下来，接着又启动起来。“现在上路吧，”他说。他爬上座位，打开前灯，当他摆弄着发动机，想使它吼叫得平稳些时，他们身后的暮色里响起了一道爆炸声。“怎么回事？”迈亚特问，他以为是汽车发动机逆燃了。爆炸声再次传了过来，不一会儿，像瓶塞迸起似的又响了一声。“他们在车站打枪呢。”司机说着把手按在自动启动器上。迈亚特拍了拍他的手，让他松开。“咱们等一等。”

他重复道：“等一等？”接着又赶紧解释说，“是当兵的，咱们最好快走开。”他不知道迈亚特心里是多么赞同他的意见。迈亚特早已是心惊胆战了；他从士兵的态度中看出了下毒手的杀机；但他却很固执，他觉得竭尽全力在苏博蒂察找到那个姑娘方能问心无愧。

“他们来了。”司机说。有人沿着公路从车站那边跑了过来。起初，纷飞的大雪遮挡住了他，过了一会儿，他们才看到了一个左躲右闪的身影。那人又矮又胖，却以惊人的速度朝他们冲

1 英国人的一种迷信的习俗，认为这样会带来好运气。

来，一把抓住车门想往车上爬。“出什么事了？”迈亚特问他，他喷着唾沫说：“快开车。”车门拉不开，他从车门上方爬了进去，上气不接下气地栽倒在后排座位上。

“还有别人吗？”迈亚特问，“就你一个吗？”

“是的，是的，就我一个人。”那人拼命想使他相信，“快开车走吧。”

迈亚特向后倚过身去，想看清他的面孔。“没有一个姑娘吗？”

“没有，没有姑娘。”

车站建筑物附近什么地方亮光一闪，一颗子弹擦过挡泥板的铁皮。司机不等吩咐，一踩油门，汽车在坑坑洼洼的公路上颠簸着跑开了。迈亚特再一次细细地端详起陌生人的面孔来。“你是坐伊斯坦布尔快车来的吧？”那人点点头。“在车站没看见一位姑娘吗？”那人忽然滔滔不绝地讲了起来。“我把经过原原本本地告诉你。”他的话很不清楚，仿佛横冲直撞的汽车吞掉了不少词句。他说自己因为没向海关申报一条花边，一条很小很小的花边而被拘留了，当兵的虐待他，在他逃跑时还开枪打他。“你没看见一个姑娘吗？”

“没有。没有姑娘。”他带着一副诚挚坦白的表情迎着迈亚特的目光。只有长时间的观察才能在他那呆滞的眼神背后发现一点儿邪恶的火花，一丝狡诈的闪光。

木墙在狂风中摇抖着，但在这间没有窗户的漆黑小屋里，躺在麻袋中间，却相当暖和。津纳医生来回翻动着身子，想减轻胸口的疼痛，但疼痛却缠着他不放，只是在翻身的一刹那间似乎略感轻快一点儿，一旦身子停住不动，苦痛便又袭来。有时，他听到外面的风声，便错把落雪的沙沙声当成海边滚动的石子的声音。此时此刻，他在谷仓里回忆起流亡国外的岁月，一幕幕栩栩如生；他不由得背起德语的变格和法语的不规则动词来。但他的抵抗意志削弱了，他未能向残害自己的敌人显示出不屈不挠、蔑视嘲弄的态度，却凄然泪下了。

科洛尔·马斯克把他的头放在一个比较舒服的位置上，但他又把头挪开了。他把头反过来，转过去，嘴里念念有词，泪珠从脸颊上滚下来，落在胡髭上。科洛尔不再试图帮助他了，她竭力使自己耽迷在对往事的回忆之中，以忘却心中的恐惧。因此，假如两个人的思想都能向对方显现出来，这个谷仓中就会出现一幅混杂的奇异图景。在打出“宝贝剧团”字样的五颜六色的彩灯下，一个教士把长衫往胳膊上胡乱一搭，拿起一截粉笔朝黑板冲了过去；舞台小门内外，代理人门前楼梯上下，孩子们叫骂着互相追逐。在灰色的海岸区的一座玻璃房中，一个女人正向邻居诉说心事，同时却响着钟声，表示喝茶或上教堂的时间到了。

“水[1]，”津纳医生喃喃低语着。“你想要什么？”她朝他俯下身子，想看看他的脸。“水。”

“要不要我叫个人来？”他没有听见她的话。

“你想喝点儿什么吗？”他根本不理睬她，只是一遍又一遍地用德语重复着“水”。她知道他还处于昏迷中，但她实在是筋

1 原文是德语。

疲力尽了，而且他老是有问无答，也真叫她恼火。“那好，你就躺着吧。我反正已经尽心尽力了。”她爬开了，尽可能离他远些，想躺下睡一会儿，但墙壁摇动着，使她无法入睡，哀号的狂风使她有不胜孤凄之感，于是又爬回到津纳医生身边寻求慰藉。“水。”他又喃喃说。她用手摸了摸他的脸，他的皮肤又干又热，她不禁吃了一惊。也许他需要喝水，她想。她踌躇了一会儿，不知去哪儿找水，后来她恍然大悟，雪就是水嘛，她四周到处都在下雪，小屋的墙根下也堆着雪。对于该不该给一个发烧的人喝水，她多少还有点儿疑惑。但一想起医生干热的皮肤，她还是顺从了自己的怜悯之心。

尽管水近在咫尺，搞到水却并非易事。她必须点燃两个纸捻，从麻袋堆成的小窝中爬出来，还不能让它们熄灭。她大胆地打开屋门，因为她现在几乎希望被人发现，可是，外面夜色黑沉沉的，四周没有一个人影。她捧了一把雪回到屋里，关上门；关门时带起的风把燃着的纸捻吹灭了。

她喊了津纳医生几声，但他没有回答她；她想他可能已经死了，心里充满了惊恐。她一只手向前伸着，摸摸索索地往回走，一堵墙壁挡住了她的去路。她停了一会儿才又走动起来，这时，她高兴地听见了窸窣的响动。她向出声的地方走去，却又一次被墙挡住了。她更害怕了，心想，这一定是老鼠在跑动。手里的雪开始融化了。她又喊了一声，这一次有人轻声回答了她。声音近在眼前，吓了她一跳，她伸手向旁边一摸，就触到了麻袋成堆的壁垒。她笑了，但马上又制止了自己。现在可别歇斯底里，大事小事全仗你了。她想，这是第一场由她主演的戏，心里多少舒服了一点儿。然而，在一片漆黑、没有掌声的情况下，是很难信心十足地进行表演的。

当她找到麻袋堆里的小窝时，手里的雪多半已经撒掉或融化了，她把剩下的东西塞到医生的嘴里。这似乎使他感到舒服。雪在他的嘴唇上融化了，一点点滴入牙缝，他一动不动地躺着。他太安静了，科洛尔点了根纸捻观察他的面孔，她惊喜地发现，他的目光是那么清醒专注。她对他说了句话，使他头脑里思绪万千，没顾上回答她。

他躺在那里，思索着自己的处境，回味着二次失败的痛苦。他知道自己快要死了；由于舌头触到了冰凉的雪水，他清醒了过来，起初还有些茫然不解，随后便记起了所有的事情。他从身体的疼痛可以判断是什么地方中了枪弹，他知道自己正在发烧，知道自己体内有一处致命的内伤在出血。他想到应该把嘴唇上的雪擦掉，随即他又意识到，如今他只需对自己负责，不必顾及别人了。

当那姑娘点纸捻时，他正在想：格伦利希已经逃脱了。对基督徒来说，那坏蛋得以逃脱而自己却面临死亡的事实是多么难以解释啊，想到这里，他颇为高兴。他幸灾乐祸地微微一笑。但没过一会儿，他早年的基督教教养便很有讽刺意味地报复了他，因为他本人也开始试图解释这几天发生的一切，开始考虑自己犯了什么错误而别人又何以能获得成功。他看见他们乘坐的那列快车火箭般地划破夜空。他们使尽浑身解数扒在列车上，一会儿倒向这边，一会儿倒向那边，身体的平衡点不断改变着，一会儿朝这边歪，一会儿朝那边斜，必须非常机敏灵活，随机应变。嘴唇上的雪完全融化了，不再让人觉得冰凉清醒了。那根纸捻还没烧到头儿，他的眼前就已是一片模糊，巨大的棚舍载着许多麻袋从他身旁飘然离去，进入黑暗之中。他不觉得自己是在屋子里，他觉得自己被丢到后面，眼睁睁地看着屋子消失了。他的思想变得错乱了，觉得自己脚下有时像是一只船，有时像一颗彗星，要不然就是地球，或者只是从奥斯坦德到伊斯坦布尔的快车，但他到处都无法站稳脚跟，于是很快就跌进了无际无涯的太空。他连气都透不出来了，心胸俱空，齿发生寒。父亲和母亲点着满布皱纹的瘦削面孔向他致意，跟着他穿过太空，越过一群流星，告诉他，他们很高兴，很感激他，因为他做到了鞠躬尽瘁，因为他始终是忠诚不渝的。他被重力向下拖去，浑身疼痛难忍，他想说正是由于忠诚他才如此倒霉，人应该左右逢源些，但他透不过气来，不能回答他们，只好一路上倾听着他们那些安慰人的假话，万分痛苦地往下落着，落着。

在这间谷仓里无法知道夜的进程；科洛尔划着一根火柴看了看手表，失望地发现时间流逝得很慢。后来，火柴越来越少了，她就不敢再划了。她寻思是否应该离开这里去自首，因为她现在对再见到迈亚特已不存希望了。迈亚特已来过了，他的所作所为已超过了她原来的期望；他不会再跑回来了。可是她害怕外面的世界，不是怕士兵，而是怕代理人，怕那长长的楼梯，怕房东太太，怕过去的生活。只要她还躺在津纳医生身旁，她就多少还保持着一点儿同迈亚特有关的东西——两个人都有的一段回忆。

当然，她对自己说，我能给他写信，但他可能要在几个月之后才会回到伦敦。她不在他身旁，不能指望他的感情或情欲保持这么长时间。她也知道，当他回来以后，她能叫他来看望自己。他会觉得起码应当请她吃顿午饭，可是，“我并不是图他的钱。”她在黑暗的谷仓里，躺在一个濒死的人身边，响亮地低声说。她感到孤独，又意识到自己，天晓得是为什么，爱着那个犹太人，这些使她突然产生了抗争之心。为什么不呢？我为什么不该给他写信呢？他也许乐意收到我写的信，他也许仍然需要我呢，就算他不要我了，我为什么就不能去争取一下呢？老那么正正经经、规规矩矩，我都腻味了。她冲自己嚷，真不值得规规矩矩，这时她的思想同津纳医生非常接近。

但她又十分清楚，规矩正派是她的天性，她生来如此，只好尽量利用这种气质。换一种玩法的话，她就会变成生手，该表现柔弱时却冷酷无情，该硬起心肠时却大发慈悲。即使现在，她也没有过多羡慕同迈亚特一起驱车驶入黑暗之中的格伦利希，她只是怀着愚蠢的忠贞怀念迈亚特，她回想着最后看见他在餐车上用手抚弄金烟盒的模样。但同时她又明白，迈亚特身上其实并无值得自己如此痴情的品质，只不过她乐于如此，而他待她还不坏就是了。事情只不过如此而已。她忽然又想到津纳医生，不知他的情况是否同她差不多，他对人太忠实了，其实对人狡诈些倒更好一点儿。她听见他在黑暗中艰难的呼吸声，心里一点儿不带怨恨或批评地再次说，这真不值得。

迎着汽车前灯的光芒突然跃出了一条岔路。司机一愣，犹豫得久了一点，结果只好用力一扭方向盘，汽车以两只轮子为轴转了个大弯。约瑟夫·格伦利希从座位这一边栽到了那一边，吓得直喘粗气。直到四只车轮都着地以后，他才斗胆睁开了眼。他们离开了大路，汽车在一条乡间小道的辙印上颠簸行进着，耀眼的灯光映亮了正在抽芽的树木，看起来宛如一幅纸版画。迈亚特从司机身旁的座位上探过身来解释说：“他想绕开苏博蒂察，从一条放牲口的小路穿过铁路线。你最好抓牢点儿。”树木突然消失了，两侧出现了茫茫的雪原，汽车吼叫着冲下山去。小路被牲畜踩成了一摊烂泥，之后又上了冻。下边，两盏红灯猛地跳入他们的眼帘，一小段铁轨斑斑点点地闪着绿光。两盏灯前后摇动着，透过发动机的轰响，可以听见有人在叫喊。

“从他们那儿冲过去吗？”司机冷静地问。他的脚已经准备踩油门了。“不必，不必。”迈亚特大声说。他觉得没必要为一个素不相识的人而招惹麻烦。他能看见那些手持提灯的人。他们穿着灰军服，拿着枪。汽车越过第一条铁轨，像一条搁浅的船歪着身子停住了，正停在士兵中间。一名士兵说了几句话，司机译成德语：“他要查证件。”

格伦利希架着二郎腿静静地斜倚在座位上，一只手悠闲地抚弄着银表链。一名士兵瞅他，他便微微一笑，点了点头；谁都会把他当成带着秘书外出的阔商人。倒是迈亚特显得坐立不安，他蜷缩在皮大衣里，记起了路旁女人骂“臭犹太佬”的吼声，以及哨兵眼中的杀机和办事员的怠慢。在你世界的这些荒僻边远的角落里，在封冻的土地和瘦弱的牲畜中间，那些几乎已化为历史陈迹的古老的仇恨却依然存在着。有个士兵提着灯照了照他的脸，轻蔑地不耐烦地重复了一遍他的要求。迈亚特拿出护照，士兵倒拿着护照，仔细查看了上边的狮子和独角兽，然后说了一句德语：

“英国人吗？”

迈亚特点点头，士兵把护照扔回到座位上，又仔细查看起司机的证件来，他的证件像一本儿童读物，打开后拖成长长的一条。约瑟夫·格伦利希小心翼翼地向前探了探身子，从前排座位上拾起迈亚特的护照。当红光晃到他脸上时，他咧嘴一笑，挥了挥护照。士兵把他的同伴叫了过来，两个人站着，在灯光下打量他，低声交谈着，根本没注意他的姿态。“他们要干吗？”他抱怨了一声，却仍然满脸堆笑。一个士兵下了命令，司机把话译了过来：“站起来。”

他遵命站了起来，一手拿着迈亚特的护照，另一只手抓着银表链。两个士兵举灯将他从头到脚照了一遍，他没有大衣，在寒气中哆嗦着。一个士兵笑起来，用手指戳了戳他的肚皮。“他们想看看是不是真的。”司机解释道。

“什么是不是真的？”

“你的胖肚皮。”

约瑟夫·格伦利希面对侮辱只能强扮欢颜，一个劲儿微笑着。这两个不知名的笨蛋伤害了他的自尊心，而且今生他再也没机会碰见他们了。他一向是睚眦必报，这是他的骄傲，也是他此时此刻的苦恼。将来总得有什么别的人当替罪羊，让他出掉这口恶气。他用德语恳求司机说：“你不能从他们身上冲过去吗？”眼下他只好如此了。两个士兵逐条逐点地议论他的时候，他笑容满面，手里摇着护照。随后士兵向后退了退，点点头，司机按了按自动启动器，汽车开过了铁路，慢慢爬上一条布满辙印的长长的小路，格伦利希回头看了看，两盏红灯像纸灯笼似的在黑暗中上下晃动着。

“他们想干什么？”

“他们在找什么人。”司机说。其实约瑟夫心里最明白。不正是他在维也纳杀了克鲁伯吗？不正是他一小时之前从卫兵的眼皮下逃出了苏博蒂察吗？不正是他格伦利希动作迅速，从不迟疑，堪称机警麻利吗？他们封锁了所有的路口，但他还是溜出来了。但是，他脑子里也闪过了一个隐秘的念头：如果他们找的是他，他是混不过去的。他们正在搜索别的人。他们认为别的什么人更重要。他们发出了有关那个动作迟缓的老医生的特征描述，却没提他约瑟夫·格伦利希，尽管他杀了克鲁伯，而且吹嘘自己“五年没进过班房”。他甚至忘却了对开快车的恐惧。他们乘坐的老爷车嘎嘎乱响，在黑暗中颠颠簸簸地行驶，格伦利希一动不动地坐着，心中思忖着世道的不平。

科洛尔怀着一种陌生的异样感觉醒了过来。她坐起身来，装着粮食的麻袋在身下窸窣作响。这是唯一的响动，下雪声已经停了。她倾听着，惊恐地意识到自己是孤零零的一个人。津纳医生死了，她听不到他的呼吸声了。从很远的地方，一辆汽车换挡的声音透过幽幽的夜色传到她耳朵里。那声音如同摇尾乞怜的狗一样，来到了她的身旁。

要是津纳医生已经死了，她想，我就不必待在这儿了。我要去找那辆汽车。就算是当兵的在开车，他们也不能把我怎么样，说不定……真希望在这句话中留下一段空白，像饥饿的小鸟张着嘴一样。她跪立起来，伸出一只手撑住身体，又摸了摸医生的脸。他的脸还有热气，但一动不动，她在他嘴边触到一层像老皮那样又脆又干的淤血。她尖叫了一声，随后安静下来，心里也有了主意。她摸到了火柴，点起一根纸捻，但她的手颤抖着。她肩负的重任虽说尚未完全压垮她的神经，也真让她有点儿吃不消了。过去一个星期里似乎每天都遇到需要她决定的问题，每天都产生需要她掩饰的恐惧："有个在君士坦丁堡演出的活儿。干不干随你。楼梯上还有十几个姑娘呢"；迈亚特把车票塞进她的包里；房东太太唠唠叨叨地说这说那；还有奥斯坦德码头上轮船的事务长叫她记住他时，突然袭来的对异国他乡的畏惧感。

在纸捻的火光下，医生睿智的目光又一次使她惊骇不已。但这是凝固的、僵死的智慧。她看看旁边，又转头看看他的脸，那目光依然如故。我不知道他会这么吓人，她想，我不能再待了。她甚至担心他们会把医生的死归罪于她。这些外国人，她听不懂他们的话，他们什么事都能干出来。可是，由于某种奇怪的好奇心，她仍旧耽搁着。纸捻越烧越短了。他有过女朋友吗？想到这里，她觉得医生也没什么了不起的，他不再是一个令人生畏的死者。她更仔细地瞧了瞧他的面孔，这以前她从来没敢这么做。风度随生命一起消失了。她第一次注意到他脸上的线条极为粗糙，如果不是这样瘦削，这张脸一定会令人生厌；也许正是由于他总是食不果腹，忧虑重重，他的面容才显出几分智慧和敏锐。即使在死后，在一小条报纸燃起的摇曳的蓝光下，那张面孔也极为古板，没有一点儿幽默。也许他和大多数人不一样，从来没有过女朋友。她想，如果有个人同他生活在一起，偶尔笑话笑话他，他就不会落到现在这步田地；他就不会凡事都那么认真，他也会学得见怪不怪，听其自然，那是唯一的活路。她摸了摸那长长的胡髭。这把胡子挺可笑，也招人可怜，却永远不会显得英勇悲壮。这时纸捻熄灭了，她看不见他了，过不了多久，她会完全忘记他，从这种意义上讲，他已经被埋葬了。外面传来了微弱的脚步声和汽车行驶声，她的思想立刻被引了过去。她方才的叫声让人听见了。

从那扇关不严的房门底下，窄窄一道光淌流进来；门外响起了说话声。一辆汽车发出低沉的嗡嗡声，从外面的公路上驶了过来。脚步声离去了，一扇门被打开，透过谷仓薄薄的墙壁，她听见有人在隔壁的麻袋中搜寻；一只狗抽着鼻子嗅着。这使她想起过去的一个星期天，平坦单调的诺丁汉田野，她曾和一小伙矿工一块去抓老鼠，还有一只名叫花花的狗。花花从谷仓里跑进跑出，而他们所有人围成一圈，手里拿着棒子。门外有人在争论，但她一点儿也听不清楚。汽车停住了，但发动机还在轻轻转动。

棚屋的门被打开了，手电光向上一晃，照到了麻袋上。她用胳膊肘撑起身体，透过麻袋围垒的缝隙向外看，她看见了那个戴夹鼻眼镜、脸色苍白的军官和那个在候车室外警卫的士兵。他们穿过屋子朝她走来，她的精神一下子垮了，坐等别人发现自己的过程是那么漫长，她再也受不了啦。那两个人半转过身正要往回走，她站了起来，叫道："我在这里！"军官猛地转过身来，拔出手枪。随后他看清了这人是谁，仍站在屋子中间，端着手枪，问了她一个问题。她觉得自己理解他的意思，就说："他死了。"

军官下了命令，士兵走上前来，慢吞吞地动手把麻袋拖开。就是这个士兵拦住了她去餐车的路，因而她非常恨他，但当他抬起脸，可怜巴巴而又满怀歉意地朝她笑笑时，她的恨意全消了，这时那个军官在他背后有点儿不耐烦地斥骂着。他拖开小窝口上最后一个麻袋，他们俩的脸差点儿碰上，在那一瞬间，她觉得自己就像跟一个性情平和的人谈了话似的，获得了某种慰藉。

彼特科维奇少校见医生一动不动，于是就穿过屋子，把手电径直照到死者的面孔上。在手电光的照耀下，医生那长长的胡子显得发白，睁开的眼睛像玻璃一样反射着光线。少校把手枪向士兵递过去。那士兵霉头霉脑的外表上，快活的天性和残留的一点儿单纯的幸福感一下子崩毁了，好似一所楼房的各层地板全部倒塌，只剩下墙壁还立在那里。他吓坏了，话也不会说了，一动也不动；手枪依然留在少校的手掌上。彼特科维奇少校倒没有动怒；他透过金丝夹鼻眼镜好奇而又坚定地瞅着对方。他对兵营中人们的各种情感了如指掌，在他的书架上，除了有关德国战略的旧书外，还有一小排关于心理学的书，他像忏悔牧师一样熟悉每个士兵的心，知道他们如何残忍又如何善良，何等狡猾又何等单纯；他知道他们的乐趣所在：拉基亚酒、赌博和女人；他也知道他们的抱负，尽管这种抱负只不过是想给老婆讲点儿惊人或有趣的新闻而已。他最擅长因人而异地整治这些士兵，晓得如何摧毁他们的意志。刚才他嫌那士兵搬麻袋的动作太慢而很不耐烦，但现在却一点儿也不动气；他任凭那枪留在手掌上，冷静地重复了一遍他的命令，同时透过金丝眼镜盯着那个士兵。

士兵低下头来，用手擦了擦鼻子，痛苦地斜视着地面。随后他接过手枪，对准了津纳医生的嘴。这时他又迟疑起来。他抓住科洛尔的胳膊，用手一推，使她脸朝下倒在地上。她趴在那里，听见一声枪响。那士兵使她免于目睹惨状，却不能使她不去想象。她跳了起来，向门口跑去，一边跑一边阵阵作呕。她曾盼望摆脱黑暗，但屋外汽车前灯的强光朝她射来时却有如当头一棒。她倚着门，竭力想站稳点儿，她感到无比孤独，比刚才醒来发现津纳医生死了时更孤独；她痛苦，绝望，她需要迈亚特。而人们在汽车旁边争吵着，空气中散发着淡淡的酒气。

“这是他妈的怎么啦？”有人说，那群人往两边分开，沃伦小姐在中间出现了。她面孔红肿，但得意洋洋。她抓住科洛尔的胳膊。“出什么事了？不，现在别对我讲。你病了，你马上和我离开这里。”士兵们站在她和汽车之间，少校从屋里出来，走到人群中。沃伦小姐急促地低声说：“对他们要事事顺着来，只管多说好话。”她伸出结实的大手拉住少校的衣袖，讨好地说了起来。他想打断她，但她的滔滔话语冲走了他的声音。他摘下眼镜擦了擦，有点儿不知所措。威胁是无济于事的，她会整夜纠缠着提抗议，而且她的话言之成理，这对他很有诱惑力，拒绝有理的事情是违背他天性的。在这番道理背后，她还隐约流露出另一层迥然不同的、更有价值的理由，一种重要的外交因素。他又擦了擦眼镜，点点头，向她让步了。沃伦小姐抓住他的手，紧紧握了一下，她的印章戒指在他那直往回缩的手指上压出一道深深的印痕。

科洛尔软软地倒在地上。沃伦小姐摸了摸她，她晃了一下，想挣脱出来。嘈杂的人声消失了，在寂静之中，大地在她眼前晃动起来。很远的地方有个声音说：“你的心脏不好。”她又睁开了眼睛，以为在身体下方会看见医生那衰老的面孔。但她却躺在一辆汽车的后座上，沃伦小姐正在给她盖毯子。她倒了一杯白兰地，端到科洛尔嘴边；汽车发动机的抖动使两人摇晃着碰到一起，酒泼洒到科洛尔的下巴上；科洛尔朝着面前那张有八九分醉意、通红而又温柔的面孔笑了笑。

“听着，亲爱的，”沃伦小姐说，“我先带你回维也纳。到维也纳我就能往回发电讯稿。如果有哪个臭下流坯想打你的主意，什么也别说，连个‘不’字也不要说。”

科洛尔一点儿也没听懂这话的意思。她的胸口隐隐作疼。汽车转了个弯向维也纳驶去，车站的灯光熄灭了，她依然执着地思念迈亚特：不知他现在到哪里了。胸口的疼痛使她呼吸困难，但她决心忍住痛不出声。她的脑海里浮现出他的容颜；她的耳边回响着他的絮絮低语，诉说着他们将在君士坦丁堡一起生活的打算；只要一张口，描述疼痛症状或要求帮助，她就会失去这一切幻象。我绝不会先负情，她固执地想着，同力图占据她思想的其他画面拼命斗争着：黄昏公路上汽车灯发出的闪闪红光，纸捻火光下津纳医生凝滞的目光；最后，她还同疼痛，同艰难的呼吸，同哭喊的愿望，同头脑的昏迷拼命搏斗，它们要剥夺她头脑中所有的幻象，包括她尽力驱赶的津纳医生的形象。

我记着呢，我没有忘记。但她还是忍不住喊了一声。这声音很低，被汽车的嗡嗡声淹没了。沃伦小姐没听见她的呼叫，也没听见她随后的喃喃低语：“我没有忘记。”

“独家消息，”沃伦小姐用手指敲着毯子说，“我要让它成为独家新闻。这是我的报道。”她自豪地说，在满脑子的大字标题和大号铅字后面，在她思想的隐秘深处，她唤出了另一个梦境：穿着睡衣的科洛尔在倒咖啡，穿着睡衣的科洛尔在调鸡尾酒，在装饰一新和恢复生气的公寓里，科洛尔悄然安睡。

第五部

君士坦丁堡

“喂，喂，卡尔顿·迈亚特先生到了吗？”

那个瘦小活泼的亚美尼亚人，扣眼里插了朵鲜花，操着可与他整洁合身的晨礼服相媲美的英语回答说：“没有。我想是没来。要留什么话吗？”

“火车肯定到了吧？”

“没有。车晚点了三个小时。据我所知，火车头在贝尔格莱德附近抛了锚。”

“请告诉他，乔伊斯先生……”

“那么，”接待员在柜台上朝两个迷人的美国姑娘探过身去，俨然像个老朋友，“我该建议你们二位今天下午做点儿什么呢？找个向导逛逛市场吧。”两个姑娘张着嘴看着他，扬着修过的漂亮眉毛。

“也许就是您，卡利布甸先生。”她们俩几乎是异口同声地说；但接待员随着电话铃声转过身去了，她们那贪婪而又纯真的大眼睛紧紧盯着他。“喂，喂。私人长途电话？好的。喂。不，卡尔顿·迈亚特尚未到达。他随时可能来。需要我传个口信吗？

您六点再来电话。谢谢。”

“啊，”他对那两个美国人说，“如果我能为二位当向导，那我真太高兴了；可是我得忠于职守。不过，我有个表亲，我将安排他明天早上到这里来和你们碰头，带你们到市场去。我建议你们今天下午叫辆出租车取道竞技场去蓝色清真寺。然后去看看罗马水宫。你们可以在佩拉的俄国餐馆吃茶点，再回到这里吃晚饭，晚上我将给你们推荐一个剧院去看戏。如果你们没有异议，我这就从一家可靠的车行给你们叫辆出租车供下午用。”

她们马上同声答道：“那太好了，卡利布甸先生。”于是，他就给他那位在佩拉经营出租车行的第三代表亲打电话，而那两个姑娘则穿过大厅朝灰扑扑的糖果摊走去，捉摸着该不该给他买盒糖果。这座瓷砖墁地的花花绿绿的大旅馆建于战前，有来自各国的工作人员和仿蓝色清真寺风格的餐厅。现在政府迁到了安卡拉，君士坦丁堡受到希腊港口比雷埃夫斯的竞争压力，这家旅馆也有些今不如昔了。旅馆裁减了职工，你在宽敞空荡的大厅里逛来逛去，常常连一个侍者也碰不到，那些电铃众所周知是永远按不响的。不过，在接待台上，卡利布甸先生还总是穿着剪裁得体的服装，与普通的懒惰倾向做着斗争。

“卡尔顿·迈亚特先生来了吗，卡利布甸？”

“没有，先生，火车晚点了。您愿意等一会儿吗？”

“他有会客室吗？”

“当然啦。来，伙计，带这位先生到迈亚特先生的房间去。”

“他来了就请把我的名片交给他。”

两个美国姑娘决定不送卡利布甸一整盒的土耳其软糖了，不过，他是那么殷勤，那么可意，她们实在想为他做点儿什么，可又不知该怎么办，一时站在那里发呆。这时，他突然出现在她们跟前。“你们的车来了，女士们。我给了司机详细的指示。你们会发现这是一位最可靠的司机。”他领着她们走出旅馆，看她们安全地乘车离去。小小的忙乱和喧闹像灰尘一样平息了，卡利布甸先生又回到寂静的大厅。刚才那一会儿，旅馆里真有当年旅游旺季时的兴隆景象。

整整一刻钟里没有一个人进来；只有一只早来的苍蝇被寒冷的天气冻坏了，嗡嗡地撞死在一扇玻璃窗上。卡利布甸先生给管事的房间打了个电话，了解到已经给各房间供热以后，就把双手放在膝盖间呆呆地坐着，无事可想，也无事可做。

转门转呀转呀，进来了一伙人，头一个是迈亚特，后面跟着珍妮特·帕多以及萨沃里先生，还有三个搬行李的脚夫。迈亚特很快活。这里是他选中的领地；一家国际性的旅馆就是他熟悉的绿洲，不管它多么空寂。没等卡利布甸先生上前来迎接他，苏博蒂察的那场噩梦就已悄悄消退，不再像是真实经历了。他很高兴能让珍妮特·帕多看见自己在遥远异乡最好的旅馆中受到怎样的礼遇。

“您好吗，卡尔顿·迈亚特先生？您来了可真是太好了。”卡利布甸先生前来握手，一边鞠了个九十度的躬，雪白耀眼的牙齿上闪烁着真挚的快乐。

“见到你我很高兴，卡利布甸。经理像往常一样出门去了？这些是我的朋友，帕多小姐和萨沃里先生。”随后他又转向他们解释说，“整个旅馆全仗卡利布甸撑着台。你会让我们住得舒舒服服吧？好了。别忘了给帕多小姐的屋里放盒糖果。”

珍妮特·帕多轻柔地说：“我舅舅要见我呢。”但迈亚特根本没理会她。“你舅舅等一天不算什么。今晚上你是我的客人。”大厅里的棕榈树、圆柱，以及卡利布甸毕恭毕敬的态度，使他变得信心十足，于是他又像孔雀开屏似的炫耀起来。

“方才有两个电话找您，卡尔顿·迈亚特先生，还有一位先生在您的房间里等候您。”

“好吧，把他的名片给我。好好照看我的朋友。我的房间还是老地方吗？”他快步向电梯走去，兴致勃勃地噘起嘴唇。这几天遇上了一连串叫人捉摸不定、无法理解的事，现在他总算回到老本行上来了。准是埃克曼先生，他想，对名片看都没看一眼，就一下子决定了该向他讲什么。电梯吃力地爬到了二层楼，一名小厮领他穿过落满灰尘的走廊，打开了一扇房门。阳光直泻到房间里，通过敞开的窗子，他能听到街上汽车的喇叭声。一个身着花呢服的矮胖的金发男人从沙发上站起身来。“是卡尔顿·迈亚特先生吧？”他问。

迈亚特吃了一惊。他从没见过这个人。他看看手中的名片，上面写着：利奥·斯坦因。“啊，斯坦因先生。”

“没想到是我吧？”斯坦因说，“希望你不致认为我急躁鲁莽。”他既坦率又诚挚。完全是英国派头，迈亚特想，可他的鼻子却露了馅，他的鼻子是靠手术弄直的，上头还留着疤痕。公开的犹太人与改头换面的犹太人之间的矛盾立刻就在虚情假意的微笑、热烈的握手和互相闪避的目光中表现出来了。“我原以为是我的代理人来了。”迈亚特说。

“啊，可怜的埃克曼，可怜的埃克曼。”斯坦因叹了口气，摇摇那满头金发的脑袋。

“你这是什么意思？”

“实际上我来这里就是为这事。请您去看看埃克曼太太。我很为她担心。”

“你是说他走了？”

“失踪了。昨晚没回家。很神秘地失踪了。”

天很冷，迈亚特关上了窗子，他把手插进皮大衣的口袋里，在屋里踱起步来，走过来三步，转回去三步。他缓缓地说：“我不感到意外。我想他是不敢见我。”

“几天前他对我说，他觉得你不信任他。他很伤心，非常非常伤心。”

迈亚特字斟句酌地慢慢说：“我从不信任皈依了基督教的犹太人。”

“哦，算了，迈亚特先生，那恐怕有点儿太教条了吧？”斯坦因略显不安地说。

“也许吧。我想。”迈亚特说，在屋子中间停下来，背对着斯坦因，却能从一面镀金框的镜子里看清斯坦因膝盖以上的半身映像，“他在谈判中走得要比他告诉我的远得多。”

“哦，谈判，”镜子里的斯坦因可不像他的声音听上去那么镇静，“当然，谈判已经结束了。”

“他跟你说我们不买了？”

“他已经买下来了。”

迈亚特点点头。不出所料。埃克曼的失踪背后准是大有文章。斯坦因缓缓地说：“我真为可怜的埃克曼担心。想到他可能已经自杀，这真叫我受不了。”

“我认为你不必担忧。我想他只不过是从商业事务中引退了。只不过是有点儿过于仓促了。”

“要知道，”斯坦因说，“他忧虑重重。”

“忧虑？”

“是的，首先是觉得您不信任他。此外，他没有儿女。他想要孩子。他有许多烦恼，迈亚特先生，我们应仁慈一些。”

“可我不是基督徒，斯坦因先生。我不认为仁慈是首要的美德。可以让我瞧瞧他签署的合同吗？”

“当然可以。”斯坦因从花呢上衣口袋里掏出一个对折的长信封。迈亚特坐下来，把文件摊在桌上，仔细地读起来。他不加评论，脸上也没有任何表情。没人能知道，当他重又和数字以及这些不具有情感又能为他所理解的事物打交道时，他是多么快乐。他读完之后，向沙发上一靠，目不转睛地盯着自己的手指。他离开伦敦前修过指甲，可现在又该修了。

斯坦因先生轻声细气地问：“一路还好吧？我想，贝尔格莱德的骚乱没给你们添麻烦吧？”

“没有。”迈亚特心不在焉地说。这倒是真话。对他来说，整个不可思议的苏博蒂察事件简直不像是真事。他很快就会把它忘得一干二净，因为它与他的常规生活毫无关系，而且根本让人无从理解。他说：“当然，你明白，我们可以使这个合同失效。”

“我不这么认为，”斯坦因说，“可怜的埃克曼是你们任命的代理人，是你们授权他进行谈判的。”

“可是没授权他签署合同。不，斯坦因先生，我怕这对你没什么益处。”

斯坦因在沙发上坐下，跷起二郎腿。他身上有一股烟斗丝加花呢的气味。“当然，迈亚特先生，”他说，“我并不想强迫你。我的座右铭是：决不做对不起同行的事。我可以当即撕毁那合同，迈亚特先生，倘若那样是公平合理的。可你知道，由于可怜的埃克曼签署了合同，莫尔特他们已放弃此事了。他们不会再重新出价了。”

“我知道莫尔特对葡萄干究竟有多大兴趣。”迈亚特说。

“既然是这样，迈亚特先生，你瞧，交情归交情，你要是撕毁合同，我就得起而抗争。我可以抽烟吗？”

“来支雪茄吧。”

“我抽烟斗可以吗？”他开始往烟斗中装入浅黄的、芳香的烟草。

“我想埃克曼在这事上得了不少佣金吧？”

“哎，可怜的埃克曼，”斯坦因先生莫名其妙地说，“我真想让你和我一道去看看埃克曼太太。她很不安。”

“如果埃克曼拿的佣金数目不小的话，她就没什么可不安的。”斯坦因笑笑，点着了烟斗。迈亚特又开始重读合同。他当然可以推翻合同，但法庭上的事很难说。一个好律师可能生出许多麻烦。何况有些数字是他不愿公之于世的。斯坦因的商号对于他们公司毕竟是有价值的。他不满意的是出价太高，而且还给了斯坦因董事的职位。甚至价钱也都还可以再商量，但他不能容忍外人插足于他家的事业。他说："我要告诉你我将怎么办。我们将撕毁这个合同并向你重新提出条件。"

斯坦因先生摇摇头："那对我可太不公平了，是吧，迈亚特先生？"迈亚特打定了主意。他不想闹一场诉讼来麻烦他父亲。只要斯坦因肯辞去董事职位，他就接受这一合同。但他目前不想露底，说不定斯坦因会全线崩溃呢。"明天再谈吧，斯坦因先生。"他建议道。

"不过，"斯坦因先生高兴地说，"我很怀疑我明天能不能谈。如果我对当今的姑娘们了解不差的话，恐怕是不行了。今天下午我要在这里会见我的外甥女，她从科隆来，跟你乘同一趟车。可怜的帕多的孩子。"

迈亚特取出了烟盒，就在挑选雪茄和切雪茄的短暂片刻中，他决定了自己该怎么办。他开始瞧不起斯坦因了。他说得太多，把不必要说的情况都泄露了。难怪他的生意不景气呢。与此同时，迈亚特对他外甥女的模糊的倾慕也明朗起来。得知她母亲是犹太人使得他顿时觉得安然自在了。她不再是可望而不可即的了，他为自己头天晚上的拘谨态度感到羞惭。他从苏博蒂察返回后曾和她一道吃晚饭，不过他从头至尾一直都彬彬有礼。他慢慢地说："哦，是的，我在车上见到了帕多小姐。她就在楼下。我们从车站一起来的。"

这回轮到斯坦因来掂量他的话了。他开口时，话有点儿离题，却意味深长："可怜的孩子，父母全不在了。我妻子认为我们应把她接来。我是她的监护人，你知道。"他们隔着桌子并排坐着。桌上放着埃克曼签署的文件。他们都不提合同，似乎生意已被放到了一边，但两个人心里都明白：整个谈判已经重新开始了。他们都明白对方的心事，但是却心照不宣。

“你的姐姐一定非常美丽动人。”迈亚特说。

“她长得像我父亲。”斯坦因先生说。谁都不明说对珍妮特·帕多的美貌感兴趣。在提她之前甚至得先谈她的外祖父。“你家是从莱比锡迁来的吗？”迈亚特问。

“是的。我父亲在这里买下了这家企业。”

“结果你发现这是个错误？”

“算了，迈亚特先生。你看了那些数字。事情并不那么糟。不过我想卖掉企业退休，趁着我还能够享受，领略领略生活的乐趣。”

“你这是什么意思？”迈亚特好奇地问，“怎么享受人生？”

“一句话，我对生意不感兴趣。”斯坦因先生说。

迈亚特惊愕地重复道：“对生意不感兴趣？”

“打打高尔夫球，”斯坦因先生说，“在乡下弄个住处。那才是我向往的。”

最初的震惊过去了，迈亚特注意到斯坦因又说得太多了。斯坦因爽朗的态度给了他一个机会，他一下子把话题转向了合同：“那你干吗要当董事呢？我想，如果你放弃董事职位，钱的问题会好商量一些。”

“我倒并不是非要这个位置不可，”斯坦因边说边喷着烟，还斜眼瞧着迈亚特烟头上越来越长的烟灰，“不过，我得——为了传统的缘故，你知道——让家族里有个人参加董事会。”他坦率地笑了一会儿，“可我没有儿子。连个外甥也没有。”

迈亚特沉思地说："那你得鼓励鼓励你的外甥女。"他们俩一齐笑起来，走下了楼梯。到处都看不见珍妮特·帕多。

"帕多小姐出去了？"他问卡利布甸。

"没有，迈亚特先生。帕多小姐刚刚和萨沃里先生一道儿到餐厅去了。"

"告诉他们，请他们等二十分钟再开饭。斯坦因先生和我将跟他们一道用餐。"

他们走过转门，小争论仍在继续，但两人之间的友谊已迅速增长了。

他们上了出租车，朝埃克曼先生的公寓驶去。这时斯坦因说："那个萨沃里，他是什么人？"

"作家。"迈亚特说。

"他看上珍妮特了？"

"倒是挺要好的，"迈亚特说，"他们在火车上认识的。"他把手放在膝头，静静坐着，认真地思考起结婚的问题来。她很漂亮，很高雅，她会是个好主妇，而且她有一半犹太血统。

"我是她的监护人，"斯坦因先生说，"我是不是该向他说明白？"

"他挺有钱。"

"是的，可他是个作家，"斯坦因说，"我不喜欢。那些人靠不住。我愿意看到她嫁给实业界里稳妥的小伙子。"

"我想，是那个在科隆和她同住的女人把她介绍给萨沃里先生的。"

"噢，是。"斯坦因不安地说，"自从她父母不幸故去之后，她一直自己谋生。我没有干预。这对一个女孩子来说更自在些，不过我妻子认为我们应该照管她，所以我就请她到这里来了。我们想，没准儿能在身边给她找个更好的工作。”

一名矮小的警察在警亭里指挥交通，他们绕过警亭上了山。他们下方，在一所光秃秃的高层公寓楼和一根电线杆之间，蓝色清真寺的一个个穹顶浮现出来，宛如一簇浅蓝的肥皂泡。

斯坦因仍旧有些不安。“那样对女孩子来说更自在些，”他重复说，“而且，最近公司的事务叫我忙得不可开交。不过，等这次的交易办完以后，”他愉快地补充说，“我就要安排她得到一笔财产。”

汽车驶入一个阴暗的小院，院里孤零零地有一个垃圾桶。他们沿着高高的台阶走上去，宽大的窗户把台阶映得雪亮，似乎整个斯坦布尔都在他们脚下伸延。他们可以看见圣索菲亚大教堂、火警观察塔，以及从金角湾西侧一直延伸到艾郁普的一段海水。“好地势，”斯坦因说，“君士坦丁堡没有比这更好的公寓了。”他按了按电铃，而迈亚特却在盘算这房子的价钱，心想，为了让埃克曼先生饱此眼福，公司不知贴了多少。

门开了。斯坦因根本不向女仆通报姓名，径直领着迈亚特走进镶着白色嵌板的走廊，廊子正对着夕阳，从一个个窗口望去，残阳像一只黄褐色的小兽被困在那里。“你是他家的朋友？”迈亚特意有所指地问道。“哦，这些日子我跟可怜的埃克曼过从颇密。”斯坦因说着，推开了客厅的门，客厅一面全是大玻璃窗，一架钢琴、一瓶花和几把钢架椅在淡黄色的空气里飘浮着。“哎，爱玛，”斯坦因先生说，“我带卡尔顿·迈亚特先生看你来了。”

屋里没有阴暗的角落，没有地方可以躲避那四处流溢的柔和慈爱的光芒，但埃克曼太太还是尽可能地躲起来了，藏到钢琴背后，钢琴像一片锃亮的地板横在她和来客之间。她身材瘦小，头发花白，穿着虽然入时，却并不合身。她使迈亚特想起拣女主人剩衣服穿的老女仆。她手臂下放着一堆针线活儿，她站在原地小声向客人表示欢迎，不敢在洒着阳光的地板上多走一步。

“哦，爱玛，”斯坦因先生说，“你丈夫有消息吗？”

“没有。还没有。没有。”她说，又显然很痛苦地补充说，“他从不爱给人写信。”随后她请他们坐下。她开始把针、棉花、毛线球和布头等，收入一只大针线包。斯坦因先生不自在地盯着一把把钢架椅。“真不明白，可怜的埃克曼干吗要买这些东西。”他对迈亚特悄声说。

迈亚特说:“你千万别太着急，埃克曼太太。我相信你今晚准能听到你丈夫的音信。”

她停止了收拾东西，凝望着迈亚特的嘴。

“是的，爱玛，”斯坦因先生说，“只要可怜的埃克曼听说迈亚特先生与我意见一致，他马上就会赶回家来的。”

“哦，”埃克曼太太离开那片锃亮的地板，在她那角落里小声说，“他不回这儿来我倒不在乎。我愿跟他去任何地方。这根本不是个家。”她说着做了个小手势加强语气，把一根针和两颗珠母纽扣弄掉到地上。

“我倒赞成这说法。”斯坦因先生讲，从腮帮子里嘘出一口气，“我真不明白你丈夫觉得这些铁玩意儿有什么好。换了我，就会要几件好桃花心木家具和两把能坐着打盹儿入睡的扶手椅。”

“我丈夫可是很有鉴赏力的。”埃克曼太太绝望地小声说，一双惊恐的眼睛从时髦的帽子下往外窥望，活像是在衣橱里迷了路的老鼠。

“好了，”迈亚特不耐烦地说，“我相信你根本不必为你丈夫担忧。他是为生意中的事感到不安，仅此而已。没有理由认为他——认为他出了什么意外。”

埃克曼太太从钢琴背后露出身子，穿过屋子，一边神经质地拧着双手。“我怕的不是那个。”她说。她在他们两人之间停了下来，突然一转身，又疾步回到自己的角落中。迈亚特吃了一惊。“那你怕什么？”他问。

她朝着满屋子亮闪闪的钢家具点了点头。“我丈夫那么摩登。”她又害怕又骄傲地说。随后骄傲之感一下子消失了，她把手插进针线篮，插到纽扣和线团中，说道：“也许永远不想回到我身边来了。”

“你对这事怎么看？”斯坦因先生边下楼边问。

“可怜的女人。”迈亚特说。

“是的，是的，可怜的女人。”斯坦因先生重复着，抽抽鼻子，当真动了感情。他觉得肚子饿了，可迈亚特饭前还有别的事要办，他斯坦因当然坚决奉陪。他觉得，他们一起每乘一次车，交情就深一层，即使撇开他们关于珍妮特·帕多的打算不提，和迈亚特的交情对他来说也意味着每年几千英镑的进项。出租车沿着一条石子路面的陡斜街道朝下驶去，来到邮政总局旁边狭小的广场，又继续下山开向加拉塔和码头区。他们登上一段肮脏的楼梯，来到一间小办公室，里面塞满了卡片索引和公文盒，只有一扇窗子，面对着一堵高墙和轮船的烟囱顶。窗台上蒙着厚厚的尘土。就是这间屋子孕育了埃克曼那宽敞明亮的会客室，就像一位年老的犹太母亲的最后一个孩子可能出落成艺术家。一架大落地钟敲了两下，它和办公桌几乎占据了屋里所有的剩余空间。尽管时间尚早，乔伊斯已经来上班了。一名打字员钻进屋子尽头一个鞋柜之类的地方不见了。

“埃克曼有消息吗？”

“没有，先生。”乔伊斯答道。迈亚特匆匆看了几封信，就走开了，留下乔伊斯像条忠实的狗蜷伏在那里，监视着埃克曼的书桌和他的违法行径。“该吃午饭了。”迈亚特说。斯坦因先生舔了舔嘴唇。“饿了吗？”迈亚特问。

“我早饭吃得很早。”斯坦因先生回答，毫无责备之意。

不过珍妮特·帕多和萨沃里先生可没等他们。他们已经在铺着蓝瓷砖的餐厅里喝上咖啡和酒了，迈亚特和斯坦因才赶来，斯坦因还一边大声说，外甥女和迈亚特早已见面并交上了朋友，这真是太巧了。珍妮特·帕多没开口，只是平静地望着舅舅，还冲迈亚特笑了一下。迈亚特觉得她似乎在表示：“他对我们又知道什么呢？”便也报以微笑，事后才记起事实上他们俩之间什么事都没有。

“我想你们俩，”斯坦因先生说，“自科隆起就一路做伴了吧。”

萨沃里先生想给自己争得一席之地。“我想，您的外甥女跟我在一起的时间更多些。”但斯坦因先生根本不理他，继续说下去。“彼此已经很了解了，嗯？”

珍妮特·帕多樱唇微启，柔声细语地说：“哦，迈亚特先生另有密友。”迈亚特扭过头点菜，等他转回身来时，珍妮特微带戏谑，迷人地说：“哦，你知道，是他的情人。”

斯坦因先生开心地笑起来。“瞧这个坏家伙，他还脸红呢。”

“而且，你知道，她又跑掉了。”珍妮特·帕多说。

“跑了？他打她了吗？”

“要是你问他，他就会把这事儿说得神神秘秘。火车抛锚时，他乘上汽车大老远跑回前一个车站去找她。他去了好久好久。还想把整个事情说成神秘事件。他帮一个家伙从海关逃了出来。”

“可那个姑娘呢？”斯坦因先生说，揶揄地瞧了迈亚特一眼。

“她跟一个医生跑掉了。”萨沃里先生说。

“他可不承认这点。”珍妮特一边说，一边朝迈亚特点点头。

“我对这事确实有些担心，”迈亚特说，“我要给贝尔格莱德的英国领事打个电话。”

“给你奶奶打电话吧。”萨沃里先生高声喊道，兴奋地瞧瞧这个，瞅瞅那个。这是他的习惯，他和同伴一混熟了，就会来几句绝妙的俚语粗话，使人们联想到他的经历，联想到店铺柜台和学徒宿舍。只要受到人们款待，只要来到第一流的旅馆，或者跟那些过去他觉得自己只有在卖绸子量薄纱时才能见到的人平等地谈话时，他现在依然会感到快活得飘飘然。再说，邀请他去文艺沙龙的夫人太太们也喜欢他的俚语粗话。要是他不表现出某些他的先辈的特点或残余的小店员习性，那么她们请一名站柜台出身的小说家来家里又有什么意思呢?

斯坦因先生瞪了他一眼。“我想你是该那么做。”他对迈亚特说。萨沃里先生窘得够呛。他们属于从未读过他的小说的少数人，他们不了解他有权利吸引人们的注意。他们认为他纯粹是粗俗。萨沃里朝椅子里头坐了坐，对珍妮特·帕多说：“那个医生。你的朋友不是对那个医生挺感兴趣吗？”可珍妮特觉察到了别人对萨沃里的反感，也就懒得煞费苦心去回忆沃伦小姐告诉她的那段枯燥的故事了。她打断了萨沃里的话：“我可没法把梅布尔感兴趣的人个个都记住。我不记得有关医生的什么事。”

不过，斯坦因先生反对的只是萨沃里说话粗俗。其实他很欣赏有关那姑娘的小小打趣。这将使他与迈亚特之间那宝贵的密切关系确立下来。当第一道菜端上来时，他又旧话重提：“再给我讲讲，迈亚特先生究竟搞了什么名堂？”

“她很漂亮。”珍妮特·帕多说，显然带点儿宽宏大量的口气。萨沃里先生瞟了迈亚特一眼，看他生没生气。但迈亚特太饿了，正津津有味地享用这顿已过了钟点的午餐。“是个演员，对吧？”萨沃里问。

“是的。跑跑龙套什么的。”

“我说过她是合唱队的姑娘嘛，”珍妮特说，“她们总有那么一点点儿俗气。你过去认识她吗？”

“哪里，哪里，”迈亚特急忙辩解，“不过是萍水相逢罢了。”

“这类事在长途列车上屡见不鲜，”斯坦因先生打趣地说，

“你破费了多少？”他冲外甥女挤了挤眼睛。看到她报以微笑，斯坦因十分高兴。如果她是个老派的姑娘，在她面前不能随便讲话，那该多烦人！他最喜欢在女人面前讲一点儿淫词秽语；当然，他想，不赞成地瞥了萨沃里先生一眼，要讲得文雅得体。

“十镑。”迈亚特说，一边朝侍者点点头。

“我的天，可真贵。”珍妮特·帕多说，不无敬意地瞧着他。

“我说着玩呢，”迈亚特说，“我没给她钱。我给她买了一张车票。再说，我们不过是朋友。她是个好人。”

“哦，哦。”斯坦因先生说。迈亚特举杯一饮而尽。一名侍者正推着小台车沿着蓝瓷砖地面走来。“这儿的饭不错。”萨沃里先生说。在这微微散发着食品香气的宾至如归的气氛中，迈亚特渐渐兴高采烈起来，一间酒吧里正在演奏拉赫玛尼诺夫[1]的协奏曲。简直就像在伦敦一样。伴着乐声，往事涌上心头，接着又在红色的灯光中消散了；人们把脑袋伸出窗户，笑着，谈着，嘲弄着拉小提琴的人。迈亚特慢慢地自言自语道：“她爱上我了。”他并没打算在这空荡的蓝色餐厅里讲出声来，因此当他听到自己的话声时不禁又尴尬又吃惊；这像是在吹嘘，而他根本没想吹嘘，况且被一个合唱队的小丫头爱上也没什么可自吹的。他们都笑了，他又羞红了脸。

“唉，那些姑娘，”斯坦因摇摇头说，“她们懂得怎样征服男人。这就是舞台的魅力。想当年我年轻的时候，在你舞台门外一等就是几个钟头，只不过为了在近处瞧瞧那些浪丫头。还送巧

1　谢尔盖·拉赫玛尼诺夫（Sergei Rachmaninoff，1873—1943），俄国浪漫主义作曲家。

克力糖呀，请吃饭呀。”他看到碟中有一块灰白的鸭胸脯肉，便停了片刻。“还有伦敦的华灯。”他感慨道。

“说到剧院，珍妮特，”迈亚特说，“你今晚跟我去看演出好吗？”他直呼她的名字，因为他知道了她母亲是个犹太人，而且她的舅舅被自己捏在掌心里，因此变得相当从容自在了。

“我当然愿意去，可我已经答应萨沃里先生跟他一起吃晚饭了。”

“我们可以去一家打烊晚些的卡巴莱[1]。”但是，他可不愿让珍妮特和萨沃里先生一道去吃晚饭。整个下午他忙得脱不开身来，他在办公室待了几个小时，清理被埃克曼先生巧妙地搅乱的账目；他还得拜访一些人。三点半钟他路经竞技场时，看见萨沃里先生正在一群孩子们当中照相；他动作很麻利，在出租车驶过一刹那，他就咔嚓咔嚓地按了三次快门，每按一次孩子们就冲他笑起来。迈亚特回到旅馆时已经六点半了。

“帕多小姐出去了吗，卡利布甸？”卡利布甸知晓旅馆中的一切动静。他片刻不宁，唯有这点能解释他何以对事事都了解得一清二楚；他会突然冲过寂静的大厅，嗒嗒嗒地跑上楼又跑下来，钻进最僻远的休息室，然后又回到接待台前，双手放到膝上静静坐着。“帕多小姐正在换衣裳，准备吃晚饭，卡尔顿·迈亚特先生。”有一次，一位政府官员住在这家旅馆里，卡利布甸先生把英国使馆来的一名谨小慎微的访问者吓了一跳，他说：“阁下他正在厕所里。不过他三分钟之内一定会出来。”在走廊里溜来

1 指有歌舞表演的餐馆和夜总会，也指在餐厅、夜总会表演的歌舞。

溜去，在洗澡间门口竖耳倾听，回来后无事可做，只是转脑子琢磨若干小情况，这就是卡利布甸的生活。

迈亚特敲敲珍妮特·帕多的门。“谁呀？”

“可以进来吗？”

“门没锁。”

珍妮特·帕多已经快穿戴好了。她的上衣在床上，而她自己正坐在梳妆台前往胳膊上擦粉。“你真的和萨沃里先生去吃晚饭？”

“是呀，我答应了。”珍妮特说。

“咱们可以到佩拉宫去吃饭，然后去博蒂尚区。”

“那倒也挺好玩，是吧？”珍妮特说。她开始刷睫毛。

“那是谁？”迈亚特指着折叠相框中一个方脸女人的大照片问道，那女人留着短发，摄影师尽量想使她下巴的生硬线条消失在一片朦胧之中。

“是梅布尔。和我一块坐火车到维也纳的那位。”

“我不记得见过她。”

“她现在头发剪得很短。这是一张旧照片。她不喜欢照相。”

“她看上去挺厉害。”

“我把照片放在这儿就是为了不让自己淘气。她写诗。照片背后就有几行。很蹩脚，我觉得。不过我对诗一窍不通。”

“可以读读吗？”

“当然了。我想你一定会觉得可笑，竟然有人给我写诗。”珍妮特凝视着镜子。

迈亚特翻过照片，读道：

那伊阿德[1]修长、清冷，
为川河而生，
向汪洋而去；
再忍受一年吧，
这咸涩、多石、狭小的水潭。

“这诗不押韵。押吗？”迈亚特问，“到底是什么意思呢？”

“我想无非是些赞美之词吧。”珍妮特·帕多说，修起指甲来。

迈亚特在床沿上坐下，望着她。她会怎么做呢，他思忖着，要是我想法引诱她的话？他知道答案：她会笑，笑是保护贞操的最好武器。他说：“你别跟萨沃里去吃晚饭。我可不愿叫人看见你老是跟那么个家伙混在一起。一个站柜台的。”

“亲爱的，”珍妮特·帕多说，“可我答应他了。而且，他是个天才。”

“跟我下楼吧，坐上车，到佩拉宫去吃饭。”

“可怜的人，他将永远不会原谅我。不过，倒挺有意思的。”

是挺有意思，迈亚特想，拉了拉自己的黑领带，我知道她母亲是个犹太人，一切就好办了。吃饭时起劲地聊天不让人犯难，饭后从佩拉宫走到英国使馆附近的博蒂尚区时搂着她也很自然。

1 Naiad，古希腊神话中住在河、湖、泉中的仙女。

这是个温暖的夜晚，风住了，花园里的餐桌旁挤满了人，迈亚特记起了苏博蒂察扑面而来的雪花，那一切简直更像梦幻了。一个身穿无尾晚礼服的法国女人胳膊下夹着一根手杖，在舞台上神气活现地走来走去，唱着一支关于“我姑妈”的歌，五年前斯皮奈丽在巴黎把这支歌唱红了。土耳其的绅士们喝着咖啡，笑着，聊着，摇着黑绒绒的小脑袋，活像一群吵闹的家禽，而他们那些新近才从面纱下解放出来的妻室则默然坐着，呆望着唱歌人，面色苍白，毫无表情。迈亚特和珍妮特一边顺着花园边沿走着，一边寻找座位，而那个法国女人尖叫着，大笑地走来跳去，绝望地把她那套卑劣的下流表演抛向这群心不在焉、毫无兴趣的观众。佩拉宫陡峭地卧在他们脚下，金角湾里渔火明灭，像手电筒的灯光，侍者来来往往地送着咖啡。“我看这儿没空位子了，咱们只好到剧院去。”一个胖男人咧嘴笑着，朝他们挥着手。“你认识他吗？”迈亚特一边走一边想，“是的，我想……是个叫格伦利希的。”他仅仅有两次看清了那人的面孔，一次是当他爬进汽车时，另一次是他爬出汽车，走到停着的火车灯光下的时候。因此他的记忆是模糊的，就像这是个多年前在另外一个国家认识的熟人。等他们一走过那张桌子，迈亚特就把那个人忘了。

“这儿有张空桌子。”在桌子底下，他们俩的腿碰到了一起。那位法国女郎扭着屁股下了台，一个男人横翻着筋斗从侧面上了场。随后他立起身，摘下帽子，说了两句土耳其话，人们顿时哄堂大笑。

“他说什么？”

“我听不清。”迈亚特说。那演员把帽子抛到空中，接住它，又向前屈身，几乎弯成了两截，又喊出了一个土耳其词。所有的土耳其男人都笑了，连那些面色惨白的女人也出现了笑意。

“他说什么啦？”

“准是什么土话，我听不懂。”

“我喜欢感伤的节目。”珍妮特·帕多说，“我吃饭时酒喝得太多了。这会儿特别多愁善感。”

“他们的晚餐很棒，对吧？”迈亚特得意地问。

“你干吗不住在那儿呢？人们说那是最好的旅馆。”

“嗯，你知道，我们的旅馆也相当好，再说我喜欢卡利布甸。他总能让我过得舒舒服服。”

“可最阔的人们到底还是……”

一些穿短裤的姑娘在台上跳舞。她们头戴列车员帽，脖子上挂着哨子，可土耳其观众看不出什么名堂来，她们看不惯穿短裤的列车员。“我看这是些英国姑娘。”迈亚特说，突然向前探了探身子。

“认得哪一位吗？”

“我想——没准儿。”他拿不准自己是不是由于见到“邓恩的宝贝儿”歌舞团出场而感到害怕了。科洛尔没说过要在博蒂尚区演出，但很可能她也不知道。他记起了她怎样勇敢而又惶惑地凝视着喧嚣的黑夜。

“我喜欢佩拉宫。”

“我在那儿住过一次，”迈亚特说，“但是出了点儿麻烦事。所以我不再去那儿了。”

“什么事呀？别傻里傻气的，你得说。告诉我吧。”

“嗯，我带了个女友。她看上去非常年轻漂亮。”

“歌舞女郎？”

“邓恩的宝贝儿”们唱开了：

如果你想表达
你心中的感受，
当你忽冷又忽热的
时候。

“不，不。是我朋友的秘书。搞船运的。”

“到这里来吧，”“邓恩的宝贝儿”唱道，“到这里来吧。”坐在花园后头的一些英国水手拍着手，一边喊着：“等着我们，就来啦。”一名水手在桌子之间推推搡搡地朝舞台走去。

如果你想表达
你心中的惆怅，
当你形单影只独守
空房……

那水手仰面朝天跌倒了，人们笑了起来。他醉得简直不省人事了。

迈亚特说：“真可怕。她半夜两点突然发起疯来。又嚷又叫，乱摔东西。守夜人跑上楼来。人们全跑到走廊里。他们全都以为我把她怎么样了。”

“那你呢？”

“我什么也没干。我睡得死死的。真可怕。自那以后我再也没在佩拉宫住过一夜。”

“到这里来吧。到这里来吧。”

“她长得什么样儿？”

“我什么都记不得了。”

珍妮特·帕多轻声说：“你想不出我跟一个女人过日子，过得有多腻味。”他们的手偶然碰了一下，然后就并排放在了桌上。挂在灌木丛里的五彩缤纷的灯光照着珍妮特的项链，又反射到迈亚特身上。从她的肩头上望去，迈亚特看见斯坦因先生在花园尽头，手里拿着烟斗，从桌子之间挤了过来。真是密集攻势。他明白，此刻自己只需向前探探身子向她求婚，他个人的家庭生活以及别的许多事就都可以拍板定案了。他将按斯坦因的要价买下他的产业，而斯坦因也将心满意足地让外甥女进董事会。斯坦因先生走近了，向他挥着烟斗；他不得不绕开倒在地上的那个醉汉。就在这一瞬间的拖延里，迈亚特竭思尽虑，极力抗拒那娶妻安家、平稳单调的前途。他回想着科洛尔，以及他们那突然的奇异的相遇。当他回忆时，一切都那么熟悉亲切，就像雪茄烟的气味一样，然而他却无论如何也记不起科洛尔的面孔了，也许因为他们在一起时车上多半都是黑魆魆的。她很好看，身材瘦削，但他记不住她长得什么样子了。我已经为她尽了力，他对自己说，其实我们本来也要在几星期之内分手的。是我成家的时候了。

斯坦因先生又挥了挥烟斗。“邓恩的宝贝儿”跺着脚，吹着哨子。

在火车站上等着
恭候一位近亲，
扑哧，扑哧，扑哧……

迈亚特说：“别回那女人那儿去了。跟我在一起吧。”

扑哧，扑哧，扑哧，
开来了伊斯坦布尔列车。

她点了点头。他们的手握到一起。迈亚特想，不知斯坦因先生兜里是否揣着那份合同呢。

省观“失败”：从《斯坦布尔列车》说起

——代译后记

梅绍武先生为《命运的内核》（1948）中译本（译林版，1998，傅维慈译）写的代序指出：格雷厄姆·格林常常反复运用一两个关键词来表达中心思想，比如，《密使》里是“信任和怀疑”，《这是个战场》里是“公正”，《权力与荣耀》里是“纵情放任”，《恋情的终结》里是“爱和恨”，《命运的内核》里是“怜悯和责任”。他说得很中肯。

当然，贯穿格林著作的关键词还有其他一些。“失败”便是其中之一。

败者津纳

《斯坦布尔列车》（1932）是格林的成名作和第一部所谓“消遣读物”，标志着他写作生涯中一个重要的节点。这部小说的人物和情节相对简单明晰，引领读者把目光投向作品所聚焦的社会问题和精神风景。

《斯坦布尔列车》像其他许多格林小说一样，围绕逃亡与追捕展开，其中心人物津纳遭警方和新闻记者的双重围追堵截。

英国女记者梅布尔初见到津纳，便一眼断定“自己面前的这个人肯定不是成功者，倒很像是个失败者”——他衣装寒酸，形容憔悴，在任何人看来都只能代表落魄和失意。

津纳医生出身于塞尔维亚的穷人家庭，怀着对劳苦大众的同情向旧秩序宣战，成为本国社会民主党领袖。但另一方面，良好的教育又使他疏离了自己的家庭和阶级，连曾经节衣缩食提供他读书的父母亲都毕恭毕敬称他“先生”。他如老派绅士般执着于“慷慨、仁慈和毫不含糊的荣誉准则”，更使他与当今世界格格不入。经历了数十年的含辛茹苦、屡战屡败，五年前他逃脱警察追捕，被迫到陌生的英国校园里消磨漫长的流亡岁月。这一次他登上跨越英吉利海峡的国际快车，计划回国发动革命。梅布尔穷追不舍，使他不得不东躲西藏。更令人沮丧的是，他中途看到报上登出贝尔格莱德起义提前爆发并已被镇压的消息。难道行程已经失去了意义？难道尚未参加就已经再遭挫折？津纳痛苦万分，决定继续乘车回“家”与同志们共担失败。尽管他在列车上宣讲阶级斗争理论的尝试连穷姑娘科洛尔都没能说服，津纳仍指望着在审判之时最后一次为自己的事业慷慨陈词。然而他根本没有得到公开上法庭的机会，默默倒在了敌人的子弹下。极具反讽意味的是，扣动扳机的“敌人”其实是当兵糊口的无知者，是他想为之谋求解放和福利的穷苦人。

津纳预示着作者后来那些深陷于重重困境的主人公，如《权力与荣耀》（1940）中的“威士忌神父”，《命运的内核》里的斯考比，或《一个自行发完病毒的病例》（1961）中的比利时建筑师奎因。在很大程度上可以说，受挫和失败是他们尚未与堕落的外部世界同流合污的标志。“空心人”（语出托·斯·艾略特，格林在自传《逃避之路》中借用了这个说法）奎因不惜隐姓埋名躲进非洲腹地麻风病区，以逃离名扬四海的“成功”并消化丧失信仰的痛苦，生生把超级名利双收颠覆成搭上性命的“完败”。斯考比呢，他最后等来职务晋升的“好消息”时却精疲力竭地想，自己一向时乖命蹇，“我现在所以走运正是因为我干了这些事。我已经是魔鬼党羽中的一员了。魔鬼在这个世界上对自己人是很体贴的。从现在起，我还会从一个可诅咒的胜利走向另一个可诅咒的胜利”。如果说津纳的行程从一开始就是不归的自杀之旅，斯考比则是在身不由己的人生漂流中渐渐体尝到绝望的况味。他因怜悯、因人情纠葛而被一步步拖入作弊和欺瞒，随后心悸不已地发现“欺骗的特质之一就是失去对别人的信任”。他对多年相随的非洲仆人阿里萌生疑心并导致后者被害。是的，格林的关键词所提示的，不是主题先行、答案现成的说教，而是从主人公与生活的不断缠斗中凝析而出的带着体温的感悟。

与失败相对，格林触目地将“成功”表述为某种堕落。《斯坦布尔列车》中的成功者是畅销书作家萨沃里。他小心地抓住与记者交谈的机会，刻意表现自己崇尚经典，不时来几句“现代文学是过眼烟云”之类听来有如警句的空洞套话，卖弄下层民众口音，还宣布要在文学中“恢复欢快和健康的风格”。着墨虽不多，却活灵活现地勾勒出苦心经营声名和收入的卖文小贩的嘴脸。《斯坦布尔列车》出版后曾有英国知名作家就此提起诉讼打诽谤官司。这个在今日中国人看来有点儿匪夷所思的事实提示我们，在格林同代英伦乡亲们的心目中，那位得意者写得多么传神，又承载着多么尖刻的挖苦。

格林把《斯坦布尔列车》《密使》（1939）和《恐怖部》（1943）等书列为以情节取胜的“消遣”作品。如此自我标榜，如同和读者签约，承诺提供“好看”故事。然而，如有的评者指出，格林小说虽常以畅销的冒险故事为模型，

> 却将其移植到一个不同的世界，在那里，维多利亚冒险英雄不能再依仗曾经支持过他们的价值观念……那么，余下还有什么？一份陈列个人弱点的清单，一套作用于那些弱点的情节，一种使它们弥散到地境、物件和其他人物的文体，以及一个按照世俗观点看来是失败的结局……

格林实际上是借突破类型小说的框框，“有意挑战甚至挫败读者期待”，通过由此而产生的落差揭示并探讨“现代性给二十世纪人带来的典型感受——焦虑紧张，浑噩迷惘，晦暗无明，疏离对立”。难怪几乎所有的读者以及格林本人都认为，他所谓的“消遣”和“严肃”之间界限十分含糊——一九三八年问世的《布赖顿棒糖》如今被言之凿凿地称为他的第一部“严肃的”（或“天主教的”）小说，可是在当年版本的扉页上却赫然印着“消遣读物”。其实，不管挂什么招贴，格林都既热衷悬念迭起的情节，又醉心于洗练而精彩的语言表达，更始终关注直指时代热点和现实人生的“严肃”主题。

格林属于在思想上曾得《荒原》哺育的一代人。对于这位从青年时代起就心怀“对失败的执念”、不时“在永恒的层面”考察并质疑世俗成功的意义的天主教皈依者来说，在上帝已“死”的现代西方思想荒原里，以精神世界为依托并能够赋予行动以意义的信仰不复存在，因而呼唤拼搏奋发的美国梦之类很可能不过是灵魂迷药。

很难说格林本人是常规意义上的失败者，除非我们把获得诺贝尔文学奖当作“成就”的唯一尺度。然而，津纳、斯考比和奎因们的痛苦和失望如此令人窒息，让我们不能不相信作者必定曾在失败感或厌倦感的深渊中苦苦挣扎过，曾被有关“成功”和“失败”的人生谜题长久地纠结困扰。

“这个世界”

格林长于描写环境渲染气氛，寥寥数笔便能栩栩如生地展现电影画面般鲜明而摄人心魂的异域图景。铁杆拥趸们称他笔下那些充满卑劣行径和苦痛辛酸的伤心之地为“格林国度”。

步入《斯坦布尔列车》，读者便开始了在一处典型的“格林国度”的漫游。欧洲的深冬。阴湿寒冷，大雪迷漫。不时地，滚滚蒸汽升腾，起重设施、火车头和铁轨钢梁在眼前掠过，构成工业世界的标志。在单调的咣当声中，一个又一个城市、村镇和国家被甩到身后：

车速渐渐慢了下来。铁路旁列日市的巨大高炉就像在边境袭击中着了火的古代城堡。列车晃了一下，通过了一处岔道。路两边架着一道道钢梁，下边远处，一条空荡荡的街道斜插着伸向黑暗，一家咖啡馆门口亮着灯。眼前出现许许多多的铁轨，一些没挂车厢的火车头呼啸着喷着气……

行进中的列车是绝对的异乡。

在那方逼仄的天地里，除了萨沃里们认为“这个世界总还是充满奇遇的好地方”，孤独的碰壁者和他乡客很难不怀疑世道。前往君斯坦丁堡（也即伊斯坦布尔）做临时工的歌舞演员科洛尔饥寒交迫，昏倒在列车上。即使得到了犹太商人迈亚特和津纳医生的救助，她也仅能半是心寒半是侥幸地思忖：“也许生活还不至于全是为了个人私利而没完没了地争斗，也许……这个世界还不是那么冷酷无情。”津纳本人更是像莎士比亚的丹麦王子，对全球秩序发出了质问：“世界真是混乱透顶。穷人忍饥挨饿，富人却并不因此就更幸福……加拿大在烧小麦，巴西在焚咖啡，而他们本国的穷人却没钱买面包。”

格林曾就狄更斯的写作议论说，小说家不过是在用公众能理解的方式演示他本人自童年时代就已形成的“心中的私人世界图景”。此话当然也是夫子自道。不论由于什么原因，出身于宽裕整洁中产家庭的格林似乎从小就以“外人”眼光挑剔地端详欧洲社会。他从来不掩饰、不淡化笔下世界所包含的强烈社会批评：《布赖顿棒糖》的贫民窟孳生着罪恶和凶杀；《安静的美国人》

（1955）中的印度支那血流漂杵；《恐怖部》里置身纳粹时代国际阴谋漩涡里的年轻姑娘安娜惊恐地发现“这个世界已经坏得不能再坏”；《一个被出卖的杀手》中被资本大佬利用并愚弄的赤贫杀手最后开枪复仇时，瞄准的不是某个人，而是“这个世界”。

《斯坦布尔列车》世界里能一路畅行无阻的是肆意撒谎行窃杀人的惯犯。至于形形色色的寻常人，他们似乎全都失了信仰和尊严，沦没于浑浑噩噩的当下生活。新教牧师把自己视为提供廉价心理安慰和生活小窍门的职业人；沾沾自喜的作家惦念的是名气和收益；女记者梅布尔为了每周四英镑的加薪不择手段猎奇……这些随波逐流者是构筑堕落世道的砖瓦，也常常是其中的受害人。特别是女性。咄咄逼人的梅布尔其实是酗酒成瘾、内心孤独的同性恋者。科洛尔以自己的身体来报答十英镑资助，还为此感激涕零。格林笔下的女人——比如科洛尔，比如《一个自行发完病毒的病例》中的莱克尔太太——大都不谋求逃离或反抗，只希冀较为安逸的生存，因而最终被世界吞蚀。她们大抵是从外部状写的，有时触及内心活动笔触反而隔膜生涩，倒不如被彻底当作“他者”和谜面来观照的凤儿（《安静的美国人》中的）们显得内境幽深，异样而迷人。

《斯坦布尔列车》众生中最耐人寻味的是犹太人迈亚特。

格林有时赋予犹太人某些负面色彩，不是反对一个民族，而主要是针对资本统治。在这点上格林用笔似与青年马克思的《论犹太人问题》有相通之处。在《一个被出卖的杀手》和《布赖顿棒糖》中这体现得很明显，其中的犹太人马尔库斯爵士和科里奥尼等是作为掌控世界的金融大亨或黑道首领出现的，他们为了权势和利益不惜策划谋杀、发动战争。与此不同，迈亚特是一个更立体的人物。他唯利是图的生意人本性不时被作者拉到聚光灯下——他一路上不断盘算如何挫败内贼外敌，以最有利价格完成公司并购；他按捺不住为几个小钱和卖艺人讨价还价；他还不由自主地把女孩子们分档次地想成“五彩玻璃”和“抛光银器”之类的有价物品。然而另一方面，暂栖于列车这游离之地，迈亚特的买卖被搁置，他作为有特定文化背景的少数族裔成员的个人境遇却被凸显出来。他不仅是公司老板，也是四海无家的犹太人。他深知自己是属于受压抑被排挤的“外人”，面对法国检票员和塞尔维亚士兵的敌意心生忐忑，要靠“他的皮大衣、他在塞维街定做的服装、他的钱财以及他在公司中的地位来鼓舞自己”。他甚至展示了生意场外普通人的良善之心，出于怜悯帮助了素昧平生的科洛尔，还不计花费和风险租汽车返回塞尔维亚边境小站去寻找她。当格林让这位精明的葡萄干进出口商因为自己没能坚持锱铢必较的原则而暗中羞愧时，我们知道，迈亚特不仅是被讽刺的靶子，也是同情的对象。

有象征意味的是，小说的收局场景是旅途终点君士坦丁堡的灯红酒绿。津纳的赴难以及迈亚特的救人，一切都已在身后。迈亚特回到了可以靠钱有效运转的稔熟世界，如鱼得水。他查明并化解了下属的欺诈行为。他从容应对旅馆侍者，并在本地豪华酒店会谈商务。到这时，相对无权无势的姑娘们不知不觉被转手了：梅布尔的女伴、漂亮的犹太姑娘珍妮特·帕多在商业谈判里变身为迈亚特的候选妻子；而因意外事件中断行程的科洛尔则在仓皇无措中被纳入梅布尔的“保护”。迈亚特的活动和世界的运行浑然一体。正因为他的生意经不含特殊的个人恶行，是司空见惯、四海通行的，因而更看不到逃路或反抗的可能。如果说津纳的形象不免概念化，他对资本主义的批评也显得有些教条，小说结尾处物欲之城中最正常不过的经营与消费活动却与隐忍和绝望密密交织，揭示着作为堕落和背叛之地的“世界”，令人不禁蓦然心惊。

《斯坦布尔列车》呈现的仅仅是“格林国度”的一景。类似的地点有很多：遭西方国家文武干预的动荡的越南，革命前在独裁统治下的古巴，二战时期的西非英属殖民地，非洲腹地的麻风病隔离区，等等。充斥于这些地境的，是疾病、战乱、逃难、走私、腐败低能、争权夺利、黑社会嚣张和混乱无序。它们构成对当代全球秩序的一个总体象征，也及时并非常写实地报告着发生在世界各地的事态，就如《恐怖部》中被德军狂轰滥炸的伦敦，既反映了二战中的实况，也代表了“被祟扰的二十世纪英格兰，那腐坏与毁灭的欧洲噩梦”。

有人认为，《命运的内核》一书似乎不必把背景设在西非，事情完全可能发生在伦敦郊区。这种观点值得商量。因为格林写的，绝不只是中产家庭里小小的出轨和背叛。伦敦郊区远远不够异己、不够败坏，在“不堪忍受”度上不能达标。没有那过于燠热或潮湿的非洲的日日夜夜，那战时殖民地的污秽和死亡，那误入歧途的抱负、孤注一掷的挣扎和无可疏解的心痛，便没有对“格林国度”的确切感受，没有对斯考比的绝望的认知。

世界和人物是相互映衬且相互渗透的。相比于津纳，《安静的美国人》中英国记者福勒的形象来得更真切丰满，与作者和读者的心都贴得更近。然而，如果我们止步于赞叹福勒们超“酷”的厌倦姿态所蕴含的颓唐美，止步于玩赏他透辟的眼光、老辣的言辞、恣肆的行止，而失却对环绕他们的社会的感知，不能深味他们与那个鸦片氤氲、难以维系的没落世界剪不断的关联，我们就部分地辜负了格林。

如果说“怜悯”之类的母题探讨的是私人的心灵和德行，那么对“世界”的关注显然是政治性和公众性的。把格林笔下的阴暗世界图景全盘归结到私人心理或某种特定宗教理念（如十七世纪天主教詹森派认为，肉眼可见的凡界尽由邪恶所主宰），将是对格林小说思想意义的阉割和遮蔽。格林描画出的“这个世界”让人强烈感受到针对当代资本社会和全球秩序的悲哀和愤怒。他浓彩重墨写“失败”，一方面凸显现实私人生活的迷失，另一方面又表达了试图超越或改造“这个世界”时的茫然。

也许，只要这个世道尚未根本改变，读者在格林国度“受虐”就不是全无意义。

信仰与担当

津纳曾在失败的阴影中反复地拷问信仰。

他生长于信奉天主教的贫困社群，后来成为社会主义者。他不断提醒自己肩负的责任——对家庭，对劳工阶级乃至全世界的穷人。他力图说服自己，他的“信仰的真理性”和他本人的弱点或其他某些（打社会主义旗号的）人的劣行并无关系。然而，一再的挫折和孤单的处境使他感到，自己的信念和实践似乎都需要检讨。他渴望倾诉，渴望教会告解仪式所能提供的精神安慰。一路上无可逃遁地被自责、怨艾、愧悔和怀疑万箭攻心，津纳在赴死的最后时刻却从容坦荡毫无怯意，令我们想起中共早期领袖瞿秋白的就义。有关津纳牺牲的场景设置和叙述语言都相当直露地影射基督受难。同时，危机来临之际一些“俗”人也有出人意料的表现：并不理解津纳的科洛尔拒绝诬陷他人，甚至迈亚特也一时冲动做出显然不合自利原则的救人之举。

现代社会中的信仰或者精神生活是格林的核心关怀之一。

不知在罗马教廷看来，这位不时让他们感到头痛的不羁文人算不算合格的天主教徒。格林曾说，宗教是人“赖以生存的一种迷信”。他以同情笔触刻画的那些信徒少有心安理得，不曾以世界拯救者自居，更无独步天下的趾高气扬。相反，他们的宗教信仰常常是弱势者的抗争或畸零人的苦痛，充满了悖论和反常——慈善常常带来毁灭，“圣人”几乎同时又是罪犯。

格林探讨信仰，一个引人注目之点是他对“罪”的关注。《命运的内核》一书开篇借用法国诗人佩吉的话说明“罪”在基督教教义里的核心地位。托·斯·艾略特谈波德莱尔的文章（1930）表达了类似的观点，说“罪恶感隐含着对善的意识”，波氏的撒旦主义“是从后门进入基督教的尝试”，是他“争取精神生活的不成功的挣扎”。的确，若没有对善的感知，何来“罪”的概念？在格林们看来，在原罪观念荡然的后启蒙世界里，被罪感折磨几乎成了信仰的标志。比如斯考比。他在腐败无序的战时殖民地乱世中一错再错，沦为舞弊的官员、不忠的丈夫、说谎的情人，甚至成了与他相依为命的非洲黑仆的谋害者。他无法接受这个事实，不顾教会禁令选择了自杀。自杀之前他长时间喋喋不休地向上帝倾诉，说自己不求神的“慈悲”，说他会诅咒自己，还说：“当我出了你的界你将得安宁……你将能忘却我，永远地忘却。”在那一刻，斯考比对人格化上帝的痛彻心扉的奇特依恋远远超过他对妻子或情人的情意，几乎有点惊心动魄。那一对一的人神关系如忠诚的背叛，如背叛的忠诚，永无解除的可能。在人这一端，唤起的感情远非单纯的敬仰或崇拜，而是痛苦、绝望以及对绝望之外、人生之外、俗世之外某种神秘存在的温存渴望和无限信托。

值得强调的是，格林笔下的信仰也常与对“左”派事业的认同相交集。有人干脆认定格林政治上是社会主义者。格林在“红色的”二十世纪三十年代开始人生事业，他青年时代立场“左倾”，一度短暂加入英国共产党并在《斯坦布尔列车》等作品中以激进革命家为主人公，这些都不足为奇。然而，到了冷战时期，苏联的许多引起争议的事态已经被披露甚至被大加渲染，许多曾经的“左”派纷纷右转，格林的依然故我就显得有点扎眼。他公开表示自己“对无神论甚至马克思主义无神论并无反感”，曾以肯定的笔调提到在南美洲（如反抗智利皮诺切特军政府的斗争中）共产党人和天主教徒的并肩战斗，还在《吉诃德大神父》（1982）里让令人啼笑皆非的率真天主教神父和他的共产党友人反反复复地讨论他们彼此间既迥异却又共同的信仰和怀疑。

正因如此，乔治·奥威尔一方面非议格林作品中“对被圣化的罪人的崇拜”，指出宗教可以很便当地成为替阔佬们洗刷良心的工具，同时又把他视为可能的“左派”同路人。格林的同情心总是在受压迫者和小人物一边。因此，《安静的美国人》毫不含糊地批评美式资本主义“拯救”世界的企图，让叙述者福勒直言道出：大谈人权的美国人并不真的在意东方劳苦民众的生死，真能和“田里人”进行交流的其实是那些越共人士。《喜剧演员》（1966）一书结尾将共产党人马吉奥医生塑造成海地杜瓦利埃政权恐怖统治下为理想捐躯的烈士。他被捕前留下长信吐诉心声，说共产主义不仅有经济蓝图，也不完全等同于其现存的组织或当下的实践，“就如天主教……不只是罗马教廷。共产主义中不仅有政治，也有神秘”。他还说，所有真诚的信仰在本质上是相通的，人可以放弃某种宗教，却不能失去所有的信仰。

《安静的美国人》和《喜剧演员》等作品表明，在对社会主义的同情和声援已经不那么理所当然的年代里，格林仍然支持力图重塑社会的担当与尝试。当然，早在那之前，早在津纳辗转于《斯坦布尔列车》的时日，格林已经充分意识到改造“这个世界”的信念和奋斗本身是有风险、有局限、有歧途的，不可避免要遭遇错误、失败和迷惘。作为一个有漫长过往史的宗教团体的成员，格林和马吉奥医生一样，认为应把信仰本身与其“信徒”们曲折纷杂实践的历史功罪区别开来；“现存社会”企图让人相信物质消费本身就是人生的目的，社会主义理想正是要打破资本和利润对大众的掌控；而备受攻击的所谓“共产国家”是面向未来的，是还在“生成”过程中的探索——恰如天国。

在格林笔下，信仰很多时候表现为在世人嘲讽或敌人围攻中的自疑、追问和苦恼。如果是喜乐安宁地随大流，又何需信念？

译 者